彭见明作品自选集

散文卷

彭见明 著

中国书籍出版社
China Book Press

图书在版编目（CIP）数据

彭见明作品自选集 . 散文卷 / 彭见明著 . -- 北京：中国书籍出版社，2021.6
ISBN 978-7-5068-8222-4

Ⅰ . ①彭… Ⅱ . ①彭… Ⅲ . ①散文集—中国—当代 Ⅳ . ① I217.1

中国版本图书馆 CIP 数据核字（2020）第 250411 号

彭见明作品自选集 . 散文卷
彭见明　著

丛书策划	尹　浩
本书策划	尹　浩
责任编辑	尹　浩
特约编辑	刘　春　许　红
责任印制	孙马飞　马　芝
装帧设计	闻江文化
出版发行	中国书籍出版社
地　　址	北京市丰台区三路居路 97 号（邮编：100073）
电　　话	（010）52257143（总编室）（010）52257140（发行部）
电子邮箱	eo@chinabp.com.cn
经　　销	全国新华书店
印　　刷	三河市顺兴印务有限公司
开　　本	889 毫米 ×1194 毫米　1/32
字　　数	285 千字
印　　张	11
版　　次	2021 年 6 月第 1 版　2021 年 6 月第 1 次印刷
书　　号	ISBN 978-7-5068-8222-4
定　　价	56.00 元

版权所有　翻印必究

为画为文
简中有原朴
守中有拥抱
守中有日常
无拘无道娓娓来

——彭见明

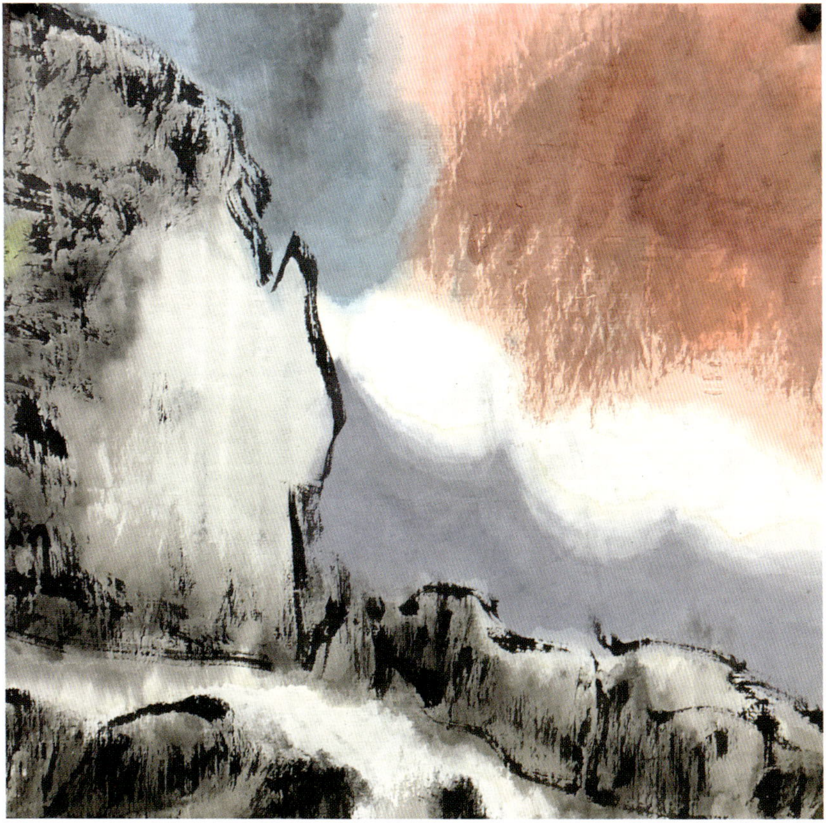

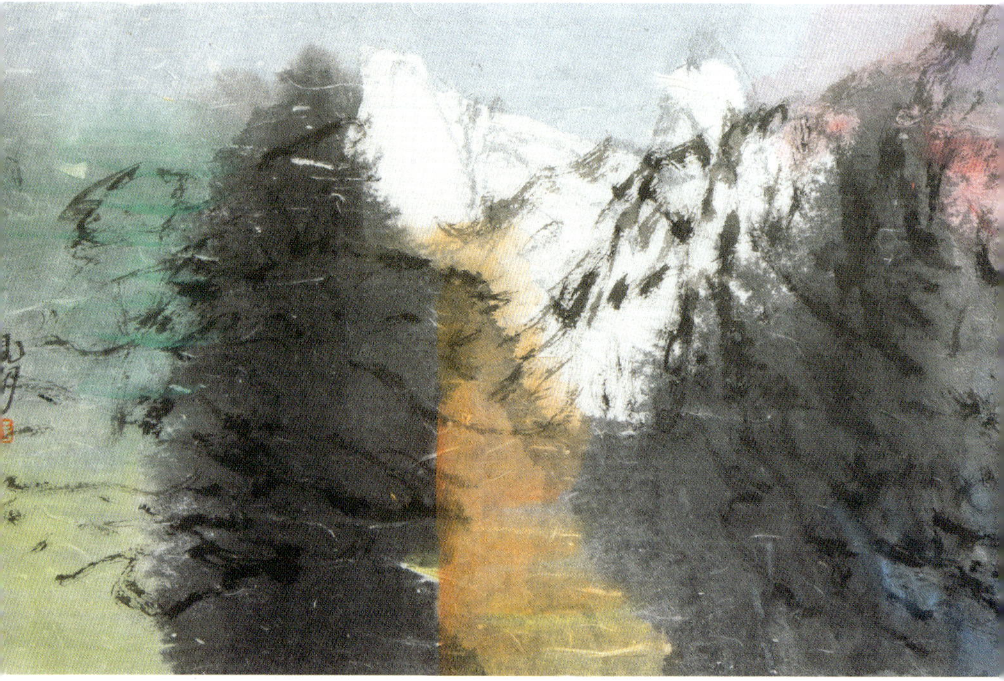

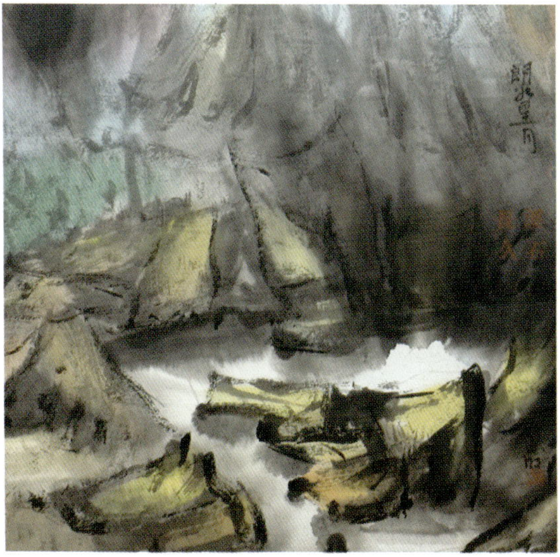

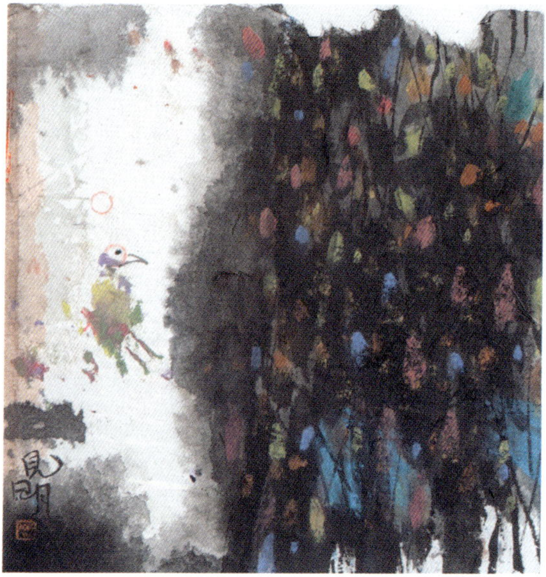

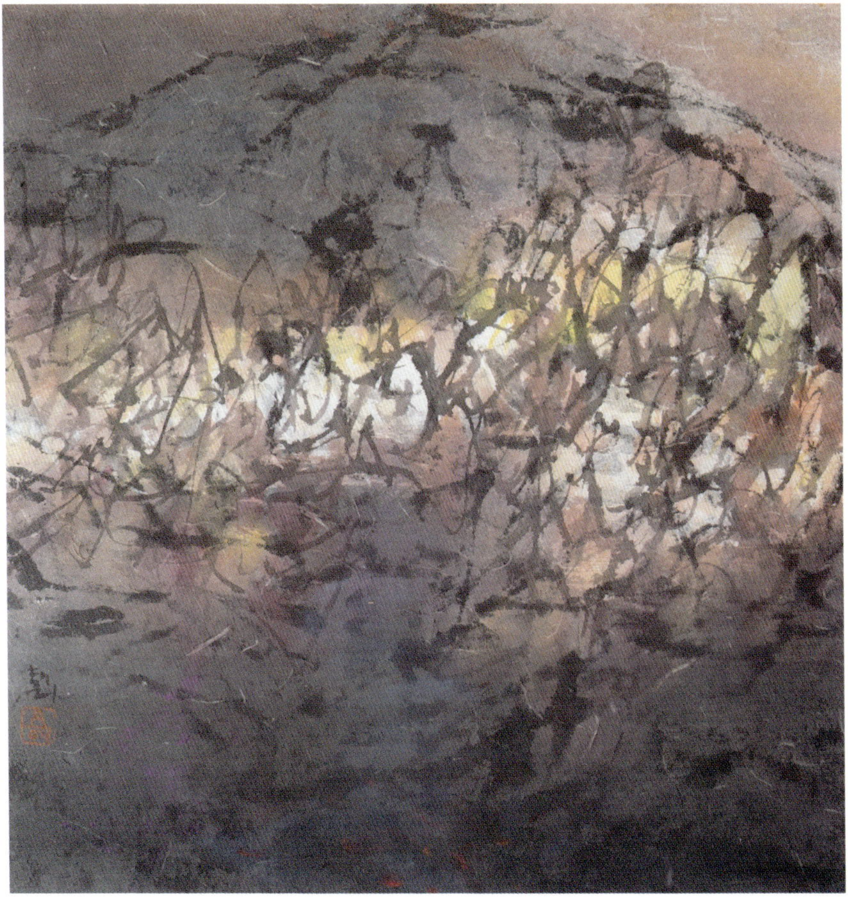

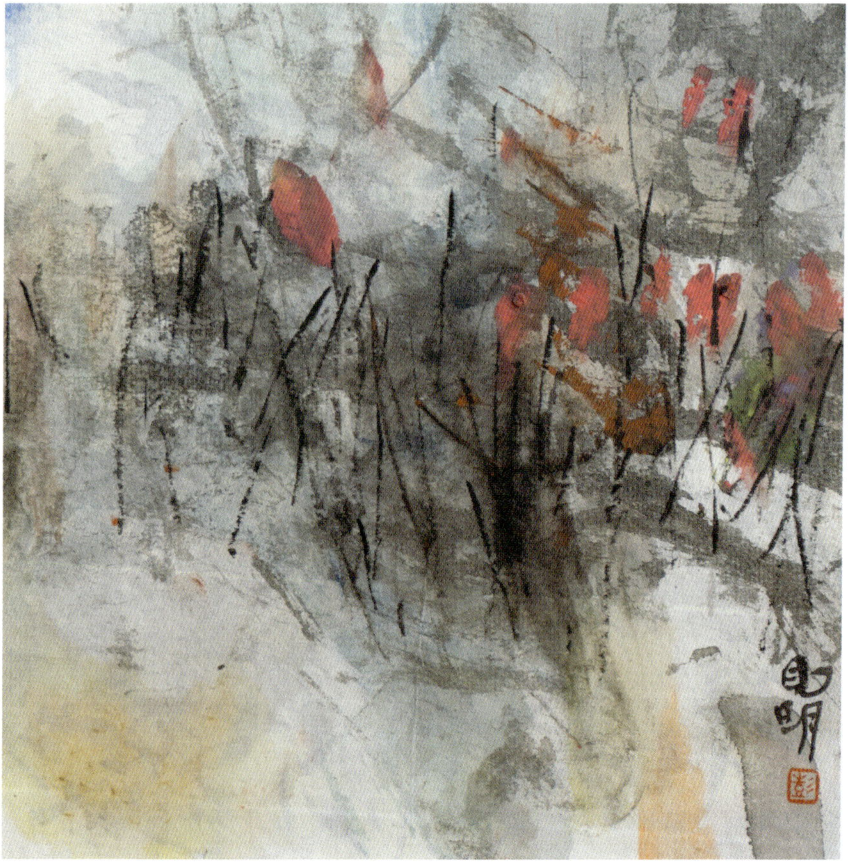

一湾碧水一弯塘 花凤鸣鸣明月 甲申春卓月

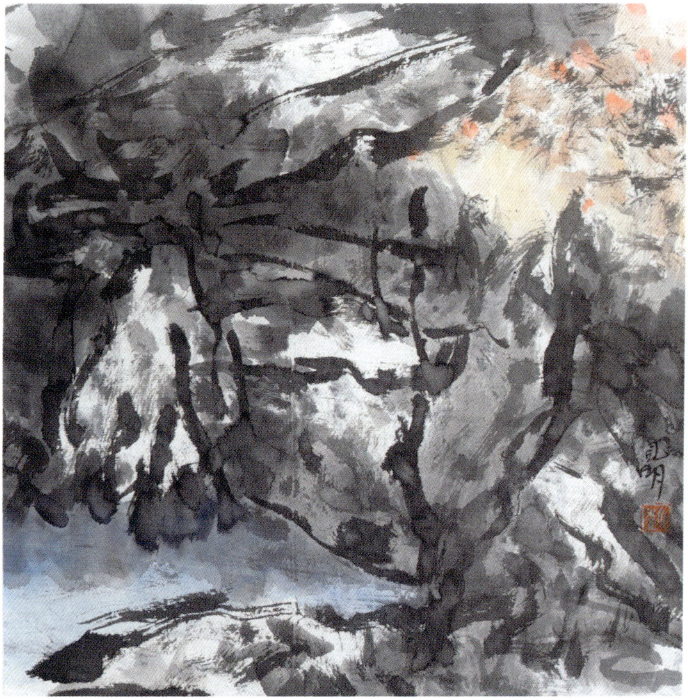

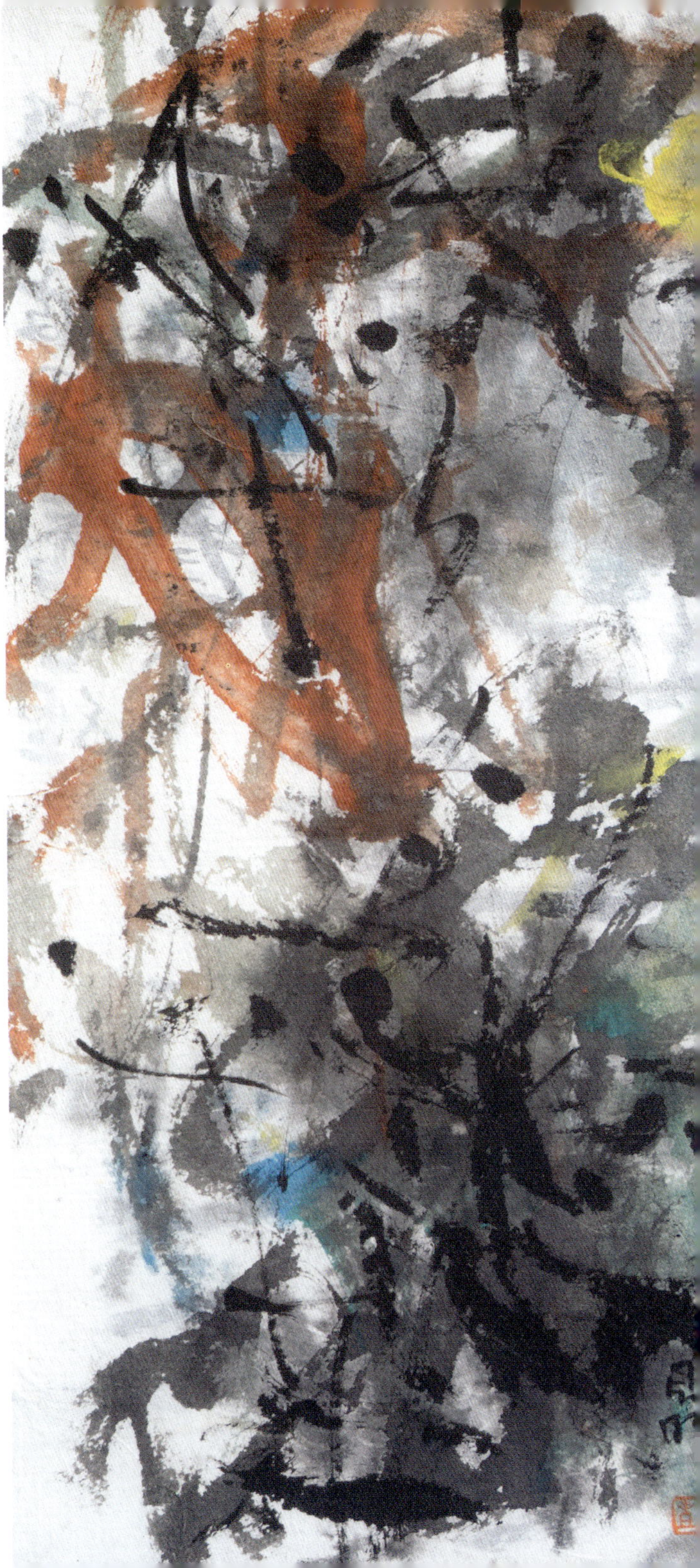

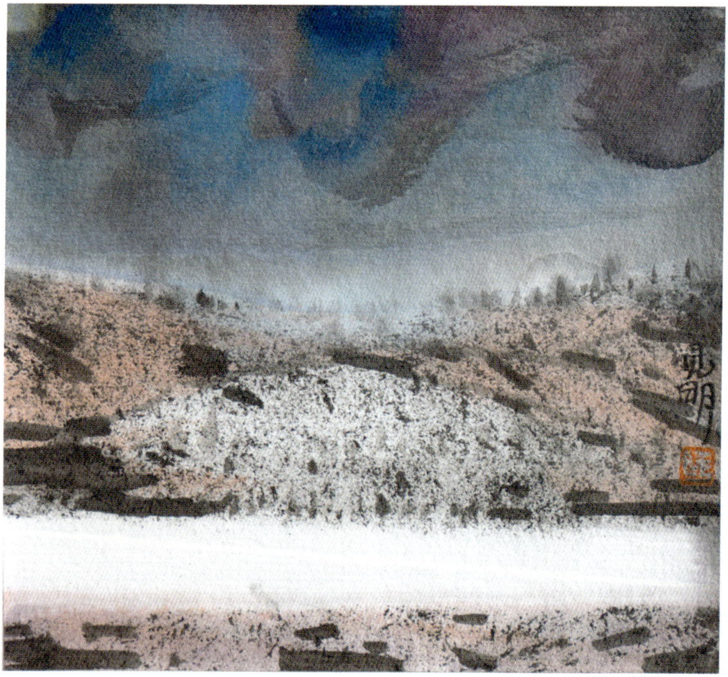

鹫岭郁岧嶤,龙宫锁寂寥。楼观沧海日,门对浙江潮。桂子月中落,天香云外飘。扪萝登塔远,刳木取泉遥。霜薄花更发,冰轻叶未凋。夙龄尚遐异,搜对涤烦嚣。待入天台路,看余度石桥。

宋之问题灵隐寺 江苏无锡梅园

湖人唐子金秋书于见朔

清气蕙风

人生幽兰清气益
书者和惠风和
何绍基句
笔明见彭人湘

岂止香艳

古桑苃记人赞集芙蓉花记。
心言香艳。此则淺观之矣。
惟蒙人周敦颐句出游泥不
染。全要信服。天下将荷画不
妙者画歌。吾具畏心尖敢画不啃。

天香地艳 晁鸣

江山多嬌

王安石語錄云
江山如畫知音久絕
風月無私慰我寂寥

编辑作者对话录

彭见明　尹　浩

尹：彭老师，今年是您从事文学创作四十周年，在这个具有纪念意义的时刻，由我们出版社来出版您的小说和散文集，您有怎样的感受？

彭：感谢你们以这样的方式，来伴陪我的"文学生日"。我的感受是高兴又惶然。

尹："惶然"一词怎么说？这四十年来，您的创作成绩斐然，发表出版了近千万字的文学作品，有二十多部长篇小说和文学集问世，您的代表作小说和电影《那山　那人　那狗》，在国内外都享有美誉。

彭：过奖了，美誉谈不上，只能说也有人注目。文字确实是码了一大堆，回望过往，平心而论地总结：汤多渣少，毛多肉少，扯草凑篮。就是你所赞扬的《那山　那人　那狗》，也留下了不少遗憾。

尹：过谦了吧，倒是真想听听您对"遗憾"的解释。

彭：这个小说，是我开始文学创作一年后发表的作品。当时我在一个小镇上写作，那时对外联络，就是靠写信，我几乎每天要去光顾只有两三个人上班的邮电所——一个留所，一个下乡送邮件，另一个可能是替班。一来二去，我与留所的熟了，他说你们写文章的，要写一写我们这跑乡邮的，挑着邮件爬山越岭，跑一趟要走三天，三天回来后，装满邮包又下去了，这样一跑就是几十年……素材就这么几句闲聊，不久后我写成了这个小说，匆匆拿出去发表了。现在我有点害怕人家提这篇小说，那时候，刚开始写作，急于求成，要是当时我能随这位在一条邮路上一跑几十年的乡邮员行走一趟，这篇小说一定不是这个样子。这份遗憾，是任何成就感也替代不了的。

尹：我相信您的感受。后来，您没有弥补这个遗憾吗？

彭：没过几年，山区陆续开始修能跑拖拉机的路了，乡邮员也开始配单车和摩托车了，我的小说背景一去不复返了，没有了现场感，再去体验已无意义。后来，电影《那山　那人　那狗》在日本放映，日本 NHK 电视台好奇，要派记者来拍我小说和电影里乡邮员真实行走的场景，我说真实场景已经消失好多年了，他们不相信，还是要来。于是我只好请县里的邮政部门找个邮递员，穿一套幸存的旧日衣服，挑一担邮件，寻一条荒废了的石板路，表演一番了事。

尹：您的电影和小说在日本很受欢迎，小说出了四种版本，电影票房近十亿日元，小说和电影均创造了中华人民共和国成立以来在日本发行与收视之最，您怎么看这种现象？

彭：我读了一些日本媒体的报道，估计日本读者和观众，可能是比较看好该作中的"敬业精神""父子情深"和"简练质朴"的文字表述，比较接近他们的审美情趣。

尹："简练质朴"是您的行文风格吗？

彭：我没有总结过我的文风是什么，也从没想过要形成什么风格。但"简练质朴"，倒是我向往的生活方式，也是几十年不变的生活态度和习惯。我在乡村生活的十几年是这样，在城市生活的四十多年还是这样，叫作"江山易改，本性难移"。至于生活态度是不是会影响和形成一个人的创作风格，我想也许会，也许不会。

尹：那您的阅读倾向是不是趋向于"简练质朴"？

彭：这个要从源头说起，我十二岁上初中，十三岁"文革"开始，就没有学可上了，其实，正儿八经读书，只读了一年。那时学校图书馆的门被砸烂了，附近的乡人来捡书纸去当引火柴，我也赶紧捡了些小说回家去读，其中有不少明清小说，这批最初映入我眼帘的文学作品，无疑是影响着我以后的写作的，如果用四个字来归纳我理解中的明清小说叙事风味，就是"简练质朴"。后来读沈从文，很对胃口，读日本作家川端康成，也对胃口，再读日本的文风、画风、建筑、烹饪、服饰种种，可以看出，是明显受过汉文化熏陶的。所以，我想，日本人看《那山　那人　那狗》这类电影，会有兴趣。

尹：这部电影拍得您还满意吗？

彭：电影已经是导演的艺术了，原著不过是一个影子而已。隔行如隔山，这个问题我回答不了。但依我的阅历来看，这部电影是很多根据文学原著改编的影片中，保留原著因素最多的影片之一，连片名都沿用了原著篇名。

尹：据我掌握的信息，您最初是学美术的，是什么机缘促成您走上了文学之路？

彭：我既没有学过美术，也没有学过文学，只是喜欢写写画画。我十七岁那年，高中还差两个月毕业，就招工到了县剧团，我被招工的一个重要因素，可能是我当时去剧团玩，用各色粉笔替他们办过黑板报，领导就认为我有用。开始是当演员，但一有空，我就去帮舞台美工画布景，不久就接手独立做了舞台美工。但是文学的阅读兴趣从没有减弱和间断，我有工资了，二十世纪七十年代末八十年代初"文艺复兴"时期国内出版的几本重要杂志，被我全部订阅，每本从头读到尾。有句古话叫"熟能生巧"，读多了，鉴赏水平也就会自然高，自然而然就知道文章应该怎么写。我进军文坛比较迟，二十七岁动工，二十八岁发表作品，第一次投稿就发表了。

尹：您的文学之旅虽说起步晚，但是很顺利，我们知道，您的小说处女作《四妯娌》一发表，就被当时唯一的选刊《小说月报》转载，同时获得《萌芽》文学奖和湖南省文学创作奖。两年后，《那山 那人 那狗》便摘得全国文学奖桂冠。您那时是怎样的心态？

彭：我记得我去北京领《那》奖时，我是从安徽一个笔会上去的。我当时注意到一个细节，在领奖台上，十九位获奖作者，十八位穿着皮鞋，只我穿着一双时下基建工地上农民工穿的黄色胶鞋。我没有想过为了领奖还专门上街去买一双皮鞋。能获奖当然高兴，但不至狂喜。我非常明白自己的分量，这个明白，也是来自阅读，与那些我阅读过的中外名著相比，我的写作还处于小儿科的地步，这种谨慎的提醒和客观的比较，一直伴随着我。

尹：您的文学起步，除了得益于早期的阅读，还有什么？

彭：更要紧的是得益于我的家庭和生活环境影响。自我这一代以上，我们家族世代务农。自小我就是以卑微之心抬头仰望星空，在这种环境中成长的过程，于以后的世相分析、人心解剖、文学观察，是大有益处的。

尹：您说您现在写得很少了，是不是因为仍然没有摆脱"谨慎"的阴影呢？

彭：倒也不是。俗话说"大狗叫小狗也叫"，不能说攀不上高峰就不走路了。有句很富哲理的话叫作"见好就收"，我是感觉到自己也写不出什么让自己满意的句子了，就不勉为其难了，这也叫有自知之明。

尹：这次我们社还出了您一本散文集。您怎么看您的散文？

彭：应该说我是不会写散文的，在我最初的文学阅读中，就没有上过散文这一课。

尹：但是您还是写了不少散文。

彭：我是在开始写小说之后，才认识散文的，这一缺憾，也没有什么不好意思讲。我没上过大学，也没有饱学之士给我推荐过书目，我是肚子饿了，抓到什么吃什么，于知识，是先天不足。迄今为止，我对散文的理解还很模糊，比如说我就搞不清杂文、游记、随笔、小品、日记等文体与散文有什么不同。我觉得篇幅短一点、人物性格的塑造和故事编织不太复杂的文字就是散文了。

尹：读您的小说，常见散文的笔法、诗意的影子，如小说《那山　那人　那狗》，不重人物性格塑造和故事曲折，被评家定位为"诗化小说"。读您的散文，又很鲜明地感觉到，大都侧重讲故事。

彭：对，这正是我的散文立场。在我看来，无论是小说还是散文，它存在的价值，无非就是把人类日常生活中有趣的事情，归纳成有条理的故事讲给大家听。世间万物，人生百态，皆可成篇，我等做作家的，顶多也就是一根线，如何筛选遍地珍珠，然后将其串起来而已，没有那么高深伟大。

尹：您出生在偏远山区，饱吸山野气息，又具备在大、中、小城市生活几十年的丰富经历，光是记录点行走足迹，身边见闻，就可以写出大量的散文小品来。

彭：恰恰相反，我写散文，比写小说拘谨多了，我的路子窄、办法少、天地窄。

尹：您不是说文学素材有如"遍地珍珠"吗？您这样的老手，信手可拈啊！

彭：未必，珍珠有时也是烫手的山芋。有一些散文写作领域，我就走不进去，比如：我就写不好抒情散文。好的抒情，在我看来，应该是不动声色的，深藏在骨子缝里，流淌在血液中，绝不是一件艳丽的衣服，不是花哨空洞的句子，无病呻吟，艾艾怨怨，而这类"抒情"散文，还很走俏，沿袭者甚广。以我的品性，不愿矫情，又固执，是写不好此类散文的，便只好选择放弃。近些年来，冒出另外一支劲旅，名曰"文化散文"。这种提法，令我费解，不管是写得好的散文或者是不怎么好的散文，都是要有一定的文化底子支撑才能完成的，怎么也不能说有一种散文叫文化散文，还有一类叫非文化散文。那么，文化散文与非文化散文有什么不同？不同之处也容易看出，此类散文，除了填塞大量古典诗词歌赋、名言警句、历史故事、哲理玄学、自然知识等以展示有学问、知识广之外，也看不出有什么新的手段。如今方便了，想要什么知识，去百度网搜就行，还不至于犯学术性错误，更不会写错别字，如此就叫"文化散文"，就是笑话了。我想还不如写几句发自内心的话好。虽不怎么文化，至少也没有"借鸡生蛋"的嫌疑，毕竟是自己的声音。

尹：近几年来，您开始重拾书画旧业，文字写得少了。

彭：因职业关系，我接触过多个艺术行当，其实最丰富、最具魅力的，还是玩文字，但越是往后走，路径越窄，我的人生经历和生活阅历，都过于平常，过于普通，我写不来波澜壮阔、针砭时弊、凶险刺激、大起大落、大恨大爱的场景，时尚做派和网络码字，更是难以效仿。有俗话说"强扭的瓜不甜"，还说"东方不亮西方亮"，好在我写小说前，有过近十年做剧团美工的经历，学写字的经历更长，"文革"前就跟着私塾先生练过毛笔字，只是开始写小说后，淡了这些手艺。四十年的文字打磨，同时也是对书画艺术潜移默化的互补，所谓"书画同源""水涨船高"，好的书画作品，必是文气盎然的，无一例外。显然，重操旧业，必须要有从零开始的准备，这活可不是轻松活，不是凭激情和耍小聪明就可以玩像的，有道是"条条蛇咬人"，攀登任何艺术高峰，所付出的努力都是一样的。当然，以后要是猎到了好的文学素材，有了好的感觉，还是不会放弃写作的。

尹：您从事文学创作四十年，也算得个"老"作家了，关于写作，能对文学青年说点什么吗？

彭：用自己的舌头说话，说人话，说人听得懂的话，说有意思的话。

2020 年

目 录

幕阜山　/ 003

连云山　/ 014

文韬武略　/ 026

茵殇　/ 050

妙语　/ 056

青涩依依　/ 069

瓜骂　/ 088

客来客来　/ 091

家蛇　/ 095

笔缘　/ 100

神树　/ 104

敬仰　/ 111

压岁菀拾遗　/119

神圣的岁首之日　　/ 122

活不完的人，吃不了的酒　　/ 125

村野走笔　/ 131

子子高飞　/ 138

洞庭之苇　/ 147

湖边日记　/ 153

壮哉白鹤　/ 160

我的崇拜　/ 165

父亲的房子　/ 182

风清气凛　/ 193

我的文学启蒙　/ 214

一部作品的自我介绍　/ 216

一部作品的后记　/ 219

抬举　/ 221

我欠丁玲一笔情　/ 233

阿来·马尔康　/ 237

陈亚先琐记　　/ 242

《金瓶梅》作者考　　/ 252

草读贝加尔　　/ 269

陌地花丛　　/ 272

日本国纪行　　/ 280

马来西亚　　/ 293

美国点滴　　/ 298

澳洲一瞥　　/ 307

仰望高原　　/ 313

贡嘎的颜色　　/ 320

藏獒　　/ 323

"大篷车"行记　　/ 327

- 幕阜山 -

- 连云山 -

- 文韬武略 -

- 茴殇 -

- 妙语 -

幕阜山

我的老家平江县有两座山有名：一座叫幕阜山，一座叫连云山。

老百姓认为幕阜山是一座阳山，连云山是一座阴山。

幕阜山峭壁耸立，雄劲陡险，像个刚健的男儿，谓之阳。

连云山秀丽逶迤，草木丰茂，像个多子多福的母亲，谓之阴。

关于阳山和阴山的划分，有一个显著特征：幕阜山产蛇，却不产毒蛇，传闻凡在幕阜山中植树、采药、旅游、行走的人，没有被毒蛇攻击过的。

连云山中有毒蛇，人类被毒蛇咬伤的事情常有之。这以毒蛇和无毒蛇作阴阳分界，不知是什么讲究。

从幕阜山和连云山留下的文化遗迹而言，历史好像更看重幕阜山一些。

首先是幕阜山与大禹治水有关，如今山中有一处悬崖上，仍残留下不知刻于何年何月的精美篆文：

夏禹治水到此

山顶有一形似柱子的石块，石上有据说是当年夏禹治水绹船时，被绳索勒下的痕迹，此地古来有名叫"缆船坡"。在大禹治水时，幕阜山恐未完全成形，地壳运动前可能还只是一个小山头，不然船也不会绹到山顶上去。

这些印记，既有现场可考，又有历代县志载入，可见大禹到此的行踪，并非虚构的故事。

大禹治水的各种版本的故事，遍及大江南北。但他老人家还有一大贡献是科学地划分行政区域疆界，这可能是鲜为人知的。大禹的属下柏翳著《山海经》，成为治方舆者之祖。因那郡县驻地可随时随意迁移，而山川河流却是不易更改，故《禹贡》一文中提出以山水来定疆界，这样做，便于人们记忆，更妙的好处是有利于避免发生土地山林等纠纷。现在乡间常发生县与县之间尤其是乡、村之间的地界纠纷，盖因当政者在划分行政区域时，不大注意研究地理山水的特性。

平江古来文化稳定，这与疆域明确有关。

平江地域，北有幕阜山，南有连云山，南北相望。幕阜山主峰海拔1595米，连云山主峰海拔1600米。以幕阜山和连云山为主体的峰峦绵延不断，如两个卫士，用他们的手臂，拥抱和庇护着平江。手臂外是湖北和江西，三省毗邻，与外省外县的区分，多以山河为界，区域划分明确。

幕阜山原名为"天岳山"。天岳者，有传说言"天岳"曾为"五岳"（东岳泰山、西岳华山、南岳衡山、北岳恒山、中岳嵩山）之首。古人给地理山川起名，均讲究出处和源流，绝不会随意草率为之，老祖宗冠以幕阜山"天岳"名分，必有道理，只是没有详尽地记入史册罢了。

有平江名贤用心考证，言此山曾是上古三皇之首伏羲氏的落葬之地。夏禹治水到此，曾虔诚拜谒。有史料载山上曾有个皇坛殿，规模宏大，大殿由48根楠木柱子支撑，点48盏长明灯，供奉伏羲手托八卦的雕像，夏禹便是于此叩拜。

天清气爽的夜晚，站在天岳山顶，可见两百多里外岳阳城中的灯火。岳阳的名称，亦出于此山，古书中载：

天岳之阳，谓之岳阳，岳阳之名，源于天岳。

三国时，东吴都尉太史慈，在天岳山设营幕（寨），以拒刘表及其从子刘磐之兵，幕阜山以此重要历史事件而得名。

古来一座山要有名，还应是与宗教有关的。早在唐代，这山里香火旺盛的寺、庙、观、殿不下百处，只是幸存者已寥寥，到清末仅有紫清观、佑圣观、玉清宫、华严寺、云滕寺、太平庵等。再过几十年，连这些美妙的名字也不复存在了，被人遗忘了，只在县志里存着。

因香火旺盛，幕阜山曾被道家尊崇为天下三十六洞天中的第二十五洞天，名为"元真太元之天"。由此看来，幕阜山被称为"五岳"之首，又增添了一个有力的物证。

关于天岳，平江还流传着一个有趣的故事，说那中国古典神话故事"八仙过海"中的吕洞宾与此颇有渊源。

明《隆庆岳州府志·卷十八》中，录有吕洞宾《沁园春》一首，词曰：

昨日南京，今朝天岳，倏焉忽然。指洞庭为酒，渴时浩饮；君山作枕，醉后高眠。谈笑自如，往来无碍，半是风狂半是仙。随身在，有一襟风月，两袖云烟……

八仙过海中之"海"，便是洞庭湖。吕洞宾"三过必醉"的醉酒故事，便是发生在岳阳楼和洞庭湖。吕洞宾是仙人，可腾云驾雾，他记述他自驾飞行游的词，自南京飞至洞庭湖，其航线，正是要经临幕阜山的，词中所过"天岳"，正是此地。看来吕洞宾经常要来平江走走，也是一脚顺路。

据史料载，吕洞宾还在此发现和扶持了一个人才。说是明代嘉靖年间，幕阜山天岳关下一叫作大坪天井的地方，一日来了一个白发冉冉的卖墨的老者。老人兜售的墨要价很高，一条三四寸长的墨，要一斗米钱。因太贵，一直无人问津。有一个正在读私塾的学生叫艾熙亭，上学放学时都看见在路边摆摊的卖墨老翁，烈日炎炎下，半天都没卖出一条，便大动恻隐之心，回去找家人要了一斗米的钱，替老人做了一桩开张生意。小熙亭握墨在手，再回头看时，那卖墨老人顷刻已无踪影。回去研此墨，竟是异香扑鼻，闻之神清气爽。

小熙亭自从使用此墨后，竟是学业大进，一路应考下去，路路畅通。后中嘉靖戊午举人，授河北阜平教谕、国子监助教。其时的宰相张居正看好艾熙亭的才华,想启用他。恐是他与张居正政见不同,他那平江人的犟倔脾气无法通融,竟毫不客气地拒绝了其美意。张居正十分恼怒,治他忤旨罪,廷杖八十,梏枷三月。一直到六年之后,张居正死,他才被重新启用,先任职户部,后为四川金事,晋光禄寺卿,授鸿胪太仆卿。身为朝中公卿,算是一个大人物了。艾熙亭亡故后,乡人给他凑了几句打油诗,以资纪念:

> 洞宾卖墨游天井,
> 世间凡人哪知晓。
> 只有熙亭买一条,
> 蟒袍玉带挂在腰。

此句至今还在大坪乡一带流传。

幕阜山属丹霞地貌,此地的山峰,均成丹砂色,叫丹岩,也叫朱砂岩。每逢夕阳西下,落日映在成片的岩峰上,山体红光闪烁,其壮美景致,让百里之外的人们观之无不惊羡。尽管这是千百年来人们熟知的自然美景,但常常还是乱真——也不知是什么原因,有时那云和山体构成的丹霞会流动,有如火苗子在舔着山上的林木,还有火烧植物似的浓烟直蹿云天。在《平江》落成的两年前,离幕阜山二十多里远的南江镇人傍晚在外面乘凉,怎么看山上也是起火了。便招呼人,找车往山上跑。平江人靠山吃山,爱的是与日常生活朝夕相处的草木,最不能容的是山林被毁,如有山地发生火灾事故,不必谁来发布号令,有行动能力的人,当放下手中的一切,上山救火。待这些人匆匆赶到山上救火,见那林场里的职工，却是悠闲地坐在树下喝茶。

如此乱真的景观，时有发生。

在古人眼里，这种丹砂岩体，是用来炼造长生不老丹的最好的原材料。《同治县志》中载，晋时有个叫葛洪的人，曾在朝中当过散骑常侍，后放弃高官厚禄，来幕阜山中磨药炼丹，最终得道成仙。说是丹炼成了，自己的肉体也就消失了，羽化登天成了仙人。葛洪的成功在前，历朝历代便不乏追仙族慕名而来山中炼丹修道。这是一件神奇而又寂寞的事情，于是山上那些偏僻、险绝的岩洞，便纷纷成为炼丹道人的安身之所。时下被叫作仙人洞、仙人迹、仙女岩、观音岩、海棠洞的洞穴比比皆是，都诞生过颇有建树的炼丹高士。

如今没有人炼丹了，但洞穴仍在，而且没有闲着。这山自中华人民共和国成立以来便由一个国有林场驻守打理。几十年后，纷纷有林场职工退休。这些退休人士，山下都有后人和房子，但他们几十年与山林为伴，已经不习惯了山下的生活了。因恋着这一份安静、凉爽与清气，复又放弃山下一家团圆、儿孙满堂、其乐融融的退休生活，跑到山上来过单身的日子，他们的腿脚只有在崎岖的山路上行走才舒坦，他们只有伴着蝉鸣和山风的声音才能安然入睡。但是林场里的房子有限，他们退出的房子，安排给了新来的职工。老人们完全理解，不在乎什么生活条件，只要能到山上来就行。他们便择一处昔日炼丹术士住过的岩洞，弄些塑料布挡挡风雨，继续过着惬意的山地生活。这样我们便明白了：为何高山能吸引高人和隐士，个中滋味是尘俗之辈体会不到的。

幕阜山顶有一池甘泉终年流淌不息，一尘不染，名"沸沙池"。因地下泉水自山中冒上来，推着池中的细沙昼夜翻滚而得名。有好事者想探究一下那冒水上来的洞究竟有多深，曾选出一根有数丈长的竹篙往下插探，终是不曾到底。那一层洁净的细沙，如一抹轻盈的罗纱，就拥在泉眼周围，就不曾落下去一粒，终日与那清冽的泉水嬉戏玩耍，甚是有趣。

沸沙池有仙气，古来为当地人求雨的地方。求雨的农人上山来，先要殷勤地给池子洗一次"澡"，将池子周边擦洗干净。祭泉神时要杀一只公鸡供奉。池边有一块石头，将公鸡血祭在石头上，当血顺着石头像水一样迅速地往下流时，这就预示着求雨成功。那泉神也不含糊，办事效率很高，往往求雨者还没到家，他们干渴的土地便已经湿润了。

要是鸡血洒在石头上流淌迟缓，那是泉神告诉人们：这个忙他帮不到。这天上还有管雨的神，他不能播雨，他也要找雨神帮忙，雨神那儿也有供不应求的时候。

大概那沸沙池的泉神，算不得是个大腕。不是个大腕，不是个大神，因此也帮不到人们很大的忙。据幕阜山周边的百姓讲，这泉神最大的能力，也只能播出方圆几里之内范围的雨来，只能解决一两个村庄或几块菜土、几丘田的饥渴。

去沸沙池求雨之俗，一直流传至今，至今仍有灵验，不然也不会有人常去敬奉，老百姓是很现实的。不过时下来求雨的人不多了，人们不打算老靠天降雨。几十年来，人们依山傍势修了不少水库塘坝，还配齐了抽水的机器，一般的旱情，难不倒大家，也就不必再跪跪拜拜跑几十里去山顶求泉神了。

但幕阜山一带的人仍是深爱着沸沙池的，她千年百代以来润泽过他们的祖先，功不可没。说不定什么时候，待水库、塘坝、抽水机也解决不了问题的时候，还是得去请泉神帮忙。

谁也不敢亵渎神明，因此还是常有人去给沸沙池洗洗澡，这位泉神看来是极爱干净的。

幕阜山古来是吴楚交界处，为历代兵家必争之地。三国时太史慈与刘表曾于此争战；抗日战争时，国民政府军第二十九师师长梁汉民曾率部为阻敌南侵保卫长沙，与日本人在幕阜山主峰东去二十余里的天岳关有过一场恶战，死伤无数，坚守住了阵地；后日本军再度进军长沙，第五十八军军长鲁道源率部在此镇守七个月，日本人终是没有突破此关，只好绕道。鲁道源曾在山岩上题书"雄霸南天"，蒋介石曾书赠"气壮山河"，均被刻存于岩头之上，历经风雨，不减豪气半分。山中不少绝崖上，还残留着不少摩崖石刻，记述着历朝历代每一场战争。只是因年代已久，大多已模糊难辨……

有一条航线经过幕阜山，这里的老百姓看南来北往的飞机很方便。自中华人民共和国成立后至20世纪70年代中期，山顶上一直驻扎着一个班的解放军，专事监测航线上往来的飞机，叫作防空哨所。那时候还需用肉眼和望远镜来完成这个任务。幕阜山是湘、鄂、赣最高的山之一，这个高处便成了军事要地。哨所的炊事兵下山来挑吃的用的很不容易，全靠两条腿走路。山之阳到南江镇，路好走些，一个来回要走五六十里。山之阴到虹桥镇，多是陡坎险坡，行路难，一个来回也要走三四十里。

防空哨所是军事要地，外人是不能靠近的。为了保密，士兵换防轮岗也是选择在夜间。有一个南江镇的青年在外面当了三年兵，退伍后才知道自己就在离家二十几里的幕阜山顶上值班站岗。

每年"八一"建军节，平江人都要去慰问哨所的战士，他们是和平时代唯一驻平江的野战军，且担负的是很机密的任务。

1973年"八一"建军节，我们县剧团奉命组织一个小演出队，随由县武装部首长做领队的慰问团，赴幕阜山防空哨所慰问解放军。

我们一行夜宿在幕阜山阴天岳关山脚下的农民家里，清晨天刚泛亮，一声哨响把大家催起了床。匆匆吃过早饭后，我们便踏上了一条陡峭狭窄的石板路。极陡处有如上楼梯，走在前面的人的脚步，就如踩在后面的人的头顶上。很多路段，必须手脚并用，随身所带的演出服装、道具和慰问品，只能请山脚下的农民挑着。我们响应毛主席的号召：上山下乡文艺为工农兵服务，也算是徒步走遍了平江的山山寨寨，但从来没有走过这么难走的路。开始大家兴致勃勃，一路高歌唱着革命样板戏；但走出不久，一个个便大汗淋漓，鸦雀无声。见有山泉从路边流过，便迫不及待地扑上去补充水分。这时随行的老乡告诉我们，到山顶有十五六里，这才走了两三里地。在我们看来，这两三里比平日走的二三十里还吃力。这被老乡称作才十几里的路程，我们歇歇停停花了整整五六个小时。

待到哨所时，已是烈日当顶。

老乡们为给我们助力、解乏，边走边讲着山里的趣事——说是有一条大蟒蛇缠住了一头在山上吃草的小黄牛，这头牛有几十斤重，傍晚牛的主人来找牛，见蟒蛇腹大如鼓，便知小牛成了蛇的美餐，但贪吃的蛇也胀得走不动了；说这林子里，一年中有半年云雾缭绕，其中有一种烟雾有毒，有一年三个姑娘上山采蘑菇，便被这种毒烟熏死了，家人上山找到她们时，孩子们像睡着了一样，一点痛苦也没有；因空气稀薄和风大的原因，快近幕阜山顶，便不再长灌木，长的是个把人高的茅草，老乡说这幕阜山的老虎和豹子，就生活在这里……说到猛虫，令人心惊肉跳，路便走得快。乡人说多少年没有看到老虎了，但豹子却是有的，它们要是饿急了，还会跑到山下农家的猪栏里来捉猪吃……

防空哨所建在山巅上，四野是茫茫的茅草地，传说中的豹子与他们为伴。但豹子既没有伤害过解放军，也不伤害哨所里的狗。

防空哨所的几条狗温驯谦和，见到有这么多人上山来，高兴得团团转。但谁也想不到这些狗会伤害客人——一个文艺战士出于好奇，离开军营，想到设在山顶上的哨所里去看看。刚刚步入禁地，即被狗狠狠地咬了一口。这是包括解放军在内，谁也料不到的事情。大家七手八脚把伤者抬到军营里，赶忙到厨房里抓来一把食盐，按在流着血的伤口上——在平江的习俗中，狗齿上的毒，用盐可以杀死，这是治狗咬伤的良方——当盐辣得这位闯禁区的文艺战士把美声号成狼叫时，大家明白：他晚上照样可以参加演出。狂犬病也离他远去了。

狗知道：军事要地，神圣无比，闲人是不能随便进入的。它也有一份保卫的义务，因而谁也不好责备这条忠实的狗。

在慰问团带上山的物资到达前，防空哨所盛情款待我们的是三脸盆菜：一盆是土豆红烧肉，一盆是土豆炖肉，一盆是土豆片炒肉片。

在这个山下不长土豆的季节里，幕阜山却盛长着土豆，叫作"反季蔬菜"。这里的土豆，大的可以长成拳头那么大。

在这一年中最热的天气里，县城气温高达四十摄氏度，在那个就是当了县长也吹不上电扇的时代,在这个滚滚热浪使县长和老百姓一样彻夜难眠的季节,防空哨所的战士们给我们每人发一件军大衣,这样才能够在只有一栋房子的军营外,把节目演完——就是这昼夜巨大的温差,让幕阜山生长出了世界上最大最美味的土豆。

  我几十年来天南地北转悠,也不知吃过多少地方的土豆了,但没有吃到过比幕阜山还好的土豆。

2008 年

连云山

明成祖永乐四年（1406），北京筹建皇宫需大量名贵木材，工部侍郎刘观奉命到湖广一带督办采购楠木，平江山地古来盛长樟、梓、楠等名木。

连云山东脉有一个叫南桥乡的，应是以当年多产楠木而得名，此"南"应为彼"楠"。南桥乡某村靠山临溪处，有个叫"官舍"的地方，那便是当年刘观和他的部属到此采伐楠木时的居住地。伐木容易运输难，数丈长数吨重的楠木伐倒之后，要待来年三月发桃花水，借助溪水的力量推到汨罗江边，将散木扎成木排，然后顺江拖、拉、划，运到洞庭湖，进长江，再转大运河送到京都，路上要走整整两年。其时除水运，再也没有办法搬动这些沉重的巨木。水运的最难处，还在于弯曲陡险的溪流里，需用人工将溪水一截截堵起来，将溪流蓄成小河，借此减少坡度，方可将楠木慢慢挪到汨罗江。这种流放巨木的溪流，因功勋卓著，被誉为"官溪"。

北京故宫中坚实的楠木廊柱，有不少来自平江。不知这是平江的骄傲还是悲哀。几百年来，数以百万千万计的中外游客，无不惊羡这些廊柱撑起华厦的辉煌，但有几人知道这木辗转进京的千辛万苦！

山中有好木，必能藏纳供养珍奇禽兽。《隆庆岳州府志》中载：平江每年需进贡皇室的单子中，有鹿皮120张，翎毛18400支。并有平江"产熊，脂掌味珍，胆入药"，"产猿于幕阜山中"等的记载。连云山西侧有一名叫福寿山的，古时还使用过一个叫"虎兽山"的名字，可见那时山中虎兽成群，不然也难得此名。

因连云山林密雾障，年深月久，也难免藏污纳垢。清《同治县志》卷五十中，便以大量文字描述了一种叫作"蛟"的动物。

说这"蛟"形状如蛇，有四只脚，细颈，皮肤如粟米，起水泡状，能跑跳，能游泳，还能飞。说这蛟是山中雉与毒蛇交配后而产的卵。但这雉与蛇都不承担孵化义务，这个任务便交给了大自然。说此卵未出壳便知天命，便能照顾自己出生，闻雷声响起，卵即自行滚入泥土中，慢慢沉入地下泉水旁。它要汲地下精华达数十年之久，才能成气候，其时卵已长大如斛瓮水桶一般大小，重达数十斤。

凡有此卵潜藏的这片表土，冬天不积雪，春天不长草，飞鸟走兽不在此落脚，土质会变成赤色。月朗星稀之夜视之，可见有黑气冉冉升起，直冲云天。此卵即将出土的前三个月，远远可听得见有如蝉被闷在手中的叫声，或如醉汉的喃喃絮语。待此物渐渐上升到离地表三尺时，声响渐大。

待卵出壳成蛟后，择夏末秋初，闻炸雷暴雨骤降时奋而出土。

此蛟的危害，主要是引起山洪暴发，殃及人畜庄稼。据载平江地方，自晋至清，曾发特大洪水二十六次，其中有一半是因蛟长成作怪而酿成的大祸。因蛟多出在连云山区，东南方的百姓受害更深。

但深受其害的平江人，也摸索出了对付蛟的办法：由官方出面组织，发动山民，凡在山中看到某地色赤、冬不积雪、春不长草之处，有不祥的声音传开，即掘地开挖，必得蛟卵。灭其卵的办法是杀一条狗，以犬血淋之镇邪，或以妇女月经之血泼洒，再用利刃切割，可绝其命。要是来不及发现其藏卵之处，恶蛟长成出土后，民间仍有补救措施：说那蛟虽强悍凶恶，仍是有其弱处的——它害怕火光和金鼓，农人可用夜晚点起火把、白日敲锣打鼓的办法来对付恶蛟，阻其山水不能聚集，渐退其水势，不至蔓延成灾。

为避蛟祸，官方曾出示布告，号召民众尤其是山民互相传播除蛟抗蛟的办法，并嘱人人清耳目、注精神、用心侦候、临事周防、加意勘查、共除大害。

蛟为何物？动物学家也作不出恰当的解释来。但平江人在漫长的岁月里与蛟作战的史实，足可说明此绝非杜撰的鬼怪故事。

连云山在 20 世纪二三十年代成为革命的中心，国民党军清剿共产党时，连云山中的黄金洞、辜家洞、徐家洞、灶门洞，几经放火烧山。50 年代末搞"大炼钢铁"又毁林无数，山中已难寻千年老树，楠木已近灭迹。与此同时，关于蛟的传说也已淡漠，许多山民已不知身边曾存在过如此的威胁。

但很长时间以来，连云山深处仍不时传来"怪兽"出没一说。

平江精通本地民俗的乡贤彭以达先生，曾于十多年前，以个人声望，募集十位探险的义士，背着摄影录像设备和自己设计的攀崖探洞设备，往连云山主峰一侧的连云村进发，试图破译"怪兽"之谜。

这里不通公路，堪称深山老林，几十里的范围内稀稀落落居住着一些山民。"怪兽"的说法便出于此。

彭以达一行经历着毒蜂、毒蚂蚁、毒蛇等攻击，还没有到达目的地，一个个便已鼻青脸肿。

以防不慎掉下千丈深渊，便用绳子互相绑着腰身，小心前行，有的地方无路可行，需用绳索吊着拉上放下。待锋利的岩石几乎割断了随身所带的三十多根麻绳后，他们才基本调查清楚了"怪兽"的传说——

连云村的山民在不同的地点，都有过与"怪兽"相逢的经历。据目击者大体一致的描述，"怪兽"似蛇，大的有两丈多长，小的也有一个孩子高，长着四只脚，尖脑袋，头上有如鸡冠似的红棱，大眼睛，吐着长长的舌头，会爬树也会游泳。根据目击者描述，彭以达他们分析这怪兽不怪，应是山中罕见的巨蜥。

探险队员们潜伏在"怪兽"经常出没的草丛里，架好摄像设备，睁大着眼睛，试图拍摄到"怪兽"的模样。但昼夜坚守，终无所获。那灵异之物，好不易存活于世，怎能随便让人接近？这也是应该想得到的。无功而返，辛苦一场，但赚了个高兴，可以证实家乡的大山仍是不同凡响的。好山的象征，应是血肉丰富的。血肉者，便是珍禽猛兽，名木老林。

这连云山中的巨蜥不伤人，但是吓人。它往往出其不意地出现在人们劳动的地方,凡见过它的人,无不被吓得要大病一场。有个妇女初见巨蜥时,一时吓蒙了,不由自主地伸手指了指,从此这个手指便没有了知觉,不听使唤,再也伸不直了。连云村人都认为这"怪兽"是个不吉利的东西,人见人背时,不愿把这些事讲出去。他们还认为这兽物通神,知道人心里想什么,怕今后遭灵异"怪兽"的报复。彭以达他们得到的消息,是连云村人在外面的亲戚断断续续透露出来的。

巨蜥家族有它们的势力范围,多是活动在与村庄耕地有一河之隔的老林子里。那里茅深草乱,林密路艰,从来不曾有人涉足。探险队带来的几只凶猛的猎犬,一路走来,无所畏惧,其高亢的叫声在山谷间豪迈地回响着。但随着探险队准备涉过半膝深的小溪进入巨蜥的领地时,这些猎犬突然停滞不前,一脸惊慌,夹着尾巴一声不响往后退。其恐怖状如同看到了魔鬼,或预见到了灭顶之灾。

动物多以散布自己的气味来划分领地和势力范围,并会以自己的气味来威胁入侵者。猎犬们闻到了它们无法战胜的气味,所以会知趣地落荒而逃。这些敢于与连云山中的金钱豹、野猪、毒蛇作战的猎犬会产生如此大的畏惧,可见巨蜥已是此时连云山中的百兽之王了。它们的本领,大概不在狮虎之下。

在巨蜥占山为王的地段,矗立着一个古老的花岗岩石碑,石碑的四面均刻着"南无阿弥陀佛"的字样。据老人们回忆,他们祖上的祖上,便依赖这块石碑来镇邪,使那"怪兽"不敢伤人。这碑的存在,不知有了几百年还是上千年,从碑文篆刻的功力上看,不像是民间人士的作品。也许是若干年前,官方根据民间的反映,试图解决点问题,却又无力剿灭这"怪兽",只好借助佛的权威来安抚百姓。

县志中用不小的篇幅描写过的蛟，是不是如今连云山中的巨蜥呢？相同处是形状有共同点；不同的是巨蜥不会制造洪灾，从不伤及人类生命财产。

这山中小溪上下十余里的山民，都不同程度发现过大大小小的"怪兽"，可见这里存活着一个不小的蜥蜴种群，这当是一件令人高兴的事情。彭以达他们向村民解释说这并非"怪兽"，应是珍稀动物，是人类的朋友，不应该怕它们，更不能伤害它们。经过一番科学的劝导，连云山人应是释了心中疑团的。

不知那个被巨蜥手指头吓傻了的妇女，如今恢复了正常没有。

相传连云山中，有一棵奇树，能分别以她的树枝，长成二十八种象征着祥瑞的动物，如龙、凤、狮、虎等。

每有轻风拂过，那些动物即摇头摆尾，栩栩如生。说是当年曾有地方官打算把这异物晋献给当朝皇帝朱元璋。后因朱元璋遣兵血洗平江，使一个有几十万人的平江，幸存者所剩无几，而对血海深仇，这个念头当然会破灭。

据说这是一棵不老的树，她是平江之根。这么说来，如今她应还是蓬勃地生长在连云山的密林深处的。明代至今，也不过才几百年，树活千年是常见的事情。

好像平江人不想再组织探险队去寻找这平江之根，还是让她安静而舒坦地生活着好。怕就怕一旦名声张扬出去了，贪婪之人无法抵挡金钱的诱惑，将她挖来卖到城里当摆设就完了。这平江之根一旦被挖断，不知会酿出什么祸事来。

连云山主峰西去十余里，有一峰名福寿山。此山有三个名字：

虎兽山、福石山、福寿山。前名曾是良好的生态写照；后两个山名，均强调了"福"与"寿"。古人冠此山以"福寿"之名，一定是有理由的，这个理由，一直到20世纪80年代初才多少显现出些端倪来——

福寿山麓南是浏阳县境，山势陡峭，仅有羊肠小道可盘旋上山。山北林丰水茂，地势平缓，有大片平坦的山地供人使用、居住。

山脚下有个叫北山的地方，有一处泉眼终年汩汩流出温泉来。北山有一个学子，上大学学的是地质专业，凭着职业敏感，觉得这平时司空见惯的温泉，有值得研究的地方。回来探亲时，装了一瓶泉水去省里化验，结果验出这是一种含有三十几种矿物质的稀有矿泉水。后拿到北京去参加一个博览会，竟毫无悬念获得了国家金奖。于是这股泉水立即被开发利用起来，成为人类的口福。

可惜她白白流走了亿万年。

说来说去，也没有白白浪费。后来专家测定，这福寿山脚下，流出如此质量矿泉水的泉眼多得有如筛子眼，只是有的泉眼大，有的小，这水无一例外，都流进了一条环绕山脚的小河。据当时统计，上下几十里凡喝这条河里的水生活的民众，没有发现过一例癌症病人，且高寿者遍及乡里。何谓福？少病少痛便为福，这恐便是福寿山得名的最典型的理由。

专家认为"福寿山矿泉水"有治疗胃肠疾病的功能，常洗浴还可治皮肤病。有一位老农患肠胃毛病多年，百治不愈，已难进水米，在家等死。听乡党说北山的泉水可治此病，便让打了一桶来饮用。这么弱的病体，按中医的理论，是要禁生冷的，冬天里让这气息奄奄的人喝冷水，不是死得更快吗？但病人坚持要喝，已临绝境，只能孤注一掷，死马当做活马医。那水一下肚，病人便大泻不止，越喝越泻，待将肚子里最后的水分都泻完了，老人连往下蹲的力气也没有了，这时亲人们以为他的生命也就到此为止了。谁料老人用他最后的力气吐出几个字来，说他肚子饿，想吃东西！这话太重要了，一个多年来，一见食物就皱眉头厌食的病人想吃东西，真乃奇迹，看来这神水是起作用了。

不出三日，这卧床数月的病人不用人扶，走出了屋门。不出一月，能下地干活。从此坚持喝这北山的水，后来又活了十几年，最后是因年事已高，无疾而终。

诸如此类消息传开，来北山打水的人络绎不绝，有骑单车来的，开拖拉机来的，也有开汽车来的。那时都拎着能装五十斤重的塑料壶来取水。这水曾作为最好的礼物，拖到岳阳和长沙去送朋友或领导。那塑料壶很便宜，是用劣质的塑料做成的，那时候还没有无毒塑料一说，送水的人必交代：这水应尽快想办法转移。那时候我们转移这水的办法是找医院的朋友搞盐水瓶，再就是多买些热水瓶。这水有一种气体叫作碳酸气，密闭在瓶子里不要让那气体挥发了才好。喝的时候，有如喝啤酒的感觉，那气体是养胃的。那时岳阳和长沙有身份、有关系的人家，床脚下、厨房里，到处摆着装满着福寿山矿泉水的盐水瓶和热水瓶。当然这种现象很快便消失了，水一旦能变钱，水厂就建起来了。泉水出口按科学方法密闭消毒，人们不能去自行灌水了。水成了商品，就有了很好的包装，可以用各种办法带走，城里也有了供销点。可惜产量不大，供应有限，难以满足市场需要。

离北山十来里还有一处泉眼，至今没有被商品化。那里有一座古老的小庙，庙里供的菩萨叫石母仙娘。庙旁有一口水井，箩筐大小，一两尺深。这井里的水在老百姓看来是神水，凡皮肤、眼睛方面的毛病，几番洗擦，即可见效。

人们来此拜仙求水的历史由来已久，方圆数十里的老百姓，无一不是这里的常客。每天从早到晚，无论春夏秋冬、风霜雨雪，都或多或少有人携带着装水的器皿，满脸虔诚地来此求水。

那水井也奇怪，眼见得被人舀干了，但很快又涨上来，从来没有被舀干的时候。水满至井口，便不再上涨，从不外流一滴。这水是福寿山脉同一性质的矿泉水，其矿物成分，本就有能治皮肤毛病的功能，并非石母仙娘的功劳。这股泉水没有被商家垄断起来，应有两个原因：一是出水量太小，开发价值不大。二是这井是有主人的，主人便是石母仙娘，凡人去跟仙娘争产权，不是拿鸡蛋碰石头吗？老百姓向石母仙娘求水，只需几根香一挂爆竹便行了，甚至什么都不要，仙娘也不怪罪下来，照样给人治病，而要到老板手里买水就难了。

石母仙娘和她的仙水，成为平江地方的一所医院、一个慈善机构、一处山水崇拜的净地、一个人们相聚的场所。

福寿山还有两个传说，这传说不是空穴来风，尚保留着可触可摸的遗迹——

一个是二十多年前，有个去山上寻草药的药农，在一处密林中，见一处完好的墓碑上，刻着"刘伯温之墓"的字样。明代开国皇帝朱元璋的军师刘伯温是江西人，离平江近，这山中有一条时下还存留的由石块铺成的官道，就联结着浏阳和江西。那时候湖南、湖北与江西的商贸往来，大都还是走的这条官道。刘伯温从这里过往并不为奇。刘伯温还是个风水学家，他在平江留下的故事，不在少数。药农把这个发现告诉过山上林场里的干部，但没有引起人们的注意。待后来有关方面觉得要开发旅游，有一座明宰相刘伯温的墓地在此，可是一大风景，就凭这名人效应，便要多收不少门票。待醒悟之后再组织人去整理开发时，那墓碑已被人盗走。文物贩子的嗅觉和敏锐，远远胜过公家的人。后来在林场一堵残墙的基脚上，发现了一个如那药农描述过的墓门石柱，被小心珍藏了起来。

另一个传说，言这山上有一座叫作紫竹观的古庙，曾是最后一支反清复明的叫作"白莲教"的部队的驻地。说是这白莲教的教民善巫术，当年与前来进剿的清兵作战，多扎纸人纸马与之对阵，那清兵顶多也只能与纸人纸马打个平手。白莲教守军到距此三百多里的长沙补充食物和军械，也是派的不吃不喝不知疲倦的纸人纸马，朝去暮归，即可运回所需物资。

清兵久攻不下，得一高人指点，到民间征狗无数，取狗血若干，士兵与纸人对阵时，不再持兵器，抄盆泼狗血，那纸人见血即化，这般才得以攻进紫竹观大本营，也是大明朝气数已尽，白莲教最终还是战败。清兵恼怒至极，扑到庙里见不到活人，便把庙中的石菩萨和石人石马等均以斩首处之。如今紫竹观遗址尚存，上殿、中殿、下殿的基脚完整无损。看那占地面积，可以想象当年曾是怎样的气势恢宏，宽敞典雅。可惜被毁得只剩下墙基，还有被砍了脑袋的石人石马。

庙中尚存一巨大的石槽，恐是当年庙中盛水以防火灾的设施。也有一说是香炉，可供数十人同时上香。后人好奇，搬开石槽，发现有一洞通往山中。有胆大者好奇，去作过小小的探险，但钻下去走出数十米，便觉阴风惨惨，不敢再往前走。有传说言这山洞已穿过山体，连通了十余里远山下的小镇。那无疑是白莲教战士给自己留下的后路。说不定清兵和那些纸人纸马作战时，真正的白莲教徒们见大势已去，无法坚守，早已没入地道，逃之夭夭。他们只需在远处一边喝着酒，一边如唱皮影戏一样，舞着皮影（纸人纸马）喊着杀，即可与清军大战。

福寿山南面的悬崖峭壁上，粘着几间石屋，名祖师庙。这里供的是本土菩萨，叫陈大仙，生前是一个大孝子，是一个郎中，是德行很高的人生楷模。咸丰七年（1857），敕封为昭显真人。乾隆三十八年（1773）除夕，陈大仙坐化于山上一岩洞中，尸首不腐，栩栩如生，是平江时下不计其数的寺庙中，唯一的真身（木乃伊）。人们纪念他，便在他的升天之处修了个小庙。

这庙中过去是有高僧大德主持的，如今没有了。究其原因，大不了是这里交通不便，往南走是千丈悬崖，往北要走几十里才能搬些吃的用的到庙里来。如今香火旺盛的寺庙，不再是"居庙堂之高"隐藏于深山老林中的世外桃源了。小汽车不能去、没有电灯电话、不能享用抽水马桶、没有手机信号、不能上网……这样的寺舍庙宇，是很难吸引高僧大德尤其是佛学院的高才生来做住持的。普天下人在过着好日子，出家人也不可太清苦，大家都是人啊，人人都有享受美好生活的权利。于是祖师庙成了一个破烂不堪的冷庙。当然，仍不乏愿意来服侍祖师菩萨的居士，这一炉香火从来没有熄灭过，他们是真正的修行者。也总是不乏坚毅的朝拜者，要走几十里地来给陈孝子陈大仙进香。这里没有热闹，剩下的只是干干净净的虔诚。

陈大仙也只能自己调养自己了，他的简朴的居所挂在峭壁上，最难的一件事，是屋顶漏了，泥瓦匠不敢上去收拾，因那倾斜的瓦楞下面便是垂直的千丈悬崖，天底下大概还没有一个泥瓦匠敢在屋顶上往下看一眼。但屋漏是每年都要检修一遍的，每到秋天的九十月间，守庙的志愿者便要到陈大仙座前问卦，看什么时候请泥瓦匠上山来检漏为好？待问下日子来，那庙前必云雾缭绕，其状厚如絮，其色沉如泥，这庙堂犹如稳稳地筑在万顷良田之中，泥瓦匠的感觉如履平地，可以屋上屋下自由行走。待瓦漏检定，顿时云开雾散，天清气爽。年年如此，岁岁如是，堪称奇观。

陈大仙既然能够保护好自己的肉身不腐，也是能保护好自己的居所不倒的。这里有真正的清静，还能常来这里走一走的人，是真正不俗的人。

文韬武略

晚清名士李元度的许多故事，一百多年后还在平江广为流传，可见他是平江人比较喜欢的那一类文人。

他的才华和敏捷，在当时的民间有"湖南第一，天下第七"的排位——当然这可能是平江人的看法。说是李元度七岁便能吟诗作对，一日他那教私塾的外公将他骑在肩上，趁着春光明媚，草木复苏，到外面走走。他们家就在平江县第一高山连云山下，抬头只见山青天蓝，道道白云绕山间，面对此情此景，那善吟唱的外公不禁诗兴大发，不觉脱口就占出个联来：

连云山上山连云

外公吟出上联，却是一时想不出下联来，心里有事，双脚站在小溪上的"踏水桥"边，就挪不动了。小元度见外公停步不前，便问:"外公,怎么不走了啊?"

外公说:"莫吵莫吵,外公心里有烦心的事。"

元度问:"外公刚才还又唱又念的,怎么一下子就有烦心的事?"

外公不悦:"大人的事你们小伢子不晓得。"

元度说:"我晓得你有什么烦心的事。"

外公道:"我心里的事你晓得,怕莫你就是个小神仙。"

元度说:"你是自己给自己出了个难题,对不上你那个上联了。"

外公反手在他屁股上拍了一巴掌:"莫吵,等我想想。"

元度:"莫想了,我来对。"

外公笑:"那你就真是个小神仙了。"

元度:"外公,你看看你脚下,不就是个好下联么?"

外公:"脚下?脚下是桥和水啊。"

元度:"就是这个联。"

外公就大声笑他。

元度说:"你莫笑,我来对你的下联。"便在外公的肩上朗声和道:

踏水桥下桥踏水

私塾先生这一惊,这一喜,非同小可,忙放下外孙来,瞪大眼睛,像不认识似的盯着他看。

元度问:"外公你不认识我了啊?"

外公击掌道:"好联,好联,你这伢子,什么时候学会做联了……不过这个不算,我再出一联考考你。"

元度说:"试试看。"便仰着脸等着外公出联。

私塾先生就说:"好,那我就再以这桥下的水为题。"当即便吟出一个上联:

绿水本无忧,因风皱面

元度举目张望,见连云山顶的积雪还没有完全融化,在太阳的光照下,耀人眼目,觉得有了,脱口就诵出下联:

青山原不老,为雪白头

听罢此联,那私塾先生再度连连叫好,不禁抱着小外孙又亲又摸,同时涌出两行眼泪来,对外孙说:"外公一生饱学,终不得志,原来是天性愚钝。伢子,好好学,外公的希望只怕就要寄托在你身上了……"

李元度,字次青,道光元年(1821)生于平江爽口沙塅。李元度二十三岁时,乡试中举人。第二年赴京会试时落第。后到国史馆做誊录,任黔阳县教谕。三十岁时,开始与时任侍郎的湖南老乡曾国藩有文字之缘,趣味相投,虽未曾见过面,因互相钦慕文词,而常有愉快的交流。

咸丰元年(1851),洪秀全、杨秀清在广西桂平金田起义,打出了太平天国的旗号。咸丰二年(1852)太平军威势倍增,气势汹汹向湖南、湖北、安徽、江苏等地发起攻击。

其时曾国藩遵圣旨,在长沙办团练,准备开赴前线。

咸丰三年(1853)李元度在郴州州学就职,途经长沙回乡过年。他知曾国藩作为一介书生,被委以武任,不胜感慨之际,特书写数千言,向曾氏陈说兵事,谈论大局。但他不想以己之见,去影响朋友的情绪，特地隐姓埋名。尽管军务繁忙，曾国藩读过李元度的匿名书信后，为其见解的精辟、文字的华美而拍案叫好。想来想去，如此笔墨精神，恐怕非李元度莫属。

曾国藩的直觉不错，后来与李元度见了面后，谈及此事，正是应了曾氏的猜测。很快曾国藩便请他做了个"参谋军事"，把李氏留在身边，料理军务。

咸丰四年（1854）三月，太平军浩浩荡荡，从南京的大本营出发，溯江而上，连克安庆、汉口、岳州等城市。再越洞庭，经湘江，占湘潭、宁乡等地，对长沙形成包围之势。

清廷命曾国藩率湘军迎战太平军。

离长沙二十余里的湘江边，有个古镇叫靖港，是个古渡口，是一处军事要塞。曾国藩将在此截断太平军的水路进攻，在水上与太平军决一死战。

李元度随曾氏坐船往靖港进发时，行至江中，突发大风，其时曾国藩正在阅看相关军情报告和粮草账目，不慎被风刮走大半。曾氏着急，连连埋怨自己怎么就没有抓牢它。这时正候在身边的李元度说："大帅莫急，刚才无事，在下一旁看了看，我给你复述一遍，应该无多大差错。"接着李元度微闭双眼，把那些丢失的文件背诵了一遍。那曾氏也是记忆出众之辈，没想到这李元度所述，比他所记要全面、精准许多。李元度过目不忘，记忆超常，令曾氏肃然起敬。他是个爱才之人，从此对李元度更是刮目相看，待为上宾。

曾国藩出师不利，靖港一战，湘军大败。曾氏刚烈好胜，无法容允自己的失败，立下遗嘱，交代若干后事，欲投江自尽。李元度相随左右，见曾氏神情恍惚，觉得要出大事，便昼夜不离他身边，严加看护。曾国藩三次投水，均因李元度等用心守候，才未酿成悲剧。

据说后来曾氏还有过自杀之举，恰巧都被李元度救出。

李元度凭其所学和善言之能，引古论今，在曾氏耳边说出许多生命和得失的道理来，倒也渐渐地影响着曾氏，为其重新振作加了不少油。曾国藩乃饱学之士，这些简单的人生道理何尝不懂？只是人一旦身处逆境，就不能往好处去想了，有人再度重复和强调这些道理就不一样了。

多年以后，曾国藩提起故旧之交，必颂李元度有"救命之恩"，称之为"患难之交"。

靖港一战失败，曾国藩重新振作，积极备战。

曾氏命李元度随部队投入攻克湘潭的战斗。李元度虽为一介书生，不能弄刀舞枪，却也如曾国藩一样，饱览兵书，通晓谋略。李元度初次入阵，便立下攻克湘潭的战功。论功行赏，曾帅保他知县职，加内阁中书衔，赏戴花翎，时年李元度三十三岁。

咸丰八年（1858），曾国藩命李元度率部赴浙江、江西等地作战，皆有好战绩，被曾氏评价为"有裨大局"，奏请皇上赏李元度"道员记名"加"按察使"衔。

咸丰十年（1860）三月，李元度被授浙苏"温处兵备道"，后又调补徽宁"太广道"。这年八月，徽州战事吃紧，曾国藩令李元度率新兵三千，昼夜兼程驰援。其时太平军连克郡城，部队越聚越多，待来围攻徽州时，已有十万之众。十万对三千，因双方兵力过于悬殊，李元度终是难敌对手，苦守孤城两日后，无奈城破，他不得已率残部杀开一条血路，好歹留下了一条性命。

曾国藩治军严格，赏罚分明，奏报皇上，革除了李元度的职务。

李元度孤身一人，重回平江故里，读书、种地。

在平江人看来，李元度此番战败，与失职无关，不该受如此严厉处罚，再说他也是救过曾国藩性命的。那么为什么又会发生这样不符合曾氏性格的事来呢？人们免不了要寻找原因，找来找去，倒也是找到了一个多少有些道理的理由来。

说是在李元度革职前不久，曾国藩剿太平军势如破竹，春风得意，正督师两江。在一次聚会上，大家心欢气畅，免不了是要吟诗作对，高谈阔论的。这李元度也许是多喝了几杯，平时那心直口快、自恃才高的性情就暴露无遗了，无意中竟伤害了曾国藩——

说是大家谈到天下难对的对联和句子时，有人便举出一个至今没人对出的句子：

如夫人（"如夫人"者，准夫人或妾等）

这李元度是对联的高人，当即就朗声对道：

同进士（"同进士"者，准进士）

也有平江人说当时有人出的上联是：

如夫人洗脚

李元度对的是：

同进士出身

不管如何，这两个联都对得工整有趣，解了多年积压的联中疑难，引起了一阵喝彩。

而此时大概也有人注意到了刚才还兴致勃勃的曾国藩一脸惨

白，拂袖而去。

原来这曾国藩正是一个"同进士"出身。

清朝的科举制度，最高级别为皇帝亲自主考的殿试，当场取三甲：一甲取三人，名为状元、榜眼、探花，赐进士及第。二甲若干人，赐进士出身。三甲若干人，便只能赐同进士出身。凡其时的读书人，能获一、二甲，得进士出身，是最高的奋斗目标。曾国藩虽才高八斗，聪慧过人，但应试时不幸失误，仅中三甲，赐了个"同进士"出身，这成为他平生最大的遗憾。不管这李元度对那联有意还是无意，一提到"同进士"，在曾氏看来，就触到了他的终生隐痛，对他的伤害，都是惨重的。何况是当着那么多贤达儒生的面，又是在那大宴群英的场合。什么句子不可以对，要触人家的隐痛呢？真正叫作是"哪壶不开提哪壶"。不久李元度在战场上失误，曾国藩在处置他时，是不是那一口恶气还未消呢？

李元度被贬回乡，但并没有沉沦，这也不符合他的心性。他可著书立说，可静下心来思谋时世，有干不完的事情，活不完的乐趣。李元度饱读诗书，博古通今，立志高远，胸襟开阔，不会因一时得失而有损其鸿鹄之志。但见国家有难，狼烟四起，他虽退隐山林，却还是在悄悄地做着重出江湖的准备。他知一个秀才、几篇诗文，是成不了大事情的，便在平江谋划着东山再起的大计。一年之后，李元度在平江这个人烟稀少的山区小县，面试招募"平江勇"八千余人，组织成一支声势不小的队伍，号"安越军"。李元度的文采名声，早就传播于平江的山山岭岭，村村寨寨，只要他振臂高呼，青年人都愿意来追随他。

其时的湖南巡抚文格十分看好李元度的才华，他手中的"安越军"，也正好用来为朝廷效力。这时与平江搭界的浏阳县，正和太平军对阵，战事吃紧。应文格召唤，李元度紧急出兵援救，初战即胜，救浏阳民众于水火中。巡抚文格论功行赏，即奏明皇上授李元度"按察使"衔和"布政使"衔，比被曾国藩撤销的职务更进一步。

浏阳战事刚息，远在千里之外的浙江战事告急，李元度受命长途跋涉率部远征援浙。此行十分艰难，沿途受阻，一路战事不断，且战且进，无法按时解杭州被困之危。待李元度率伤痕累累的队伍赶到杭州时，太平军已攻陷杭州。

两年前李元度守徽州失事，两年后援杭州不及，曾国藩大为光火，于同治元年（1862）二月十三日两次参劾李元度："该员治军一味宽纵，多用亲族子弟。平日文理尚优，带勇非其所长。"皇上准参，李元度二度被革职回乡。

第一次李氏被革，处罚本就过严。曾国藩再次不究原委，便要引起众人非议了。当时的朝中大臣李鸿章、沈葆桢、彭正麟、杨兵斌等都有不同看法，但还是没有挽回局面。众人只知李元度受罚不公、处置过重，却不知李元度曾因口快误伤过曾国藩，其惩处夹杂成见，也在所难免。

但曾国藩毕竟是一位境界高远、善于反思的大儒，以后追忆旧事，回想起对李元度的两次处罚，也感到下手太重了。他在致九弟国荃、季弟贞翰的信中，曾经不无内疚地这么说："次青之事……吾之过，吾之过……余负次青，懊悔无地。余生平于朋友中负人甚少，惟负次青实甚……有可挽回处，余不惮改过也。"

后来曾国藩将自己的一个孙女嫁给了李元度做儿媳妇。他们成了亲家，可谓亲上加亲。也不知曾氏此举，是不是对他以往过分的做法，表示的一份歉疚。

在李元度第二次受贬之后的第四年，曾国藩与李鸿章等奏请朝廷再次启用李元度。曾氏在奏疏中毫不掩饰其内疚之意："昔弹劾太严，至今内疚。"

同治五年（1866）李元度再次从平江被召回，重新启用。其时贵州苗民起义，战事吃紧，李元度奉命率援军昼夜兼程赴黔作战。此仗打得精彩利落，战争结束后，李氏被留在贵州理事，任按察使、布政使等。在贵州任中，李元度大显贤能，肃清匪患、惩处贪官、扶贫济困、主持公道；又大兴蚕桑，开挖矿石，励精图治，深受人民爱戴。

曾国藩有负李元度的过节，在李元度以后的众多文章和书信中，从未提起过，他毫无怨言。因战败而受罚，在他看来是天经地义的事情。因有这等心境，才能够精神不倒，东山再起。

在李元度心里，曾氏作为良师益友的地位从来没有动摇过。后他所著《国朝先正事略》一书，还是非常恭敬地请曾国藩作序。曾氏也欣然应命，给予高度评价。李氏的文采，曾国藩从来是看好的。

同治十一年（1872），曾国藩在两江总督的任上病逝，李元度哀伤至极，以泪为墨，书挽诗十二章，哀悼师友。其佳句"雷霆与雨露，一例是春风"等曾广为传诵。大儒之间的深厚情谊和相互钦慕之心可见一斑。

李元度在外做官打仗之事，离平江人毕竟太遥远，他给平江人留下的财富，还是他那些妙趣横生、好记上口，具有浓郁平江地方风味的诗联。

李元度幼时便能作对,且兴致到老不减,无论碰到什么人,只要有机会,都爱表演一番。待他考中秀才之后,名声已经很大了。

有一年,他在离平江县城二十余里的梧桐山上一只寺庙里读书,准备不日去三百里外的岳州参加考试。

一天傍晚,天未断黑,他就关上房门,点灯静心读书。读得正酣,忽然有人敲门。他是个爱热闹的人,这番为了赶考,才搬到一个无人知晓的地方读书,有谁会来打扰呢?心里便有几分不爽,不打算去开门。但那敲门的却是固执。李元度叹一声,只好起身见客。只见门外站着一个汉子,身材单薄,皮肉白净,眼睛里有几分傲气,看上去不是一个干苦力活的。这人果然傲慢,开口就有几分揶揄:"农夫还在耕种,先生便闭门读书,可敬可佩。"

这话听来是外地口音,说来有几分文气,看样子是一个游学的外地书生。无端地被打扰,加上来者的不恭,心高气傲的李元度脸上便不好看,他不急于回话,也不请客进门,当即顺手牵羊,就对方所言的一个"闭"字,脑中就闪出个上联来,想如果你能对出,再行地主之礼也不晚,便道:

门内有才方是闭

那书生抬头一见寺庙的斗拱檐廊,随口就接道:

寺前无日不行时(時)

李元度知碰上了能对联的好手,心里就高兴了,他最爱的便是这一口,刚才的不悦便一扫而光。

来者见气氛缓和了,就问李元度:"敢问先生贵姓?"

李元度便把自己的姓占成一联:

骑青牛,过函谷,著道德五千言,老子是李

何等的口气！这姓也真够"贵"的了，竟与老子等同。

李元度微微一笑，反问对方："敢问先生贵姓？"

书生不慌不忙，答道：

斩白蛇，入咸阳，兴汉室四百载，高祖是刘

"好好。"李元度拍手称道，刘皇帝对老子，妙对。当即就执了刘书生的手，让进门来。又嘱寺里朋友备饭整茶酒伺候。因联而近，又因棋逢对手，就亲热起来。三杯下肚，就有了一见如故之感。知那书生也是个秀才，岳州大地方人氏，刚从武汉游学归来，听说平江有个"神对李"，专程来拜访。

当晚李元度与刘秀才共枕而眠。

来日携客人在梧桐山闲逛，登临一岩头，见绿林缝隙中露出一处民舍，刘秀才便吟出一联来：

眼前一簇园林，谁家庄子

李元度一时无对，便与友穿过这片林子，来到村舍，就近走进一户人家，见那门上贴着一个"寿"字，堂屋里挂着几张乡邻送的寿联，知是刚有人做过寿。李元度不禁窃喜，当即对出个下联来：

壁上几行文字，哪个汉书

好不易寻个"汉书"对"庄子"，甚是不易，那刘秀才也不禁叫出声"绝"来。

两人携手攀上梧桐山顶，朝东望去，便是绵延数十里的连云山。刘秀才见那巍峨气势，问那是什么山。

李元度答那是平江最高的山，叫作连云山，当即又诵出一联来：

连云山梧桐山，山山出，大小尖峰四周罗列

那刘秀才不假思索，以自己刚游历归来的印象为联来应对：

武昌口汉阳口，口口回，上下卡子千里重关

不日李元度便将赴岳州考试，刘秀才说他也会去应试，于是商定结伴同行。便各自闭门用心读书，休息时相互切磋，其乐融融。

考期将近，他们收拾行装，自平江县城大码头坐船，顺汨罗江西行，进洞庭湖，至岳州应试。

江水碧波荡漾，两岸草木青青，风光如画，文人雅士于这情景中，免不了是要诗兴大发的。只见不远处有一座木桥，桥边地里的荞麦长得正好，微风拂过，成片荞穗左右舞动，那刘秀才见此景甚是生动，即占出一个上联来：

风动荞动桥不动

李元度身在船中水上，张口就来：

水流舟流洲不流

此联对得又快又好，刘秀才不禁鼓掌。

出发前，李元度的母亲在他的行李中装了些李子。正和刘秀才品尝之际，见那船边逐浪的金丝鲤鱼不时跃出水面。刘秀才见状，便以李去击鲤，李击不中鲤，一会儿鲤鱼又照样出水嬉戏。李元度见状，便吟出一联来：

李打鲤，鲤沉底，李沉鲤浮

此联虽是即兴随景而出，并无雕琢，却是奇巧难对。刘秀才一时也吃不进这李子了，绞尽脑汁，终不得出。船又行一程，从一片花草浓密的弯处经过，有一群采花的蜜蜂被惊起，自船头掠过，

"嗡嗡"声立时盖过水响。刘秀才面带微笑，抚掌道一声"有了"，朗声对出下联：

风吹蜂，蜂扑地，风息蜂飞

即景对即景，李元度也要为刘秀才的才华喝彩了。

岸边农家有喜事，传出阵阵锣鼓声，伴有湖北的汉剧戏腔。李元度听罢吟道：

搭东台，唱西戏，南腔北调

刘秀才看见附近田野里的农民正忙，便答：

播春种，育夏秧，秋收冬藏

船至岳阳楼附近，舟楫穿梭往来十分繁忙，李元度吟出一联来：

舟船如梭，织成江中锦绣

刘秀才见岳州城中的慈氏塔倒映水中，便道：

塔尖似笔，倒写天上文章

船到岳州，在岳阳楼上岸，那刘秀才竟不辞而别。李元度甚觉奇怪，却又无处寻找，便不去想他，安心准备应考。

一连三场考试下来，李元度三篇文章都做得又快又好，深得考官的好评。最后就只差主考官学台大人的面试了。

这日有不少秀才待考。待李元度应考时，已有好几名秀才灰溜溜地从考场出来，问及因由，一个个都说那主考官学台大人太厉害了，他们实在无法应对，叫元度小心为上。

堂上传李元度入场。

见那场上果然肃穆，主考官边上簇拥着不少人。刚立定，有一名考官发问:"你父母都是做什么营生的?"

李元度一听在这般严肃的终考考场,考官提出这样的问题,实在好笑,便不再拘谨,想戏弄一下那蠢考官,即随拟一联答道:

父在外,肩挑日月

母主内,扭转乾坤

虽算不得一幅工整的联,却是回复得巧妙,那考官一时反应不过来,不无恼怒,问:"这是什么意思?"

这时李元度见那主考的学台大人朝那个助手使了个眼色,轻声道:"别问了,他不是说了,他父母是打豆腐、卖豆腐的嘛。"

声音虽轻,李元度却听到了,想这主考官果然反应快些。他正是出身这么一个靠打豆腐为生的贫寒人家。

这时主考大人发话了,为了挽回他助手的面子,便也出了个刁钻刻薄、不无挖苦的联考李元度:

桃李杏同栽,问何时开花

李元度知这是个高手,需用心应对,但性情使然,也不甘示弱,便也对出个同样刁钻挖苦的下联来:

稻粱黍杂种,看什么先生

看上去雅致,却是针锋相对的对子,顿时让满堂雅士无言,大家紧张得喘不过气来,不知李元度如何下台、主考大人如何收场。

只见那学台大人轻松一笑,吟出个对联来:

骑青牛,过函谷,著道德五千言,老子姓李

斩白蛇,入咸阳,兴汉室四百载,高祖是刘

李元度闻言大惊,这不是他数天前与那个游学秀才在梧桐山上的对子么？怎么会被这主考官知晓？不禁抬头细看，见那着官服的主考大人，正是和他一路同来岳州的"刘秀才"，便有些发慌，忙跪伏于地，连声谢罪："学生有眼不识泰山，有罪有罪。"

原来这学台大人在江湖上闻言说平江山中有个会诗联的人物，正好他也喜爱这一口，使乔装前往访贤。

这一惊一乍，众人不知所措，难道这主考大人与考生早就熟悉？

那刘大人是个光明正大之士，趁大家尚未明白过来，为使众人服气，又要让李元度明白他的意思，便道："我再出一联，如你对得合适，便恕你无罪。"

李元度叩首道："大人请示。"

学台大人思谋片刻，道：

乾八卦，坤八卦，八八六十四卦，卦卦乾坤已定

李元度一听便明白，学台大人是诚心在提携自己，那"乾坤已定"便是明白的暗示，想这主考大人以把考试结果当场告诉了自己，不禁心花怒放，终是学有所成，没有辜负家人之望。尤其是他家境不好，近年来，全凭岳父的资助，才得以有时间用心读书深造，但岳父的投资是要有回报的，说是要"大比夺魁后方可完婚"。看来，此番回去，便会满足岳父和自己的心愿。想到这，一个下联不假思索就对出来了：

鸾九声，凤九声，九九八十一声，声声鸾凤和鸣

对的好联，那学台大人就不顾斯文地在上面叫道："好一个鸾凤和鸣，考生到时办喜事，不要忘了请我喝一杯喜酒啊。"

这次考试，李元度得了第一名。

李元度和刘大人因文字而成了莫逆之交，自此书信往来不断。

李元度大考获胜，风光归来，亲朋乡邻皆大欢喜，接下来便是请客办喜事。考场高中，体面迎亲，真正是双喜临门。

李元度的姻缘，也是诗联牵的线，作的媒。

李元度十几岁时害过一场病，身子虚弱，常要服些中药调理。一日得了一名老中医的方子，但有几味药乡间不能配齐，便步行到四十里外的县里配药。县城其时最有名的中药铺叫作"济世堂"，是祖传的老药号。老板姓陆，能医懂药，且有好文才。膝下仅一独女，自小精心培养，知书达理，长大后风姿绰约，已到谈婚论嫁的时光，引得无数富家子弟渴慕。陆家不缺钱，要纳的是有才有德之婿。陆老板不想与媒人周旋，在门头贴出一个招亲联。他开的是药铺，便用药名作联。他放出话来，有人能对出此联，才可谈女儿婚事，联曰：

红娘子，插金簪，戴银花，比牡丹芍药胜五倍，苁蓉出阁，宛如云母天仙

此联一出，一个县城，竟无人能对好，也有富庶人家出钱请先生拟联的，也终是没有一联能合陆老板胃口。

这日李元度持着药单子来"济世堂"配药，抬头见已经泛白的红纸上写着这联，看后自言自语："有点意思，有点意思。"这时陆老板正好在场，见这少年虽风尘仆仆，衣着破旧，却是眉清目秀，那口气里还有点自命不凡，便要听听他能说出什么话来。这时李元度问店中伙计："门口这联，有谁对出来过没有？"伙计便说出陆老板悬联招亲，至今未能获得佳联一事。李元度觉得有趣，便朗声吟出一个下联来：

白头翁，持大戟，跨海马，与木贼草寇战百合，旋复回朝，不愧将军国老

李元度因体弱吃过不少中草药，早能背诵诸多药名了。

那陆老板是个品联高手，自悬联以来，少说也听到过几十个了，还没有一联以药对药，对得如此贴切有趣的。那最后的"国老"，乃"甘草"的别名，最是恰当不过。想这年纪不大的青年，能有如此才智，真是难得，当即将李元度邀请进店中。言谈之间，陆老板探得他便是自小能吟诗作对的"神童"李元度，不禁大喜，便暗中将女儿唤出来敬茶。

说着话，陆老板想再次试探李元度的应对能力，又诵出一联：

春牡丹，夏芍药，秋菊冬梅，谁是探花客

李元度此时已知出联的是药铺老板，想那举止大方、贤淑雅致的敬茶少女，必是其千金，想那"悬联招亲"恐怕是真有其事，便心中暗喜。应对如此联语，在他来言，乃小菜一碟，张口就来：

东启明，西长庚，南阿北斗，我乃摘星人

此语一出，那父女俩已是心有所依，认定李元度便是佳婿正选。

很快有酒菜果子摆了上来，陆家老少都来见新贵人。李元度见自己一身旧装，走了几十里路，一头一脸灰尘，甚是尴尬。陆老板看在眼里，便以联来消除他的顾忌，见佣人端一盘新切的莲藕，便道：

因荷（何）而得藕（偶）

因有联对了，李元度顿时放松，伸手从果盘里拿出一个杏来：

有杏（幸）不须梅（媒）

一家人哈哈大笑，其乐融融。

此后陆家大力支持李元度读书。

陆老板见他体弱，建议他到有"亚武当"之称的梧桐山上调养，山上清静好读书。还让他跟一位名声不小的武僧学武术，强身健体，为他以后的戎马生涯，打下了很好的基础。

平江习俗中，对于求学之人，是有文化期望的，如忧喜两事，都少不了有诗联趣话。书香人家的嫁娶，大都会留下不少佳话。

李元度的洞房花烛夜，断不了也要吟诗作对。那陆小姐本就是一个才女，待新郎官入洞房时，门头就贴着一阕上联，那是新娘的手笔：

武就文成，金榜题名实富贵

婢女笔墨伺候挡在门边，指着空着的下联。新郎知道，不对好下联是不能进洞房的，便边写边高声朗诵：

男婚女嫁，洞房花烛真风流

婢女听得，绣房里有一声轻轻的咳嗽，那是她与小姐约定的信号。婢女立即手挑门帘，放新郎进门。

床上坐的是披着红盖头的新娘，一对三尺高的蜡烛上，也挂着一小幅联：

红烛蟠龙，水里龙由火里化

新郎明白，不对出此联，那红盖头是不能去揭的。

李元度沉吟之际，忽见红罗裙未盖住的小姐脚上，是一双精美的绣花鞋。他心头一亮，走近书桌上备好的一阕空联，边书边吟道：

花鞋绣凤，天边凤从地边飞

好联。那红盖头下便有了轻轻的笑声……

李元度为官任上，几度遭贬，回老家乡里，却是深受欢迎，都知他善对，也爱对。那爱联的各色人等，只要一有机会，便要拦着他来上几句。

一次他回老家，母亲请了个篾匠来家做篾活。那篾匠便拦着李元度，说："李大人你是大书生，我想了个联，你看看如何？"

李元度见做篾匠的也会做联，便眼睛一亮，万千愁事一扫而空，忙说："请讲请讲。"

篾匠道，我就以篾为联：

弯楠竹，破直篾，挽圆箍，箍扁桶，装东装西

这联看似平常，却是巧妙刁难，这可把反应敏捷的李大人难住了。在篾匠旁边转着圈，百思不得其要领。他母亲在房内纺纱，见儿子久思无奈，脸额上急出汗来了，总不能让一个布政使大人在一个穷篾匠面前丢脸吧。母亲虽为妇孺，不谙诗书，但在这书香人家久了，近朱者赤，少不了也能来上几句诗联。她一边纺着纱，一边也替儿子想着题材，猛想这纺纱不就是一个好题材吗？忙把纺车搬到院子里来纺纱。

儿子问："娘你把纺车搬出来啦？"

母亲朝儿子眨眨眼睛，口里却说："屋里坐久了，出来晒晒太阳。"

李元度马上察觉出来母亲的举动有文章，低头一看纺车，心中一喜，说声"有了"：

短棉条，纺长纱，织大布，缝小衣，遮前遮后

篾匠一听，高声拍手叫好，说："听说大人要回来，我这联琢磨了几个月，不想被你张口就对上了，好联，好联！今天的工钱我是不能要了。"

李元度说："要不是我娘提醒我，你这上联还真会难倒我。我作了弊，应该受罚才对，今天应给你两天的工钱。"

李元度被贬清闲了，免不了是要去看看昔日读书习武的梧桐山的。这日他来到山上寺里，当年教他功夫的师傅和寺中长者，很高兴地迎候着他。人家可不把他当贬官看待，一口一声称他李大人。但李元度看出来他们一个个皮笑肉不笑，无不心事重重，便问寺里出了什么事？师傅便吞吞吐吐告诉他：因山上近年来香火旺，出家人也多了起来，现在寺里左边住着二十几个尼姑，右边住着二十几个和尚。前几天新上任的县令来山上游走，见尼姑和尚都住在一个寺里，大为不悦，说是有伤风化，限令三天之内，要么让尼姑下山，要么叫和尚出走，不然就要拆掉这庙。但谁也不愿意离开这洞天福地。寺里的当家和尚百般求情，那县令便出一联，说能对出此联，便可保住寺庙，限期也是三天。眼见得只剩下一天的时间了，可找遍附近读书的，也没有对出个好联来。

李元度让师傅找出那联来，只见县令写道：

左尼姑，右和尚，清静何为清静

李元度一看笑笑，说这有何难。他让找出纸来，随手就在上书道：

上观音，下罗汉，修行各自修行

众僧尼见联无不称奇。一面着人打点请李大人休息，一面差

人将下联送到县衙。

千年古寺就此保住。

梧桐山下有个叫梅仙的地方,百姓们听说李元度保住了梧桐山寺庙,便在下山的路上,由乡间长者,备下酒茶,专候李大人下山,敲锣打鼓接到村庄里。原来他们正修好了一座神庙,庙前做了一个戏台,万事俱备,戏台两侧正好差一副好联。听说善作对联的李大人来了,请他赐联一副,这不是锦上添花吗?

李元度站在戏台宽敞的场坪里,略加思索,便叫拿纸笔来。纸笔是早就摆好了,李大人挥笔而就一副戏联:

三五步走遍天下
四六句道尽古今

梅仙人为得此妙联无不欣喜。酒菜当然是早就备下了。

李元度曾任县文庙的主事。一天他办事出来,门口候着一个汉子,一脸喜气迎着他,李氏认得,是爽口老家的一个近邻。汉子就一把拉着他,说:"李大人,到店里喝一杯茶去。"一问,得知他近年来在外做挑夫,赚了点小银子,在县城开了家小茶馆。李元度便随乡邻来到他的茶馆。茶馆新开张,虽小,却也整洁。一进门邻人就高叫老婆出来见客,说李大人请来了,并嘱倒二两酒来。于是两人坐下饮茶喝酒。邻人说知大人回来了,在文庙主事,他在那门口等了三天,才有幸见着。见他为的是新开茶馆想求他赠一副对联。李元度自是不会拒绝乡邻的要求的,便说你刚才就说出一副联来了,还要我做什么联。邻人谑笑说自己扁担大的字不认得几个,李大人是讲的笑话。李元度便说我写给你看。那边笔墨是早备好了的,就写道:

忙里偷闲，且喝一杯茶去
苦中作乐，再倒二两酒来

李大人放下笔道："你看看，是不是你说的联？"邻人一看大乐，"喝一杯茶去，倒二两酒来。"这果然是自己刚才说过的话。

此联的诞生过程经茶馆老板的添油加醋，成为佳话，在平江广为流传，这家小店因此而扬名，都爱来这家茶馆喝茶。

被平江人誉为"神对李"的李元度，也有他"走麦城"的时候——

说话李元度急于整理一批文稿，但又应酬太多，便悄悄地躲到连云山中一友人的草庐里，关门写作，嘱咐随身佣人好生把守门户，任何人都不见。这样，倒也过了十天半月的清静日子。

谁料他的行踪，最终还是被人知晓，一日佣人告诉他：有一个远路而来的游学先生，死搅蛮缠要求见他。李元度正干得顺意，平白遭此打扰，甚是恼火，要求佣人想办法打发来人，他是不会见那不速之客的。但佣人怎么也撵不走那游侠，眼见得天色将晚，佣人再来报，说来人不但不走，还要求在此留宿，且口气很大，一定要会会他这个做联高手。

李元度无奈，起身隔窗望望门外，只见台阶上坐着一个秃头书生，形容枯槁，衣衫不整，还有些盛气凌人。一看来者那模样，李氏更恼，便拉开一条门缝，对着那游侠说出个不雅的上联来，看能不能气走他，联曰：

树大权多，不宿无毛之鸟

那游侠鼻子哼了一声，回应道：

滩平水浅，难藏有角蛟龙

李元度听这联，便觉这绝非无赖之徒，一般角色，心就软了几分。为了不失其懦雅身份，便拉开房门，把客人让了进来。忙嘱佣人泡茶，打洗脸水。

一会主家摆上晚饭，是些山中菜肴。李元度邀游侠入席，顺手挟了几片春笋，说出个联来：

筷子夹笋，笋夹笋，老笋夹嫩笋

游学先生不客气，夹了一块猪头肉，塞进嘴里，对道：

嘴巴吃肉，肉吃肉，活肉吃死肉

李元度叫道："好联！"便忘了不快，大有酒逢知己之感，便和那远路客畅谈起来。李元度知来客乃江夏人氏，便信口吟出个联来：

四水江第一，四季夏第二，先生居江夏，是第一，还是第二

游侠当即应声：

三教儒在前，三才人在后，小弟本儒人，不在前，也不在后

果然是一个狂人。李元度喜欢这等有才学的狂人，便留他住了两晚，放下手中活计，领着他在山中溪涧走游嬉戏，对下许多有趣的联来。

无名游侠告辞的这日，李元度送他到草庐下面溪边，突然风起，便见云雾自山腰间劈头盖脸涌了过来，将大小峰峦融成一体。那游侠就吟出一联来：

连云山上山云连

还在几岁的时候，李元度的外祖父便出过"连云山上山连云"

的联,他对的是"踏水桥下桥踏水"的句子。而这位游侠稍稍将"山连云"改成"山云连"的回文联,却是情形大变。李元度一时也想不出个合适的下联来。

此联一直到李元度去世,也没有对出来,成为他的终身憾事。

后来有人说那先生是渴慕李元度的文采,也用心研究过他那些流传广远的诗联故事。他不远千里要来一睹他的风采,也挖空心思要给李元度留下个对不出来的联。

2009 年

茴殇

凡是给平江人做过好事、广种美德的人，平江人都不会忘记他。纪念的办法便是给他修祠建庙，世代香火伺候，让后代永记他们的英名，让其百世流芳。

平江有个叫"三献寺"（也称"谢侯祠""茴王庙"）的，便是纪念一个广东人，他叫谢仲埦，字笆轩。

乾隆六年（1741），谢氏在平江当知县。其时正逢平江县普遭春旱，春种作物，大都夭折。眼见得手下百姓颗粒无收，这可是天大的事情。谢知县忙从老家引进一种叫作安南薯的红薯，动员百姓广为栽植。凡薯类无需播种，摘其藤蔓尺余，插入土中，即可成活。无论山坡还是洼地，不分土瘦还是泥薄，此物见泥即可生根，耐旱，可经风雨，几个月后便可长出拳头大小的红薯来，一兜少则收获几斤,多则几十斤,可生食,可煮可烹,从根茎到苗叶,均可供人畜果腹。

平江地方山高坡浅,地势坎坷落差大,留不住雨水,来得快流失也快。"易涨易退山中水",正是对山地情景的生动写照。如遇大旱,就只有挖草根吃树皮逃荒讨米了。这一年,平江人无奈之际,半信半疑跟着谢知县栽红薯苗子。这苗子果然不怕干旱,慢慢就见爬满了山坡。十月间薯熟,掘开泥垅,竟是果实累累,尝来肉质细嫩,甜润爽口,浆汁丰腴。平江人依赖此物,度过了一个大灾之年。

从此平江山地,广种此物,一直延续下来,成为山民的主粮。

平江称此物作"苕"。

苕的学名众多,分别叫作红薯、甘薯、番薯、山芋、地瓜等。此物原产于美洲中部,有史料记载,是一个叫陈益的国人于明万历十年(1582)带到广东的。在那么一个交通不发达的时代,也不知陈益是怎么把这苗子带到中国来的。也有一说是从越南、柬埔寨引进来的。

全中国种植此粮的地方很多,唯有平江把它称作"苕"。有植物学家曾研究过这个称呼的来由,至今无结论。

两百多年来,谢知县给平江人民带来的大恩大德,难以尽言,平江人建寺以作铭记,人称他为"苕老爷"。

"苕老爷"的声名,在我们先辈的心目中,与当今"杂交水稻之父"袁隆平的声名,有过之而无不及。在谢侯祠中,有一诗联还成为平江人永远的记忆:

番薯荞麦满平原

尽是贤侯去后恩

每食不忘思所自
万家生佛谢笸轩

初冬是收获苕的季节。去地里挖苕是老老少少都愿意干的活，刨开泥土，顺藤扯出苕来，往身上擦擦泥巴就可以吃，有最直接的欣赏性和实用性。不像收割稻子，要进口还有很多复杂的程序。

苕挑回家后，一部分留着来年做苕种，一部分留下来过冬时食用。家家户户都是要挖一个苕窖的，或是靠山依坡横着挖，或是垂直往下挖。在恒温的地下，带着泥土的苕藏入窖中，能保持鲜活。

大部分苕不进窖，挑回家便要马上刨成苕丝。那些日子，家家户户都会奏响着"咔嚓咔嚓"的刨苕丝的美妙音乐，那是农民心中无与伦比的乐章。苕丝是雪白的，流着浆汁散发着清香，弥漫于山川田畴间。一般是晚上刨苕丝，待来日清早洗过后，挑到当阳的地方，铺上竹篾织成的晒席，将其晒干了，好储存。洗苕丝用的是很大的木桶，洗过苕丝的水很珍贵，不能马上倒掉，待乳汁似的水慢慢澄清后，倒去表层的水，便见一层细腻的粉末巴在桶底，叫作苕粉，它是苕中精华。把苕粉刮起来晒干后收藏好，在准备年货的时候，家家户户便开始烫苕粉皮——把苕粉取出来，调成糊状，取出家家必备的圆形的薄铁皮盆子，倒进苕粉，在滚烫的水里面一烫，便变成了透明的粉皮。巧妇们举着盆子轻轻一反扣，粉皮便晾晒在竹杆上了。一个太阳晒下来，粉皮便干透了，切成丝和片，便是时下遍及城乡的餐桌上的苕粉条和苕粉皮，天下再也没有比这更适宜下火锅的菜了。这当然也是乡中过年不可缺少的食品，可上餐桌佐菜，可油炸后做零食待客。苕粉煎蛋是好菜，一个鸭蛋里放一撮苕粉兑点水煎出来，可摊出两三个蛋的面积来，待客就客气。将茴粉调成糨糊状，用开水冲了，喉咙口舌上了火，吃一两次便可将火气尽除，任何消炎药都没有这么快速有效。

茴的最大功用，还是用来当饭吃。在袁隆平先生发明和推广杂交水稻之前，平江的稻谷种早晚两季，亩产加起来也只收得四五百斤谷子，一百斤稻谷出七十斤左右的大米。在人均只有几分田的平江，这么算下来，除去上缴国家的，预留下的种子粮，一个月只能分得十几斤大米。一天不足半斤米，不够填塞一个出力的汉子的肚子一角。而很多山地，因光照不足，山高水冷，一年只能种一季稻。可想而知，吃白米饭对于平江人来说是何等奢侈的一件事情。要是碰上旱灾、虫灾、风灾、山洪泥石流，人们就看不见白米饭了。

在20世纪70年代前，茴丝是平江人的主粮，大米成了杂粮。那时候国家干部、人民教师之所以令人羡慕，是因为他们每个月可以凭粮证到粮站籴到27斤大米。尽管这样，这27斤大米还是吃不到月底，那时候绝大多数干部出身农村，上有老下有小，一家人围着这27斤大米吃，要是不掺茴丝，几天就消灭掉了。

掀开所有平江人的锅盖，都是只见茴丝不见米的。干部和手头宽绰一些的人家，锅底才有薄薄的一层米饭。

就是解放前的大户人家，也不敢吃白米饭，只是他们饭里的茴丝少一些。

只有在过年吃团年饭时，人们才能吃上一顿白米饭。家家户户要把珍贵的大米省下来留着过年。还要努力省一点大米下来待客。上面有干部来了，娘家人来了，那是要多下一把米的。揭开锅盖后，先刨开上面的苢丝，盛一碗白米饭待客。

平江人大致分为两种人：一为洞里人，一为塅里人。其实都生活在山地，平江没有一块可以够得上一平方公里的平整土地。这种划分，大致是以"白米饭"为定性标准的——那基本上没有水田、不种水稻或水田少得可怜、只能种一季稻子的地方，叫作"洞里"；有了几丘像样的田，能种双季稻的地方，叫作"塅里"。

在吃的问题上，洞里人和塅里人的相互依赖性很强。洞里人缺少能种水稻的田，但山阔地广，便种苢。塅里人种的稻子不够吃，为了让有限的白米吃得久些，便拿白米去洞里兑苢丝掺着吃。这样洞里人也可以在过年时吃上白米饭。塅里人将苢丝拌上大米，努力使粮食接到来年的新粮上市。

晚稻谷归仓后，也是苢丝入库时。此时弯弯的山道上，便有了一道独特的风景，一队队塅里人用箩筐挑着大米，往洞里进发，去兑苢丝，一斤大米兑得几斤苢丝。这是我们平江乡间在很漫长的日子里，唯一的大型商品交易，这交易牵涉千家万户，就是能吃上27斤国家粮的半边户家庭，也要去兑苢丝。

苢一身都是宝，从头到脚都能做得用。苢可以熬糖，那时候没有几户人家能买得起白砂糖的，就熬苢糖自用；苢和苢蔸子可以蒸酒，许多人家靠蒸苢酒待客；苢藤叶子炒出来是最好的绿色食品，时至今日都是席上珍品；苢藤长到两丈左右长时，就是苢熟的季节，苢藤是要割下来做用场的，这是最好的猪饲料。将苢藤扎成把，挂在房梁上风干，这是农家无一例外的风景。农妇在吃过晚饭、洗好碗筷和衣服、侍弄孩子睡好后，便开始铡苢藤。就着一星灯火，家家户户都放着同一首乐曲："嚓嚓嚓嚓。"干茴藤稍煮后即可喂猪，一天三顿的猪潲，农妇只有在这个时候才有时间为猪们准备。

关于茴的好处，平江有民谚总结和赞美它：

> 茴丝可拌饭
>
> 茴粉煎鸭蛋
>
> 茴叶子炒辣椒
>
> 茴藤把猪嚼
>
> 茴荛子蒸得酒
>
> 吃茴活得久

现在有科学家探明茴是防癌食品。难怪在那个以茴做主粮的时代，我从来没有听说过地方上有谁得过癌症。"吃茴活得久"，并非一句闲谈。

现在平江人不种红茴了。袁隆平先生以及他的团队发明的高产稻，乡人种一季都吃不完，谁还劳神费力去种茴？喂猪都有现成的饲料买，煮都不用煮，谁还去用铡刀铡茴藤？

有勤快的老人，多少还种一点茴，那也只是对功勋卓著的茴的一种纪念。间或吃一点，也不过是为换换口味罢了。

2007 年

妙语

平江语言的独特性，是在我们这些平江人与外部世界的语言有了比较广泛的接触后，再回过头去反刍，才觉得确实可以称其为"独特"，而且越是琢磨，越是觉得其妙无穷。

与普通话甚至湘音相比较，我以为平江话中的日常用语，更富于浪漫情调和想象空间。

舞

平江人称炒菜、做饭、砍柴为舞菜、舞饭、舞柴。一个"舞"字，何等的鲜活浪漫，因那炒菜、做饭、砍柴，无不是要弯腰折背、手舞足蹈才能够完成的工作，是动态的劳动，从艺术的角度看，那便是舞蹈。那"炒、做、砍"虽也安得贴切，但相形之下，便显得太实了些、直接了些、呆滞了些。那辛苦、枯燥、单调的劳作被冠以"舞"的优美联想和形容，世俗生活便有了情致和快活。所以平江人面对艰辛，多善于去苦中寻乐。一个俗人也懂得达观面世。

不齿

不想理睬一个人、不愿与人争辩、紧闭嘴巴不屑说的事情，统称为"不齿"。齿乃牙齿，说笑是必露牙齿的，一旦连牙齿都不愿露出来了，也就意味着什么都不想说了。这个"齿"字很形象，比说呀、讲呀什么的明白得多。牙齿是每一个人都拥有的东西，没有文化的人也可以很奢侈地使用这样的词。平江人一旦说："不齿你。"那就是宣布这个时候他（她）很生气，不想理睬你了，不愿和你说话。当然过后气消了，他（她）还是会"齿"你的。

昂

生活中有权、有势、有钱、有文化、有专长、有德性、有力气、有人缘等人中骄子、不同凡俗之辈、能够受人尊敬的人，平江人统称为"昂人"。

穷人、病人、碰到倒霉事的人、受过单位处分的人、年纪大了体弱了不能像年轻时那般逞强好胜了的人，会常常哀叹自己"做不起昂人"。"昂"者，可理解为昂首、仰脸、扬眉、挺拔……只有出人头地、在社会上混得好的人，才会有如此好的精神状态。平江人以神态来概括这个层次的人，比当下任何一种说法都要生动、形象、简明、耐得回味。

黏细

那些行动迟缓、办事迂腐、作风拖沓之辈，在平江人的口中和眼中，便是一个"黏细"的人。

"黏"者，黏黏乎乎，不利索，不干净。"细"者，在这里便应是过于拘泥小处，顾了芝麻，丢了西瓜。他们常这样评价人："这个人好是好，就是太黏细了些。"催人："快点快点，真是黏黏细细，换件衣要半天。"就这两个贴切、形象的字，足可使得如上所述的很多形容词逊色。

看眼

平江人称"窗户"为"看眼"。

这是在外人看来最为生僻的名词之一。甚至大多数平江人也找不到老祖宗创造这个词汇的出处，大家只知道用这个词比"窗户"更富表现力。

这应是一个绝妙的名词。所谓"窗户"，便是在墙上留个洞，它的功用是便于居住者观看屋子外面的东西，还有采光、通风。从体现这些功用而言，"窗户"二字好比隔靴搔痒，与观看、采光、通风没有丁点联系。而平江人发明的"看眼"，能够让人从字面上就直接地感知出这是一个坐在屋子里可以朝外面看的眼，非常形象，非常得体。

斫

砍树、砍柴火、砍肉，在平江人的口中成了"斫树、斫柴火、斫肉"。他们嫌"砍"缺少力量，而"斫"却是威风凛凛、杀气更甚。以这样的气度干活，更符合平江人的性情。

坐人家

通常描述非正常男女关系的词汇有：偷情、偷人、婚外恋、情人、相好、外遇、养小蜜、养汉子、第三者插足、搞腐化等。因为这是一件被道德社会所不屑的事情，所以这些词都很难听。但是不管如何的难听，不管历朝历代在道义上怎样地指责，这等事情仍旧无法根治，照样会成为社会生活中一个现象。有学者甚至认为婚外情是维系家庭稳定的润滑剂——在外面做了亏心事，有愧疚感，回去便会对家庭尽责尽心。

只有平江人的用词是温和的、巧妙的、含蓄的、善解人意的，叫作"坐人家"，谁有了相好，便说谁"坐了个人家"。

平江人喜欢串门，吃饭的时候，有的人端着饭碗东家夹一筷子西家夹一筷子，一连可以串上五六家，尝遍各家口味。大人们甚至鼓励孩子像自己一样串门，理由是吃"百家饭"的孩子好养。山里人居住稀散，特别偏僻的地方十几里才看得到一栋房子，尽管如此不便，还是不能阻止人们串门的兴趣，人类毕竟是爱群居的活物，白天寂寞地干活，晚上闲下来了，便想见见同类，便点着松明、打着手电，走上几里十几里，也要过一过串门见人的瘾。当然串门也是有选择的，哪家有俊俏贤淑的女子，来她家串门的人就多。

串门串得多了，附近周边的人家无一不熟悉，人一熟悉了便容易互相了解，了解了便会谈得来，谈得来便容易敞开心扉，男女之间一旦敞开了心扉，话语投机、情感相融后，便必会做出无法阻止的男女之事来。促成这等事情的媒介，自然便要归功"坐人家"这一举动。

平江人把"人家"和"自己"区分得很清楚，人是别人，己是自己。自家的女人是老婆，人家的女人便是情人了。关于"人家"，时下通用的文本是比较模糊的，没有平江人这么分得仔细。

结筋

"吵架"一词在平江叫"结筋"。

筋者，牛筋、羊筋，在这里可理解为像绳索之类的东西。结，纽结、编织，有将绳索缠纽在一起，难分难解之意。看来"结筋"这个词能够更形象更直接地表现矛盾的纠缠。相比之下，"吵架"

二字反倒缺乏表现力。"吵"是动嘴,"架"是动手,"吵嘴"未必一定会导致"打架",将两个不同性质的矛盾体组合在一起,实在有些牵强。

解年牲

过去平江的乡绅和读书人,是不会说"杀猪"二字的,要说"解年牲"。

山里人家,一年到头只能喂大一头猪。这猪要留到过年时杀了,欢度春节、请客候友的。平江人一方面少不了这一道相传久远的大菜,一方面看到朝夕相处的牲畜一旦变成桌上菜总有些于心不忍,倘雪上加霜还要说一个"杀"字,就觉得太过分了些。便取"庖丁解牛"意,用"解"字来替代"杀"字。猪为人类的过年菜而生,便给猪取了个好听的名字"年牲",总算是表白了一份负疚感。

如今平江的后生,没有人说"解年牲"了,和外面的人一样恶狠狠地叫"杀猪"。相形之下,我们的祖先是多么的高雅和富有同情心。

有、冒

平江人评价富裕和殷实人家,叫作"有";称困难,贫穷,叫作"冒"。

夸奖富人大方:"他们手里有啊。"同情弱者:"他手里冒。"

平江人有血性，再穷也不会拜倒在权势和富庶的旗下，同时会同情弱者。嫌贫爱富的人在平江人眼中没有地位，所以在口头语中尽量避免使用"富"字与"穷"字。说了"富"字，怕被人误认为是羡富。说出个"穷"字，怕不小心伤害了穷人的自尊心。但贫富悬殊毕竟是一个客观存在，便巧妙地用"有"和"冒"来代替，这样让大家都过得去。

老人

如果有平江人说是某某地方"老了人"，那便是说某某地方死了人。在这个特定场合用"老"字替代"死"字，既温和又合适，还有安抚的成分，死亡是生命的终结，谁都有老的时候，老到一定的时候，生命便枯萎了。人家本来就死了人，还要说一个"死"字，便会勾起人家的伤心，平江人认为这样做有些残忍。

平江人很忌讳说"死"字。"文革"时，农民过春节都要出集体工，一般是兴修水利。那时候新年上工的头一天，都是要念毛主席语录誓师、鼓劲的。有一条语录念得最多，那便是："一不怕苦，二不怕死……"语录里有个"死"字，这在平时念一下倒也无所谓；但正月初一、新年初始便说"死"字，特别讲究兆头的平江人这一关怎么也过不去。后有智者稍作了一下修改，便念："一不怕苦，二不怕那个……""那个"是什么？大家心照不宣便行了，也没有违背毛主席语录的本义。

井水

平江人把一个女人的第二次或第三次、第四次婚姻,叫作"吃第二井水""第三井水"……

平江山地人家多依山势而居,大都离河流较远,多以天然的井水为饮用水。一口好井,纵使百日大旱也不影响它被人久舀不竭,保得十来户人家使用。女人改嫁到哪怕只有几里地的地方,也必是吃另外一口井里的水,用这个比喻来形容再婚,既能完整地说明这个家庭的变故,还是一个委婉的词汇,比"改嫁""再婚""下堂"好听多了。这也说明平江人对改嫁者的宽容,对个人自由的尊重。

盛赞结发夫妻白头到老:"一井水吃到头。"

打忽闪

闪电,叫"打忽闪"。

"打"是形容其力量。"忽"是忽然、一瞬间。看来平江人创造的这个词汇比"闪电"要形象、得当。

拿头

形容一个人遇事有主见、办事有魄力、威信高、有分量,叫作"有拿头"。

"拿"者，动手，张开五指，拿得起放得下。"头"，头脑，思维能力。一个有头脑又能干的人，自然便要被人敬重了，也必被推举为一个地方举事的领头人。

发头

预示一个孩子有出息，来势比较好，有很大的发展空间，叫作"有发头"。

平江的女人勤劳，蔬菜出土的旺季吃不完时，为了不造成浪费，便将其晒成菜干，留下来在蔬菜换季青黄不接时吃。平江人可以晒出几十种菜干来。这些蔬菜晒干缩水后，大都只剩下鲜菜一半左右的分量。要吃时，用水泡发，再下锅，又可以恢复到原有的分量。

"发"，即"发水""发泡"，意味着别看它是干的，"发"了以后，其数量、质量是不可估量的。

上相

形容做事马虎、不认真、不负责任、说话粗俗、穿戴不整齐、不正经、不讲礼貌等不良习惯，叫作"不上相"。

平江人信奉神明，也尊崇相术，认为人是有相的，一个人的"相"生得好，干什么都会有好运气，会事半功倍，会有贵人帮忙，不会读书也能够发财，"屙屎都捡得到钱"。"相"不好，就是累死了，也得不到什么好处，办事总是不顺，到口的肉都会掉。

大人骂自家孩子"不上相",是很严厉的指责,也是一种劝导,号召孩子向有风度、有修养、好学谦逊、讲文明礼貌的同伴学习。他们觉得只要坚持这样去做,只要肯修正缺点,就是"相"差一点,日久也能养成"好相",也会有好的前景。既然有"相随心生,相随心变"一说,那好"相"还是会"上"得去的。

2007 年

· 青涩依依 ·

· 瓜骂 ·

· 客来客来 ·

· 家蛇 ·

· 笔缘 ·

· 神树 ·　　　　　　　　　· 敬仰 ·

· 压岁荚拾遗 ·　　　　· 神圣的岁首之日 ·

· 活不完的人，吃不了的酒 ·

青涩依依

题记：恍如隔世，连我都不敢相信，我有过如此精彩的童年和如此沉重的失落。

一、泥在鳅已远

我在小溪小河和高低不一、大小不等的山坡和水田间降生，自学会走路起，小小赤脚就敢伸到溪水和田泥里。其时，只要你的脚敢去溪流和水田里晃荡，蚂蟥就一点也不同情弱者，飞快地爬上你的小腿，将头准确而迅猛地插进你娇嫩的血管。农村的孩子没有怕蚂蟥的，学大人的样，用力抬起手掌去拍它，蚂蟥就会被震下来。当你用大人的手法因力气不够而拍不掉蚂蟥时，你会去找一个正吸着水烟的长辈，让其倒一点水烟筒里如酱油一般黑的过滤烟水在蚂蟥身上，它当即便会滚下来，一命呜呼。在那个我还不知道什么叫做"玩具"的年纪，最初的野外游戏，便是捉泥鳅。凡有泥水的地方，便有蚂蟥和泥鳅，不惧怕蚂蟥就能捉泥鳅，我和所有乡村孩童一样，六七岁时就会捉泥鳅。

我外婆家离我家三里地，要经过四个小山冲，翻过两个小山包，我六七岁时常常是一个人去外婆家，整个行程不见炊烟，难遇行人，仅有野兔和山鸡在田埂上散步。现在城里的孩子上学，必有大人接送，家离校车停靠点才几十米，也要接送，一直要接送到上初中，甚至上初中了还不放心，怕什么呢？可能是怕被人贩子劫持或者拐走。我小的时候，还没有"人贩子"这个词，大人小孩都不知道出外有什么可怕的。外婆家有小我一岁的表弟，大我两岁的姨妈，我们三人是亲密的童年组合。我外婆家屋侧的田边，有一条尺把宽的水圳，承担着附近几丘田的灌溉和排水工作。圳里的泥巴，深度还没有超过一个六七岁孩子的膝盖，适合我们在这里进行最初的单独训练，向大自然索取收获。我将外公水烟筒里黑色的过滤烟水倒在一个杯子里，带着来制伏蚂蟥。那时候我不反对大人吸烟，因为烟会让蚂蟥害怕。我们像大人那样，在水圳的上游，将圳里的泻泥巴盘起来，筑成一个小小的泥坝，暂时让水漫过田埂往水田里流。再在三四丈外的下游，筑起同样的泥坝，然后抄起脸盆，把堵住的水往外泼。一会儿积水排干了，我们双手插进泥巴，开始往后翻泥巴。这时，就可以看到藏在泥巴里的泥鳅了，失去了水的拥抱，泥鳅的游泳本领尽失，尽管它们在被发现后，还努力往泥巴里钻，但我们轻而易举就可以将其抓住，扔到水桶里。

还在更小的时候，我们就在大人捉回家的泥鳅桶里，练就了如何抓牢溜滑的泥鳅的本领。待翻过这条不长的水圳里的泥巴，我们就收获了小半桶泥鳅，有好几斤。没有大人指导的第一次收获，是件很大的事情，回家后当着大人的面，坚持要用秤称，还要让他们看看，我们捉的都是大泥鳅，一条条比我们的手指头还要长。我们按照长辈们嘱咐的，小的泥鳅不要，往田里丢，让它去长大。那时候我们也不知道小泥鳅长大要好久，也可能是一天吧？首战告捷后，第二天我们又去老地方按老办法抓泥鳅，竟又获得了相差无几的收获。这个夏天，每隔一两天，我们便去重复这个节目，从不失手。哪来的这么多泥鳅呢？我问过外婆，她说：有泥巴就有泥鳅。在我成为初中生后，我们三人的童年组合就自然解散了，尽管我还是个少年，但实际上寒暑假要跟着父亲去做除了扶犁掌耙之外的所有农活，大人是"全劳力"，我们定位为"半劳力"，当半个大人用。那时候是搞"大集体"，生产队长的出工哨子一吹响，农民便扛锄挑担从各自的窝里走出来上地，有如现在工厂和机关的上下班，大人在前，我们在后，同出同进，拿大人一半的报酬。

有一年夏天特别热，有一天祖母对我说，明天是立秋，三伏在秋，会更热，田里有泥鳅捡。这时我小姑妈正回娘家养病，祖母让我去捡点泥鳅回来给小姑妈吃。有乡俗认为泥鳅煮鸡蛋吃是温补，最适合治疗慢性疾病。那个年代，祖母拿不出钱来给小姑妈治病，能够做到的，也只能是保证我小姑妈天天吃泥鳅煮蛋。这时正是早稻已收割，晚稻刚插秧的时节，田里的水面才几寸深，中午的太阳可把田里的水晒得滚烫，没有经过乡村生活打磨的手脚，伸下去便会烫起水泡。这种时候，藏身田泥里的泥鳅，因缺氧会窜出来呼吸，但只要一露面，十有八九被烫得晕倒。这天我匆匆吃过中饭，拎着家家户户备有的用来装鱼的小木桶，直奔被太阳暴晒的田野，只见水面上横七竖八漂满了翻着肚皮的泥鳅，我只需像在一棵大树下面捡落叶那样轻而易举拾取被晒晕的泥鳅。在生产队长还没吹响下午的出工哨，我还只蹚过几丘大田，行程两三里，就装满了一小木桶泥鳅。

我家有户邻居姓黎，八年生了八个子女，成活六个，大的不到二十岁，小的也有了十多岁，这年他们准备在秋收后盖房子。乡中盖房子，除了木料、瓦片和工匠要付钱外，小工都是亲朋戚友来帮忙，不付工钱只吃饭的，今天你帮了我，明天你盖房我又来帮你，这种交换，叫做"助工"，也就是"兑工"的意思。大家都缺钱，以气力换气力，是大家都合算的办法。

南方一年中最好的天气是秋天，不冷不热雨水少，粮食又进了仓，农人一般都选择这个季节盖房子。一栋房子的主体，半个月二十天内便可盖完，每天有几桌人吃饭，一户人家，几十年才有能力盖一栋房子，于农民，盖房是天大的事，餐桌上不能马虎，一日三餐必需要有荤菜上桌，所谓荤菜，不外乎是肉、鱼、蛋，家家如此，户户相同。黎家老少几代人十几口挤在一起过日子，吃口多，收入少，要拿出钱去斫肉是很难的事，于是就把目标盯在鱼上了。这年夏天，黎家六兄妹没有耽误一个中午，全力以赴进军河流田野，弄下的鱼不说，光是捉进屋的泥鳅，晒成干，就装满了四个半人高的陶泥坛子——这种坛子是用来装谷米、高粱和菜干的。三斤活泥鳅可以晒成一斤干泥鳅，一个坛子可装四十斤泥鳅干，按此推算，在这个夏天里最炎热的中午，黎家兄妹捕获了几百斤泥鳅。

黎家在起屋时，一日三餐，变着法子吃泥鳅，有干煎泥鳅，有干辣椒蒸泥鳅，有盐干菜煮泥鳅，有笋干青椒煨泥鳅……大碗大碗上，一点也不吝啬，一栋屋做下来，还没有吃完三坛泥鳅干。

我外婆"有泥巴就有泥鳅"的论断，不到几年时间，就开始慢慢失效。再过几年，她屋旁的小圳里，一条泥鳅和蚂蟥都没有了。

再热的天，可以晒死禾苗、晒干田泥，也不会再有泥鳅可伤及，因为田泥里没有泥鳅了。当年我亲历的太阳可以晒翻泥鳅的盛况，一去不复返了。乡人盖房的"助工"套路已消失。但工匠的饭还是要候的，现在上大鱼大肉容易，小镇上的超市里什么好菜都有，而昔日手到擒来不值一钱的土泥鳅，是很难买到了。

二、晕鱼

流经我家门口的小河，不宽，最宽处也没超出十米；不深，最深处也只有个把人深。我外婆家门口也流淌着这么一条小河。这两条小河发源于同一架高山。

这两条小河帮助我无师自通地在六岁时就学会了游泳。整个夏天，我们这些乡下孩子，基本上都泡在河里，这是我们唯一觉得好玩的地方。中午上岸后，桌上有什么菜是不关注的，大人说话也是听不见的，耳朵仍挂在河边，凝神倾听着河里的动静……

在二十世纪七十年代之前，我的家乡人民，还没有花钱买鱼吃的习惯，一是手头没有钱买，二是要买鱼得走四五十里路去县城买，那里的地摊上有卖的，但一般天亮不久就收摊了，白天街上不准摆地摊。我们这一带的老百姓吃鱼，完全依赖池塘和河流。池塘里的鱼属家养，到过年时才放水捉鱼，勉强保证大家在吃团年饭时餐桌上有一条鱼。在我们的期望中，有鱼有肉才是最美好的生活，我们山里人把鱼排在第一位，肉次之。乡间小集镇上，每天都是有肉供应的，鱼就难了。凡家里有客人来了，有肉无鱼是很没有面子的，为了留住这个面子，家家户户是都备有一条"木鱼"的——请木匠找块几寸长的木板，雕刻成一条鱼的形状，郑重其事地放在碗里，吃饭时，摆在桌子的中央，说明本次招待是有鱼有肉了（必须有鱼，哪怕是假鱼）。泥鳅、鳝鱼、虾子等都不能替代鱼。待开吃时，主人还要象征性地用筷子去木鱼上点一点，招呼客人"吃鱼吃鱼"，客人也笑容可掬地说"吃了吃了"。我们靠河近，费些力气，即使冬天也能够去河里弄条鱼来待客，而住在山里边的人家，就只能经常使用木鱼了。

天气热起来的时候，同时点燃了人们对于鱼的渴求，这个季节是弄鱼的好时节。人们去河里弄鱼，有两种办法。一种是自制炸药。农村家家的厕所或猪栏墙脚下，一般都有一层白色的结晶体，将其刮下来，拌上碾碎了的木炭粉末，再掺一点沙子，炸药便制成了。在炸药里安放上从黑市贩子手里买来的小雷管和做爆竹的引信，用草纸包好，再用绳子勒紧成一个拳头大小的球，有如军队的手雷，便成了一种炸鱼的武器"药包"。这药包爆炸后，可以震晕藏身于较深的水潭里的大鱼，说是大，我见过最大的鱼，也不过是三五斤重——山地水冷，河湾又不深，长不成大鱼。投掷药包的技巧，主要在于把握点燃引信后与爆炸时间的判断，扔早了，来不及引爆，水会把引信打湿浇灭，成为哑弹，扔迟了，会在空中或水面爆炸。控制在下水两米左右爆炸，方可达到炸晕鱼的效果。这活有危险，经常有人因为扔慢了，炸伤自己的手，所以乡间会使药包的人不多。另一种是磨枯饼。这主要是针对浅水里的小鱼，这个法子家家可为。我家乡一般吃两种食用油：一是果子结在树上的野生茶油，二是种子长在地里的菜油。人们将野生茶籽经过几道传统榨油的工序后，分离出油和油渣子，清油入瓮，油渣子处理成篮球圈大小的饼，谓之"枯饼"。枯饼的用途不小：其一，是栽树种瓜最好的基肥，是公认的有机肥，现在城里人在阳台上养花草、育葱蒜，大多是想办法去乡下弄枯饼作肥料。其二，枯饼碱性重，是流传久远的去污品，我祖母以上不知多少代妇女，将枯饼切成小块，用它来洗衣服。我祖母年轻时是见过肥皂的，乡下人尊称它"洋碱"，是外国传进来的，那是有钱人才用得起的东西，我祖母不敢想象她能够使用。后来我们家买得起肥皂了，买了给祖母洗衣服，但她舍不得用，除了洗白衬衫的衣领子时会涂点肥皂，还是坚持使用枯饼。很多年后，她还是称肥皂叫"洋碱"，改不过口来。其三，也不知是什么年代，我们的祖先发现了枯饼与水结合的液体可以药翻鱼，而人吃了这鱼于己无害。其实道理也简单：油是人吃的，枯饼是油的附属物，所以吃了枯饼药的鱼，伤不了人。这一伟大发现，让生活在河畔的人们，找到了一种药鱼的方法——在小河的某个较窄的地方，找几块粗石头，几双手同时和着河水磨枯饼，一会儿成堆的白色泡沫便会顺水往下流，在水面嬉戏的小鱼小虾，喝了这水，即被药晕，当即鱼事不省，肚子朝天——大部分鱼的肚子是白的——我们的说法叫"翻白"。

我们乡间孩子最大的快乐，并不是过年过节过生日，而是药包响起、鱼肚翻白的时候。每当附近药包响起，我们就会推开饭碗往河边跑，直接跳进被炸过的水潭，指望尽快发现有鱼翻在眼前。我们知道，这些浮在水面的鱼，大多只是被震晕了，并没有死，如不尽快捞起，一旦醒过来，一甩尾巴就沉入了水底。尽管我们很努力，但是毕竟在水里游不过大人，很少能抢到大鱼。但不后悔，我们毕竟在勇敢着，现在还小，不久就会成为浪里白条。

每逢上游有人磨枯饼药鱼了，河里马上就有了捡鱼人的响动，我们也会敏锐地捕捉到。枯饼药的是小鱼，沿着浅滩走，用苎麻线编织的招子捡鱼虾，是属于妇女和小孩子的节目，大人们不屑于干这个，因而远远就可以听到欢声笑语，这时我们也会丢下一切，抓起网招和装鱼的小木桶，往河边飞奔而去。有的鱼喝多了枯饼水，会被药死，但大多只是被暂时药晕，只有动作快，才能抢在鱼虾醒前下手。

整个夏天，我们都沉浸在这样的快乐中，河里几乎隔天就有药包响起。过不了几天，便有枯饼的白色水泡从门口流过。怎么这小河里的鱼就炸不尽、药不完呢？但见水清时，水潭里的大鱼依旧从容散步，像这河湾里从没发生过战争。河滩激流间，爱着激流勇进的小鱼，成群搏击，奋力争先，远远的就可闻鱼尾击水的"噼噼啪啪"声。因此疑问，我又问过我外婆同样的问题，她又以同样逻辑的哲语回答我：古来只要有水流，鱼就不绝。

依我们现在的规矩，药包炸鱼是要禁止的，肥皂水性质的枯饼污染河水，会遭到公众的谴责。但来不及惩戒，这些弄鱼的古法就自行消亡了。并不是因为道德原因，而是河里没鱼了。

三、纤纤米虾

我岳父家有一个亲戚，新中国成立前去的美国，一直到三十多年后才有机会回故乡来。老先生说要在我岳父家吃一顿饭，从遥远的地方打电话来，点了两道菜：一道是米虾子煎鸡蛋，二道是米虾子煮红薯粉皮。

米虾子的学名叫什么我不知道，只知道它叫米虾子。这种虾很小，很纤弱，伸直了身子，也只有个把公分长，蜷缩后，比一粒米大不了多少。人们之所以赐它以"米"的称谓，一是小，二是珍贵。南方人凡进口的粮食，没有什么比米更珍贵的，食品若要排名，米必是排首位的。人们将"米"冠于此虾，是不是有意将米虾排鱼类之首？不知道。

米虾爱静，有贵气，喜阴凉，生活在浇灌田地的小水沟里，尤其是靠山的水沟。水是终年汩汩流淌的泉水，水沟两旁生长着四季常青的"霸根草"——这种草不往上长，横着长，像一条条蜈蚣，田埂上常有人行走，这种草不怕人畜的踩踏，草缝里长着好几种颜色的小花，也是不怕踩的。来捞米虾的大都是姑娘和少妇，踽踽独行，或是带着心事，也有哼着曲子的，无论阴晴，均戴着草帽或是头巾，低垂着头，轻轻走着，像怕惊着虾子和"霸根草"似的。她们用苎麻线织的招子在小水沟里轻轻掠过，每驶两三米，起招子，托着网兜的底部，往小木桶里抖虾子。这一幕多是出现在早晚，这恐是米虾出来活动的时候，因时间短，捞虾人的收获是不会很大的，只够做两三份米虾煎鸡蛋或米虾煮红薯粉皮。

米虾被泉水养着，本就干净，回家略加冲洗，下锅以文火稍烤，蓝灰色的活虾即缩身成弯弓，变成红色，因皮薄不宜多烤，熄火起锅，在太阳下晒半天，便可藏于瓦罐中，密封，可保鲜味月余。冬春季节，冷的时候，河中鱼虾已难捕捉，设若家中有客到来，无荤腥招待，是为大不恭，故很多人家是要储备点米虾的，虾虽非大菜，毕竟也是荤腥，面子上是过得去的，况我们这一带的乡中女子，都会把这两道菜做成令人眼热胃开的美食——米虾是橘红，嵌在一饼浅黄色的鸡蛋上，再辅以点点翠绿葱花；红薯粉皮被切成正方形，寸余宽，蓝黑色，薄如蝉翼，米虾弓着身起伏漂浮其间，有如晚霞褪尽时，湛蓝的河水中荡漾着如火的星星。难怪离乡几十年的游子会无比留恋这口无法忘却的美食。

但远来贵客提出的这个实在低廉的要求，却成了我岳父家一道难题，因为米虾已经在乡间失踪多年了，水沟在，泉水在，但有"霸根草"和无名花朵拥抱的水沟已不在，已被不漏水、不垮塌、不长草、不必维修的水泥沟渠替代。皮之不存，毛将焉附？米虾已无家可归了。靠藏储米虾待客的时代一去不复返了。

我岳父是个乡村干部，他知道什么地方还有可能捞到米虾，便嘱乡间亲戚，跑到几十里外已无人烟的大山里，在那幸存的米虾家园里，总算弄来了一把米虾，完全按古法煎煮，满足了一个万里迢迢回乡圆梦的老人的口福。

四、翻螃蟹

　　流过我家祖居的小河没有名字，源头不算短，在二十几里远的一架山头上，可能是因为始终没有流成一条大河，便没有资格拥有一个名字。在小河的中下游，一处离河三丈高的陡坡上，住着我们本姓族人好几户人家。站在我祖母的灶台窗边，就听得见水响。据说我小的时候爱动，又爱水，为安全起见，祖母便搬把椅子靠窗放着，让我看河，这样就可以让我安静大半天。于是最早刻在我脑海中的记忆就是看大人丢"药包"炸鱼；看男女老少跟着被枯饼水药翻的鱼儿跑；看在对面山脚下小水沟里捞米虾子的女子。待到了我五六岁时，祖母认为我到了这个年纪了，不会被水淹死了，便撤掉椅子，让我叔叔带我下河去玩。

　　河流与我最早亲近的是片石与螃蟹。

　　我儿时的无名河里，全部是青色的鹅卵石，但我们这里的鹅卵石不像鹅卵，几乎都是扁平的，扁即片，我们习惯称它为"片石"。片石大的有大人的巴掌那么大，小的如小孩的巴掌那么小，厚的如大人的巴掌那么厚，薄的比小孩的巴掌还要薄。大多是圆的或椭圆的形状，也有扁长形的。我最早的游戏是叔叔教我翻螃蟹，他拉着我的小手，伸进一块如大人的巴掌那么大的片石里面，问我是不是有东西抓我的手？我的手心痒痒的，我说有。痛不痛？我说不痛。怕不怕？我说不怕。他说谅你也不怕，便轻轻地掀开这块片石。于是我看见一只螃蟹飞快地爬到另一块石头底下去了。我眼睁睁地看着螃蟹从眼前逃走，很是不爽。

　　于是叔叔就教我如何"翻螃蟹"，不叫抓，叫翻，这种叫法比较形象，因先要翻开石块，才能达到抓的目的。只三天工夫，我就能翻到螃蟹了。祖母对叔叔说，你要教他翻螃蟹，就要先教他划水（我们乡间称游泳叫划水）。于是叔叔同时也教我游泳。我很犟，不要他教，因为他只比我大五岁，我不认可只比我大五岁的人能够当我的师傅。我就让他在我前面游，我跟在他后面爬，待呛了几次水之后，也就不往下沉了。因为叔叔划水是无师自通的"狗刨式"，影响到我也始终改不过来，至今还是狗刨式。这年我六岁。

翻螃蟹没有多少窍门，你下河时，可以在水里弄出些响动来，这样螃蟹知有敌情来，便悄悄地躲着不动，就像小孩子们捉迷藏，屏住呼吸生怕被人发现。螃蟹一定会藏身比它大的石板下面，自上而下是看不见它的，你就一块一块石板翻，但翻石板有讲究，下手时要轻而慢，快了重了，下面的水就会弄浊，螃蟹脚多，爬得快，你还没看清，它就转移了。当你准备将石块往左后方翻时，先要把右手的五指靠拢，挡住螃蟹的出路，这个动作配合好了，一般都是手到擒来。技术主要在"翻"上。

山溪里的螃蟹不大，背壳也就墨水瓶盖那么大，也没有什么肉。论个头，论肉，与阳澄湖大闸蟹是不能比的。有名头的蟹是吃蟹肉，我们这山沟里的蟹只能是带壳吃。做法也只有两种：稍作清洗，下锅煎炒，配以姜葱，或是油炸。起锅后，连脚带壳细嚼慢咽，酥脆香郁，回味绵长。小孩子们喜欢吃油炸的，拿在手里边走边吃，当零食。最爱这口美食的是好酒之徒，剥一只螃蟹脚下一口酒，一只蟹可以下好几杯酒，这日子就长了，酒就喝得久了，话就多了。如果说蟹壳鱼刺之类的物质可补钙，天下其他蟹类就不能和山里的比药用价值了。

我老家屋坎下的小河还在，螃蟹是早就没有了。绝迹的主要原因，可能是藏身之所没有了。因那些珍稀的片形鹅卵石逐渐引起了一些懂审美的行家注意，这样商机也就来了，只要有钱赚，二道贩子们马上就会随机跟进，组织河畔的村民下河捡片石，堆积在河边，然后用独轮车或小三轮柴油车转运至能来货车的地方，装车运走。这条小小的有着美妙石块的河道，也不过是三五里地，那些能藏下螃蟹的石块，很快就被搬得差不多了，待村民的反映引起村上干部注意时，已所剩无几，尽管及时制止，但为时迟矣。村民的不满，主要是觉得把螃蟹的家弄没了，今后要弄点好下酒菜没指望了。他们不知道一片好石头，卖到城里，比买几斤小河蟹都要贵，这些光滑油亮的石块，可是上游河水花了数千年的功夫才磨成的。河蟹的家园，从此成为富豪住宅及豪华酒店的墙壁和庭院装饰品。

后来上面有钱了，年复一年出钱替乡村进行农田改造、河道清理、河堤混凝土加固，河里幸存的石头，也就陆续被就地取材，成了建筑材料。

五、吓鹰

现在我老家乡村的情形是，除了逢年过节，基本上看不到四十岁左右的青壮年，大都出外打工去了，留守村野的是老人和在读学生。老人大都是在干三件事：带孙，养鸡，种菜。种菜是供自己吃，没有卖的。如今连山野小镇都有超市了，超市一年四季都摆着外地来的各种时鲜蔬菜，好看又便宜。农户种菜去卖，工钱都赚不回来。算来算去，只有喂鸡会有点收入：一是现在会吃的人都讲究吃土鸡，也愿出高价买土鸡，在我们这山野田间乱跑的鸡，既土又野，有目共睹。在鸡的问题上，超市无法与农户竞争，好歹也给老农们留下了点可赚到活钱的机会。二是现在的鸡好养，因为没有老鹰了，没有了天敌，只要不遭鸡瘟，就没有损失，这个账好算，也是有目共睹的。过去我们乡间养鸡一律是散养，任它们去山上、田里找吃的。那时候要喂饱人的肚子都难，是拿不出粮食来喂鸡的。鸡舍是用砖头和石块砌成的，不大，只能关几只鸡，也是因为粮食少，只能养这么多。冬天来了，野外的草枯了，虫儿钻到地下冬眠去了，总要想办法给鸡弄点吃的吧，不然会饿死。

我们称鸡舍为"鸡埘"。鸡埘的门和顶盖要结实，用的是石板或厚木板做的，晚上鸡入埘了，要用石头压住门，以防黄鼠狼和狐狸来偷鸡吃。

清早大人起来开门，同时放鸡出去觅食。那时候的鸡很讲组织纪律，结伴而出，合群而归，不像现在的鸡可以自由自在地满山跑。究其原因，那时候的鸡有天敌——黄鼠狼和狐狸一般是夜间袭击，只要进了埘，有主人护着，不怕；怕的是大白天敢于挑战人类的老鹰。那时候的鸡群不敢离家太远，它们一边觅食，一边警惕地注视着天空，一俟谁率先发现空中有了老鹰飞翔的影子，便会报警，于是就在老母鸡的率领下，连飞带跑往家里跑。这时众鸡被吓噤声，唯老母鸡发出低沉恐慌的"嘎嘎"声，它这是向主人报警，同时安抚部下。这种报警声传到院子里，家里的大人小孩就能敏锐地捕捉外面发生了什么事。也就在老鹰向鸡群发起俯冲时，我们也就各自拿起准备好了的脸盆、铜壶、搪瓷缸子、锅盖、水桶、竹筒、木棍等能够敲打出声音来的东西，冲出门来，高声大叫，并奋力敲打器皿，以此吓退老鹰。这种护鸡吓鹰节目，此起彼伏在各个农家院里上演，年复一年，月复一月，日复一日。当然老鹰也不怕吓。这样的节目它司空见惯，只是觉得没有必要与人近身作战，这也是世代相传的防身之法，于是一闪翅膀飞上天空，又去寻找另外的目标。它们的食谱很丰富：野兔、老鼠、蛇、小猫、小狗等地面活物以及所有腐烂的肉食。当然首选的还是鸡鸭，只因鸡鸭们行动相对迟缓，捕捉容易，且口味纯正，人爱吃的，鹰们更爱。我的孩提时代，很是喜欢参加吓鹰节目，我准备好了一件打击乐器，藏在一个方便的地方，耳朵也特别灵，只要听到院外老母鸡发出求救的声音，我便抄起家伙，总是最先冲出去见义勇为，直到把手打痛、喉咙喊哑。

老鹰们始终盯着鸡不放，也是有不少得手的时候：有时候它们能够借助云朵、阴天和大树的保护，然后发动突然袭击，鸡的视力远不如它们的尖锐；鸡群中也总是有不守纪律脱离群体的自由主义者；有行动迟缓的，或者生病的；有因胆小吓坏了而乱窜的……

老鹰是不受我们欢迎的鸟，因为它在抢夺我们珍贵的食物。在人们没有粮食给鸡吃的时代，它们完全靠野草和虫蚁养活自己，能吃上几顿饱食的日子，只有在农人收割早稻、晚稻、麦子、黄豆、芝麻的时候，去地里捡些散落果粒。它们一只眼睛盯着地上的粮食，一只眼睛防着天上的老鹰，只要一发现有了危险，便往家里跑。待主人驱走了老鹰后，它们知道老鹰一时三刻不会来，又赶紧往田地里冲。

现在过着饱食终日、无忧无虑的日子的鸡，三个月就长大成鸡了。过去上有天灾下无饱食的鸡，就是长一年，都难以与当下的同行相匹比。喂大一只鸡不易，农家要杀鸡上桌，不是可轻易决策的，除了过年、老人过整十岁的生日（叫总生）或是来了诸如外公外婆级别的客人，才能动手杀一只鸡，这可是待客的金牌菜。杀了鸡也只能有一种吃法，那就是炖一大锅鸡汤，汤好了，饭前要给家中老人每人先盛一小碗吃了，待鸡上桌，所剩已无几。我们小孩子都是受过训练的，除非客人和长辈离席，是不可往鸡和肉等好菜碗里伸筷子的。最后我们能喝上一瓢鸡汤，捞到一块带骨头的肉，已是幸运了。所以，我们是绝不允许老鹰来抢此美食的。

　　如果老鹰不来跟人类抢珍贵的美食，我对它的看法，会是很好的。它宽阔的翅膀，它有力的爪子，它弯刀般锋利的嘴甲，它俯冲时飞似的速度，它贴着云朵一动不动的高傲，多么令人钦佩。它比我们山里所有的鸟儿都要英俊和勇武。我尤其羡慕它能伫立在高山之上、云霞之中，赏玩远方的美景。一抖翅膀，就可以去到它想要去的地方。我常常望着自近到远层层叠叠的山峰发呆，多么想知道山那边还有什么？我做不到，老鹰随意，那时候我很嫉妒它们。

　　现在的幼儿园，几乎都保留着"老鹰抓小鸡"的传统节目，而老鹰抓小鸡的时代，已逝去四五十年了，现在五十岁的幼儿园园长，可能都没有见过老鹰在天空中盘旋的优美矫健。

　　现在的鸡也不认识老鹰了，它们的基因里早已没有了对于鹰的防范和恐惧。现在是一个好养鸡的时代，主人只要围一个鸡圈，把从外面买来的小鸡放进去，每天给鸡扔点饲料和菜叶、青草，就可以放心地让它们在山上地里无忧无虑地晃荡，晚上鸡群入埘后，也不必去关门压石头了，天上地下，鸡已没有了天敌。

六、雀殇

麻雀曾经是我们乡间鸟族中最大的群体，也是与人靠得最近的种族。雀们爱成片的飞翔，呼啸一声就上了天，像一把巨大的扇子在空中舞动。它的生活空间就在人们的房前屋后、院中屋顶，它不怕人，敢在人的眼皮底下捡食吃。麻雀还与人住在一起——那时乡间哪怕是有钱人家，猪栏厕所等杂屋，屋顶基本上都是稻草盖的，为了防漏水，每年晚稻收割完毕脱粒归仓后，稻草大都用来加盖屋顶。没几年，屋顶就堆起两尺厚。麻雀是懒鸟，不愿自己去衔草结窝，就在这厚厚的茅草屋顶内面安家，繁衍生息。

麻雀是乡人既恨又爱的动物。恨的是它与人类争食，稻谷是南方人的主粮，也是麻雀的主粮。爱的是它专吃稻田里的虫子，它对其他虫类不大感兴趣，如果丰收了，一定与麻雀的除虫有关系。

每逢早稻和晚稻收割的季节，麻雀的兴奋程度一点也不比人弱，它们成群结队地在稻田的上方游弋，等待着稻谷熟透的那一刻，它们知道哪一刻可以轻易剥离谷粒。这时，也是乡人保卫快到口的粮食的时候了。赶雀卫粮，义不容辞。乡人弄来竹竿和树枝，扎出一批稻草人，配以红红绿绿的破布条子，插遍田野，趁着微风吹拂，布条乱舞，试图以此吓唬掠食者。民间有俗语"洞庭湖的麻雀吓不怕"。我们山地的老江湖雀子，也不是等闲之辈，它们总有办法去吃饱肚子。而大多数没有见过风浪的麻雀，就只能等候农人收割完毕挑走稻谷后，争先恐后扑向散落着谷粒和稻草的田野。

雀们在收拾完农田里散落的谷粒后，马上把战场转移到晒谷场。在"大集体"时代，是统一出的集体工，也统一在禾场里晒谷子。

当金灿灿的谷子静卧在用竹篾编织成的垫子上享受阳光时，麻雀们也喜滋滋地落在附近的屋顶和树枝上，等候机会向丰盛的美食进攻。它们也不知道自己的肚子怎么就吃不饱。于是又一场农人与麻雀的对抗战开始了。从清早放下晒垫铺开谷子到夕阳西下收谷进仓，生产队会派专人翻晒、收谷和对付麻雀，他们准备了长长的竹篙，随时驱赶麻雀。显然，一根竹篙是伤不到麻雀的，在你呼着喊着舞着竹篙时，麻雀就在你的脚边啄着谷子。在雀们看来，这是人在逗着它们玩。雀们与人的亲近程度，是家禽家畜中除了狗之外，没有任何其他动物可以相比的，平时只要家户的大门打开，雀们便会毫不客气大摇大摆地走进来找吃的，往往饭桌上的碗筷还没有收拾，它们便跳上了桌来收拾残渣剩菜。

麻雀怕黑，天还没有完全黑下来，"叽叽喳喳"了一天的麻雀突然噤声，集体钻进了散发着新鲜稻草香味的安乐窝。

捉麻雀是我们的儿时好戏，我们无需付出体力和心智，打着手电筒，拎着一个小布袋，把手伸进家家户户拥有的低矮的茅草屋檐内，随便就可以摸到麻雀，这时它不会叫不会跑也不挣扎，一派心甘情愿束手就擒的样子，不费多少时间，便可以捉到几十只麻雀。我们都下手很轻，如果手碰到了麻雀蛋，是不会弄破它的，要成全它们日后做成一只快乐的麻雀。一窝麻雀蛋有五六个，你不得不佩服那身材娇小的雀妈妈，怎么能生下这么多蛋来。

老乡们不认为吃麻雀是一件坏事，就如人养活了鸡，天经地义鸡就成了人类的食品。麻雀靠吃农人种的粮食长大，与鸡的回报没有什么区别。

麻雀有两种吃法：一是去毛撒上盐，腌三五天，挂在火塘里用烟熏，火里面必须有谷糠、松树枝、油茶子壳，这样熏出来的肉才香。一个月后，洗净烟尘，下锅油炸，这是最好的下酒菜，其美味是很多熏肉不能比的，是乡间的老酒徒们崇尚的最高级别的下酒菜。我们一般在入冬后开始熏麻雀，主要目的还是为了孝敬爱喝点酒的长辈们，有些老人如果在大年三十的团年饭上没有品到熏麻雀下酒，会不高兴，说等于没过年。另一种吃法，是用新鲜麻雀蒸天麻，这是个专治头痛的祖传偏方，尤其是治疗女性产后体虚引发的慢性头痛、三叉神经痛、偏头痛等见效。那时乡人少有去医院看病的，小病小痛，都是依赖各种土方子，如果是家中长者有人发了头痛病，不管什么时候，我们马上便会去完成这个偏方。

麻雀是野物，没有家禽的地位，是不能作为菜肴拿到桌面上来招待客人的，所以捕捉它们的人也不多，要么是药用，要么是助长者的酒兴，不会去掏麻雀窝玩，不花钱也能为孝敬长辈做点什么，应该是主要动机。

也不知是什么时候什么原因，一个与乡人生活最紧密最庞大的鸟群，突然就消失了，一走就是几十年，不再回来。是没有谷子吃吗？是乡间不再盖茅草屋导致它们居无定所吗？是随时可被轻易抓捕而没有鸟身安全吗？

应该不是。

2020 年

瓜骂

衡量我们山地人家是否勤劳,有一宗摆设是至关紧要的,那就是在秋后,看谁家的床铺下垒起的南瓜和冬瓜高。我们山地湿气重,床脚都塞得高,1.65米高度的个子,踮起脚,屁股才可够着床沿。床铺下因而有了很大的空间。倘若谁家的每个床铺下都垒满了瓜,这样的人家是要倍受乡亲敬重的。做媒人的只要如实描绘一下这个人家的瓜丰景象,没有姑娘不愿意嫁过去的。其余的都不要说了。山地人靠做吃饭,做创造一切。当然,瓜不光是用来撑面子做摆设的。在粮食紧缺的山地,青黄不接时,便仗瓜抚慰肚皮。

开春的时候,都挖凼放粪种瓜。田头地角,只要能养一蔸瓜的地方,都不放弃。

瓜熟的时候，我们乡野里便热闹了，几乎天天早晨有嘹亮的女声在旷地里骂偷瓜贼。瓜熟了，南瓜红，冬瓜青，肥嘟嘟地躺在田头地角路边，那可爱的模样对人的诱惑实在太大了。顺手牵羊者往往在所难免，何况那个时候大家的肚子实难填饱。于是有了"瓜骂"。当家的女人们天天早晨起来看瓜作菜园。瓜在女人柔情的眼目抚摸下长大、长熟。瓜丢了，毁灭了一份劳苦和收成，骂也就难免了。女人们气无所容，要仗骂来泄却一腔委屈，便放声吆骂偷瓜贼"吃哒死""烂肠肚""遭歹病""穿七眼"。有时不解恨，还搬出一块砧板来，手持菜刀，骂一句，用刀砍一下砧板。也不晓得骂配砍砧板有什么讲究。我想大致有两个作用：一是既骂偷瓜贼的灵魂还砍杀其灵魂，贼可能会更痛苦一些。二是作为一种狠毒的音响配合，给骂增添些色彩，像音乐中的和声。但是也没看见哪个偷瓜贼被骂杀死了。于是偷瓜的事陆续仍有发生，骂于是也就继续。久骂久之，在大家听来，便成了一个生活的内容，一天不听骂反觉空寂。人们往往还这样评论："某某的声音真好听。"骂和砧板砍得优美者，还有若干小把戏们去围观欣赏哩！

但是那些骂偷瓜贼的女人们，在熟瓜开摘时，总是将最大最体面的瓜切割成若干瓣，左邻右舍，家家分一瓣尝新，往往自家也就只留下一小瓣。谁家做屋做大事业，也要将最大最体面的瓜取去送人情。青黄不接都没了粮时，瓜便被统匀着吃。非但瓜，谁家园子里的李熟了，枣熟了，梅熟了，桃熟了，都由当家女人用瓜瓢装了果子，挨家挨户赠送，大家吃，自家并不留，很是慷慨大方。独独容不下一个"偷"字。

当然，也有不会骂偷瓜贼的人家。有位乡亲丢了个好瓜，不会骂，便天天清早踱到那个看着长大的瓜的空处，十分留恋十分遗憾地对瓜也好像是对偷瓜贼说："你是好哩，我呢？"他摊摊失望的双手，无可奈何。一日这样说，二日这样说，日日这样说，乡人看着可怜。忽一日，瓜又回了原处，偷瓜贼被说软了心。瓜回来了，种瓜人一见十分惊讶，高兴自不必说，欲抱回失而复得的好瓜，顷刻又皱了眉，道："我是好哩，你呢？"又同情起送瓜人来，人人爱的东西呢，我得到了，你又失掉了，所以善良的乡人心又沉了，可怜人家。后来，乡人取了折中，拿刀来将瓜切成两半，自己抱回一半，给送瓜人留一半。这不是笑话，是真事。

现在回山地去，难得听到优美的瓜骂了。乡人说：瓜不好吃。种瓜的也少了。开春时抢挖瓜凼的场面不见了。瓜不再当饭吃时，居然瓜也不好吃了，也极少有偷瓜的了。现在没有人敬慕那将瓜垒满床脚的勤劳人家了。勤劳的方式也变了么？

红的南瓜青的冬瓜还姣好地刻在我的梦中，乡人却稀淡了它们。

1991 年

客来客来

　　我不晓得好客与闭塞、贫困有不有关系,但我的好客的家乡却闭塞和贫困。那是湘、鄂、赣三省接壤处的一脉山地。平坦的地面极少,平坦的地方要种庄稼,房子多筑在田头地角山垅里,像浮在绿色海洋中的一些船只,各自孤独地占据一个位置。熟悉的面孔朝朝暮暮挤在一团,难免枯燥乏味,很是渴望有些新鲜的眉目出现,来客对于我们来说是件令人兴奋的事情。来自远处的客人,无论怎样都会给我们带来一些山里没有的新的信息,给单调的生活掺进许多活泼。当柴灶里火笑的时候,清早喜鹊在外喳喳欢噪的时候,我们便认定会有远客来,一整天里心神不定,不时举目往山外伸延的路的尽头观望,渴望出现一个陌生的身影……

闭塞和贫困是一对孪生兄弟，我不晓得这个结论是否武断。我认为是这样，因为我所了解的每个孤单寂寞的屋子里的情形都差不多，等不及早稻开镰，几乎家家的米桶底都朝了天。大都手头拮据，因而就特别节俭，苦苦地积攒钱币，很少有花钱的时候，那点点钱不经花，什么都干不成，索性就不去花它。有钱人花钱的频率快，无钱者少有将手伸进荷包的习惯，这未必不是辩证法。一方面我们总是回避花钱，另一方面渴望有花钱的机会。有客人来了，好！可以花钱上市买肉打酒了。难得有客人来，客人来了那自然是要招待的。客人制造的花钱机会令人兴奋。我们乡邻待客清一色是酒和肉，最高规格也只是这个样子，花钱买的就只这两样，几乎没有人突破这个不成文的规矩。酒倒在海碗里或茶缸里，肉切成半寸余厚一块，炒辣椒或蒸盐菜，很豪爽的样子，像山的粗犷。肉不蒸烂，一咬一口油时最合适，吃肉讲究有点"嚼头"，要耐嚼，火候到肉刚熟就好。吃肉对于我们来说是很难得的美事，所以应该嚼出点"肉"味来才不辜负它，融融的张口就吞了会造成猪八戒吃人参果的那种食不甘味的永久遗憾。常来往的亲戚来了，女人偶尔上桌共同进餐；生客光临，女人则一律不上席。当家人象征性地陪客人喝一点酒，余众则不沾唇。当家人一般也只打湿一下嘴巴，酒不多，要待客，肉则是所有家人都不伸筷子的，碗底下全是盐菜和辣椒，上面盖几块大大方方的肉，显得很丰盛。肉是要让给客人吃的，当家人很大方，一筷子夹两块敬客人，客人要退回一块，慢慢享用另一块。我们小心翼翼地吃一点浓厚的沾过肉味的盐菜和辣椒，感受到了肉的滋味便心满意足了。手头宽裕些的人家，待客走后，才分食碗里余下的肉。一般人家则要将吃剩下的肉，夹起来，收藏到伏水坛子里，密闭着，等下一位客人来了，取出来再炒热吃。实在等不及了，肉要变味了，才取出来，切碎，熬成油，大家分吃了那油渣子，也算吃了肉。

客人吃得多吃得满意，我们便高兴。丝毫不为多时积蓄被一顿饭的工夫耗尽而惋惜，觉得这般生活才有意思。没有客人去的人家是被人瞧不起的，而米桶底朝了天并不是丑事。

尤其是干部来了，则是我们乡里的节日。接待者甚至要承受乡邻的嫉妒。

后来我们也逐渐有了出去走走的机会。出外的人常带回一些笑话：说外面的肉片切得如纸薄，风都吹得跑；猪脚炖得太烂像喝开水没嚼出味便下了肚无比可惜；说城里人听到敲门声总是先撕开一条门缝，总是皱着眉头用怀疑的眼光打量来人再决定是否将门洞开；说城里人一见面就问你吃饭了没有？弄得你不好意思说没吃，没吃也只好说吃了，心口不一，最终委屈了肚子。而我们家乡只要客人一进屋，不用吩咐，女人自然就下了厨，客人就是吃了也还要请吃。某人在城里曾得到一桌丰盛佳肴款待，终因饭碗太小，不敢十次八次去添饭而只吃了个半饱。主人没有用筷子敬肉送至他碗里的习惯（这样不卫生），不敬肉他就不敢多伸筷子，最后活生生看着大碗大碗的好菜当即倒进潲桶被农民兄弟讨去喂了猪。某饭时访友，曾得他热烈款待之友竟塞给他一块钱，说家里没得菜，让他去店里吃三碗面（肉丝面三角钱一碗）……

笑话拿回来当作长夜的话题，有些笑了有些笑不出。对于笑不出的，我们宽厚的长者便这样解释：唉，山里是山里，外面是外面，不一样。大家认了"不一样"的道理，又坦坦然然看世界，心灵间没一丝污染，像雨洗过的青山。

外部世界总是要影响我们却也很难彻底改造我们。如今我们家乡依旧那么好客那么诚心待客那么礼性谦谦甚至迂腐。变化之处则是将肉片切薄了许多,我们明白了这样做,时代的客人才吃得多。以往买肉,大家都选膘厚的下手,如今瘦肉供不应求——也是为了客人的胃口。以往客来了,买肉非上市不可,要走出一身老汗。如今常有猪的绝望的吼声,撕破山坳里温情脉脉的晨的宁静。山间添了许多新屠凳,新屠夫的笑脸也很甜,"竞争"这个新鲜词为我们乡亲普遍接受。

我可以自豪地向您透露我的故乡的大名:连云山。我还要提醒你:一个观赏家、旅游者若是没到连云山做过客,未必算是真正开了眼界。

1989 年

家蛇

在很多场合，一俟谈到蛇，很少有人不吐舌头的，有人根本就没有遭遇过蛇，在电视里看到蛇的镜头都要蒙上眼睛赶紧换频道，足可以用"谈蛇色变"来形容。

而我曾经生活在一个可以称作蛇窝子的地方，却从没有过怕蛇的感觉，我真不知那种本就与蛇无缘的恐惧从何而来。

我的家乡盛产蛇，这与家乡的地形、气温和四季丰沃的水草有关。我从小就可以叫出十几种蛇的名字来，蛇和天天见面的猫、狗、鸡、鸭、牛、羊一样，与我们朝夕相处。

我们家乡的建筑物一般都设有偏屋，设在三间、五间或七间"金"字形屋顶正屋的两侧，像一个人的两只耳朵，其中有一间偏屋是用来当厨房和餐厅的，倘若没有来客，自家吃饭就在偏屋里了，收拾碗筷方便。正屋一般是有楼板的，而偏屋就没有了，抬头可见屋梁和屋顶。偏屋的屋顶，只有比较宽裕的人家才盖瓦，一般人家就只能是正屋盖瓦，偏屋盖茅了。茅多是用稻草，也有用山中苇草的。

我很小的时候，在吃饭的时候抬头看屋顶，常见有蛇就缠在离地七八尺的横梁上，眼睛滴溜溜地看着我们吃饭。小时候曾问过大人：蛇看着我们吃饭，是不是饿了？在我的感觉中，蛇是与鸡和狗一样，等着主人喂它们的。大人们告诉我蛇是不吃饭的。那么蛇吃什么？蛇吃老鼠和蛤蟆还有其他的什么。那么蛇看着我们吃饭干什么？大人们不知怎么回答了，便说：看着就看着呗。就如鸡和狗看着人吃饭一样。

不光在我家里，我去人家屋里玩，也常见有蛇玩绕梁的把戏。没有人赶它，更没有人伤它。

常常无顾忌地出没于家里的蛇，被我们的乡党称为"家蛇"。

家蛇既被冠上一个"家"字，就如同鸡、狗一样的地位了。

家蛇的家就在我们房屋的前后墙脚下或者房前屋后的菜园子里，我们很小就能认出家蛇出进的洞口来，那洞口总是光光滑滑的，小的有小拳头那么小，大的有大拳头那么大。我们懂得不去破坏或者堵塞它，好让它自如出进。

家业兴旺的人家一般是驻有家蛇的，看来蛇也是趋炎附势的。那些连家蛇都没有的人家恐怕就有些那个了。家中有蛇，可以与猫一道共同捕杀老鼠，这与农人的生存关系密切，所以我的乡亲对家蛇这么友好。

家蛇住久了，便有些忘形，试图享受猫、狗那样的待遇，夏天的时候，竟有蛇钻到床上来与人同睡的，当然，它毕竟只能隔着蚊帐，毕竟不能像猫那样在冷天时往主人的被窝里拱。蛇上床的事件在我们乡中不为罕事。据乡亲们说人体的温度和汗味对冷血的蛇大有补益，蛇是贪恋这一份享受才斗胆上床的，我一直没有考证出这种说法有不有科学依据。不管怎样，蛇恋着人的体温，人又喜欢蛇的凉快，相得益彰，在大热的天气里贪得个好觉，何乐而不为？有一出著名的古装戏叫《白蛇传》，看看那白、青两个蛇仙对许仙的那份迷恋，便可寻到人与蛇本就亲近的根据，就如我们从《西游记》里孙行者的腾云驾雾的幻想到今天飞行的实现的契合一样。

我的乡亲在寒冬临近，收拾竹篾凉席，换上棉絮时，常可发现凉席下面的稻草杆子上蜷曲着干枯的小蛇——那是家蛇的后代过于贪婪，钻到凉席下面而不幸被人压死的，呜呼！人们也只好表示遗憾。

比家蛇更令人敬重的是神蛇。神蛇不住在百姓庄园，住在乡中庙宇前后的被人称作"神树"的树洞子里。我在一篇文章里专门讲过神树。要有千百岁的老树方可尊称为神树，而这个岁数的神树，早已空了树心，那里便是神蛇宽畅舒适的家了。因它饱受着香火，长得又肥硕，便成了蛇中之王。我们常可见水桶般大小数丈长的菜花王或者乌梢蛇活动在庙宇的周围，更多的是缠在高大的神树的枝杈上。成千上万的鸟雀宿在树顶上，不计其数的鸟蛋和窝中嫩鸟成了神蛇的贡品，它坐享其成，无需像家蛇那样昼伏夜出去守候狡猾的老鼠。

出于对神蛇的尊敬，善男信女们在给庙里的菩萨烧过香进过贡之后，也忘不了给神蛇带去一两只嫩鸡，将翅膀和脚缚了，扔到树洞子里给神蛇改善伙食。人们坚信蛇长到一定岁数，又饱受香火，成仙得道也只是迟早的事，到那时它要关照一下芸芸众生也是举手之劳，所以平时虔心敬奉，也一定不会白搭的。

显然，蛇也与人一样，不尽是善良之辈。我们很小的时候便会识别好恶，对那些长着三角形的脑壳和秃尾巴的蛇类，会特别注意防范，而且绝不手慈心软。有言道：见蛇不打三分罪。便是指的这一类的蛇。不过这类攻击性很强的毒蛇一般也是远离人群，深居简出，不故意惹人的。如是能相安无事，人们也未必要斩尽杀绝它们。

乡中还有言道：不信邪法，但看蛇法，不信药方，但看酒浆。防毒蛇还是有法的。我的父亲便是一个治蛇的高手。他是经人传授过秘法的，每年五月初五过端阳，清早起来，便点香燃烛祭拜了师傅，然后备一桶凉水，口中念念有词，一面伸出三个手指头在水上画着种种符号，于是不久这桶水便叫作"蛇水"了，凡喝了这水的，在整个夏天便不会遭毒蛇袭击。我们每人必要喝上一碗。我父亲还要到附近乡亲家里为别人画"蛇水"。凡喝过他的"蛇水"的，多少年来，倒也真没有被毒蛇咬过。

我父亲试图将这手绝活传给我们。但要学此艺有禁忌：不可吃狗肉、乌龟、水鱼、蛇虫之类等非传统肉食。我们兄弟自是难禁此类美食，于是我父亲的蛇法便失传了。

其实，学了也是白学，因为现在我的家乡已经很难见到蛇了。家蛇的传说在今天的农家小孩听来如天方夜谭，谁也不会相信那是历史。

我无意再在此剖析蛇类在一个曾经是产蛇之地消失的原因。我写这些是要记录下来那些令我终身难忘的情景，一份美好的记忆也是人生的一大乐趣呢。我期待着记忆再度成为现实，到那时，有了蛇和更多的野生动物，我的家乡又是一片血肉丰满的山水了，那样多好。只是我担心一件事：如今我的乡党盖房子，千篇一律是水泥钢筋建筑，房里没有梁了，那么家蛇缠绕在什么地方看主人吃饭呢？

2005 年

笔缘

我老家远离集镇,要买点日用的东西,很不方便,因此常有些货郎挑着个小挑子,上门来服务,摇着小铜铃或敲打一块小铁板,再悦悦地吆喝,那声音在静穆的山冲里回荡,很快便引人注目。这声音的周围很快便挤满了人,当然多是孩子、妇女和老人,因为热闹,因为那挑子里的东西新鲜,能使我们死板的日常生活变得立刻有了生气和光彩。那些货郎担,多是卖针线的;卖酱油和盐的;卖纸包糖和熟花生的;卖山梨、山桃和荸荠的;也有修伞、修电筒、修钢笔、补套鞋的;还有弹棉絮的和耍猴把戏的……

我印象最深的,是一个专卖毛笔的货郎。这是一个上了年纪的老人。"买笔买笔啰——"吆喝的声音低沉而干涩。他不敲打任何金属,没有其他货郎的那种招揽和张扬。来到一个屋场,便那么草草地吆喝两句。尽管这样，大家都晓得谁来了："老郭来了。"大家就争着出门去拉老郭进来屋里坐，都表示出对老郭很亲热很熟悉的样子，不像对待别的货郎那样，显得生疏和总是要保留一丝警惕神色来。

这老郭卖了一辈子毛笔了，究竟卖了几十年，谁也说不准，反正我们这里从八十老翁到刚启蒙的儿童，都认得他。老郭每个月至少也要路过我们这条山冲一两次。都叫他老郭，不晓得叫郭什么。大家尊称他"老郭"，是有道理的，因为大家几乎不把老郭看作一个商人。老郭的小挑子，一头是只小木箱，内装大大小小五六个型号的毛笔以及墨条和砚台；另一头是一个布袋，内装雨伞、套鞋、布鞋、毛巾、袜子及换洗衣衫。老郭来了，站在院子里，随便由哪个女人往哪个堂屋里拉，老郭乐哈哈地由人拉，张嘴一个黑洞，没牙。老郭刚落座，便有乡人求他："老郭，替我写副对子。""老郭，替我写封信。"老郭于是就打开箱盖，取出墨条和砚台，我们这些孩子晓得这刻该干什么，便抢着去弄水磨墨。老郭就正襟危坐，在众人息了呼吸的注视中，为大家写东西。一落笔，就有人"啧啧"称好，从大人的崇仰神情中，我们于是认为老郭的字写得好是无疑的了。写毕，老郭闪着昏花的眼睛，去人堆中寻找买了他的笔练过毛笔字的人，寻着了，便要问："你最近的字进步没有？拿来我看看。"于是便有这个屋场的练毛笔字的大人和孩子将其作品取来请老郭指教。我只是记得老郭讲字很有一套，讲着讲着还持笔表演，人们便鸡啄米似的点头称是。大人对我说："老郭的徒弟，到处都是，数也数不清。"过年的时候，老郭最忙，要到他为我们冲里每家每户写上一副或者两副春联，才放他走。

他自撰自书,没有一副春联的内容雷同。文采、书法、人品,都令人佩服,所以大家要敬重他。饭时节到了,纷纷有人请老郭吃饭。都晓得老郭没牙便煮烂饭煮烂肉请他吃。吃过饭,才谈卖笔的事。乡亲们并不挑拣,由老郭自试自拿,也不讲价,这亦是大家对待老郭与其他货郎不同的地方。

我启蒙的时候,老郭正好来卖笔,他听说我启蒙,便抚着我的脑壳,白送我一支毛笔,说:"孩子,一个中国学子不会写毛笔字,算不得个学子,一个读书人写不好毛笔字,算不得个好读书人。古人云'字是门头书是屋',要用心操字啊。"这句话,我至今还记得。老郭送给我这支毛笔,很好写,可写小楷,也可写中楷。多蘸点墨,写中楷,拖干些,写小楷。可惜刚读小学,老师还布置写毛笔字,但是不久也就没这个课了。我们一律用钢笔和铅笔写字。孩子们吵着家长买钢笔和铅笔,没有谁说要买毛笔的。

后来老郭来卖笔的次数明显地稀拉了,一个月难得来一次。但人们还是待他那么热情,可是买笔的人却日渐减少。有一次,我们那住几十户的屋场,竟没有人说要买笔(其中还有一个原因是大家手头票子都艰紧),队长过意不去,吩咐会计,公家买几支。这一次,我老往人们背后躲,怕老郭发现我,索看我最近写的字。因我最近根本就没使毛笔写字了,何谈进步?但老郭还是发现了我,走近我,摸摸我的脑袋,沉吟良久,长叹一声,没再说什么。

老郭最后一次来,老得几乎走不动了。不晓得是没有力气喊:"买笔啰——"还是不准备再喊,他就那样默默地来到了我们山冲。

他说他来辞路。我那时尚不知"辞路"是什么意思。他送给我们有孩子在读书的人家几支毛笔,不要钱,强给他也不要,变法子送他鸡蛋、茶叶和其他土特产,也坚辞不受。

老郭就从此再也没有来过。

我们这山冲里人竟都糊涂透顶,没有人问过老郭家住何方。

一晃过去了几十年,现在我们山冲的话题,一俟触及学问和书法,便要谈起老郭。乡民在外面购物怄了售货员的气,也要回忆老郭,现在我们山冲很有一批没读过什么书,却能写一手漂亮毛笔字的农人,他们都曾是老郭的弟子,老郭是不会被乡党淡忘的,因长久的传颂,以至我们的后代,也都"认识"了和崇拜那个老郭。

1990 年

神树

那时候在凡是有了些年份的老屋旁,必是伴陪着高大的老树的。一个远方的来客不必看见屋宇、不必看见灯火,远远的看见高出丛林的老树,便可找到人家。最大最高最老的树不在山中,而是活在人间,她总是依恋着人畜屋宇。但在我们的心中,老树绝不是人们的卫士更不可看作是奴仆,她在我们心中是一个庄严得令人疏远的形象,她的庄严超过村寨里任何一个辈分和威望同样高的长者。

我们其至有些惧怕老树!

这种惧怕与生俱来。

我们从小就习惯绕开老树走,我们可以无所顾忌地在任何一处田畴、地角、山村、水塘边屙屎屙尿,但有一根神经提醒我们:

要看一看周围有不有老树。任何一个调皮的孩子也不敢在老树底下撒野，就是远离老树，也不敢将屁股和小鸡鸡朝着老树的方向排泄，屎尿还急，也会注意调节方向。

我的故乡故人乐于在神的统领下生活。大小神庙均匀地分布在山岭、河渠、垅田之间。庙宇的社会分工是管阴间的事情。大一点的叫庙，供着泥塑的或木雕的菩萨，并有僧道或尼姑住持，其管辖范围相当于阳世的乡，庙里供的菩萨一般由千百年来广为流传的社会名流来担任，如关公、济公、吕洞宾等。也有本地名流，如某年该地出了个大孝子或有成就的文臣武将，都可以推为领受香火供奉的菩萨。一个菩萨一炉香，这香火可是不能断的，一俟断了便是阳间有难了。香火不断，菩萨也不能换，不像阳世的乡上可以经常换人。

比菩萨小一级的叫作"城隍"，也有叫"社主""神方"的。社主、神方也有庙，却是很小了，只有个把人高，内面也不设僧尼把守，职责相当于村。村大设社主，村小立神方。

孙悟空打听此山住的何妖怪，一顿金箍棒，那须发皆白的土地公公便颤颤抖抖从地里冒出来回话。

土地也是有庙的，但这庙就小得可怜了，如一个床头柜那般大小，仅有一个庙的形状，"金"字形的屋顶，前面开着不设门片的庙门。土地庙在我的故乡可谓星罗棋布，土地神虽小，也是不可轻视的，庙不大，无泥身和木身，但也是必须供奉的，也要选个好地方立庙。

土地神的办公地点，一般就设在乡间最老最大的树旁了。非但土地庙，所有乡级和村级的庙宇，一般都是有大树簇拥的。为何大小庙宇都要傍树而建？我一直找不出什么依据来。我曾想起成语中有"树大招风"一说,便想到树大还是惹眼的,管着阴间事务的执事机构当然也应设在醒目的位置,这便于工作,亦如阳世的安排一样,重要部门要设在当道显眼之处,便于人们寻找。我还想起若干古典神话故事里面老树成精的故事,树活久了,饱受日月精华,长生不朽便要成精,狐狸、蛇蝎、鱼虫皆可成精,树岂不能?土地神尽管是天下最小的神,毕竟是神,就是树精也不得不听其调遣的,做着土地官,毕竟手下要有人当差,唤树精易,大概这也是土地庙要傍树而造的道理吧。

有庙必要有香火养着,没有香火也不能叫作庙。那时候我们山里大大小小的庙宇都是香火不断的,每经过有大树的地方,远远便可闻到草香的气味,我们山里那些善良的人们,老老少少都信神的,很小的时候我们便由大人领着去敬奉各路诸神,朝所有庙宇磕头。我们无师自通都会三跪四拜,其跪姿都十分流畅、利落,很小就学会在神面前问卦,能将阴阳双卦抛出优美的弧线。我们不光学会了虔诚的动作,内心深处对神的敬重和信服,一点也不比大人差。

在我们人生最初的功课里,不但要朝拜各路菩萨、社主、神方、土地,那时候,家家户户还都供着家神的,堂屋的正面墙上便是神龛,接什么样的家神进屋,是没有统一标准的,只要是有神号(就如职称吧)的大小诸神,都可由主家的职业偏好来选择。我的祖父和父亲都是懂点医理、上山挖点草药、替乡人治治跌打损伤的,因而我家堂屋里敬奉的是药王神。每有伤筋折骨的求上门来了,便烧香点烛祭起药王神,有了神助,我的祖父和父亲就是将患者治得比杀猪的叫声还惨也不怯场。

初一、十五,逢年过节,我的乡亲们都要给各路诸神去上香,而家神则是每天清早都要上香的，虔诚的人家早晚各上一次。乡人这般乐此不疲地信奉敬仰神明，当然也是有所求的，最可看得见摸得着的便是有大小病痛必求神医治。凡有个头疼脑热或肚子不舒服的，到香炉里求一撮香灰，回家用开水泡了喝下，睡一觉，便算是治了，一次吃不好，再吃几次。生疮长疖养了痱子，请庙里的僧道去菩萨的大肚子里求一包陈茶，回家用水煎了，慢慢清洗，一般也就无需再用什么药了。昔日善男信女进贡寺庙之物无非是清油、茶叶之类，归根结底，取之于民，用之于民，显然，神化后的乡中俗物，便是灵丹妙药了。我小时候不知喝过多少香灰汤了，一有小毛病便是一边喝着香灰汤一边默默祈祷诸神保佑。至今一记起那种情境，胃里还可翻出香灰汤的味道来。

在如此庄严神秘的尊神气氛中，在我们幼小的心灵中，自然养成了敬重神明的良好习惯，别说不敢朝神明庙宇老树撒尿，甚至连脏话痞话也不敢在树旁说，吐口痰也要选择方向。若是开罪了神明，日后肚子疼脑壳疼谁给治？而特别重要的是：今后漫长的人生道路中所有发财、读书、当官、保平安的希望都是要拜托神明庇佑的。老一辈人还告诫我们：一个人死后上天堂还是入地狱，也要看你在生是否从善，上天堂也是要靠神明推荐的。不过这些目标实在离我们还太遥远、太虚渺，就凭现实的目的，就足够我们重视神明庙宇了。

凡是依傍着大小神庙的大树，我们一律称她为"神树"。有资格被称为神树的一般都是樟树。樟树寿命长，千年古樟随处可见，要作神，首先必要长寿。连土地公公都是白须盖膝，树决不可不经老；樟树形状好看，枝叶繁茂，四季常青，树枝伸出去可达数十丈，形如大伞，乡下求神办事都是要许愿的，倘神明治好病什么的，许的最大的愿便是唱戏，给神明也给当地的老百姓看，戏台一般就搭在大樟树下，巨大的浓密的枝叶当顶，可遮挡一个戏班子并数百观众，风雨无碍；樟树还有香樟的美称，散发着终年不竭的香味，此味令虫蚁不可侵。古人册立此木为神树，真是无可挑剔，也会让南方山中所有树们心服口服。

看戏是我们孩提时代最令人兴奋的事情，但是尽管手脚发痒，也绝不会在神树下面做出什么出格的事情来。什么大树我们都敢攀敢爬，而神树是没有人敢去爬的。在房前屋后的树上竹上刻字割皮是儿时的一个重要节目，神树自然是没有人敢去动的，她的树身总是最干净最完整的。

神树不是孩子们亲近的地方，却是鸟们的乐园。数十种鸟栖在此，其歌喉可远播数里，鸟雀齐飞，天都会黑一角。

鸟们产卵孵化的季节，若是经临了一夜风雨，第二天早晨，可见不幸掉下来的碎蛋和羽毛未丰的嫩鸟毙体遍地，乡人不忍看此惨状，忙清扫归堆，用箩筐挑走，挖坑埋掉，成千上百的幼小生命呢！不知驻扎于树下的大小神明怎么就不保护它们。

一根大树上驻扎着数千鸟窝，除自然的灾害外，没有人去掏鸟窝，更没有人朝它们放铳，它们在此过着安宁的生活。如此看来，鸟们又是托了神明的福的。

鸡、鸭、牛、羊、狗等牲畜是和神树亲近的，树底下是众多牲口爱去的地方，更是避风躲雨的好去处。牲口鸟雀是不忌讳在此排泄的。因树荫下没有阳光，杂草不生，日积月累的粪便就成了老树的源源不绝的养料，这大概也是神树总是比别的树木长得葱郁健硕的原因之一吧。

一座三两个僧侣的小庙，光是打扫收捡树上掉下来的枯枝落叶，便可应付灶厨柴薪的缴用，无须人们再捐烧柴。香樟的枯枝败叶烧起来都是香的，在我们山地的庙寺周围，终日沁透着这种香味。

众所周知，天下大树集体罹难，被连根拔起当成柴烧是在50年代末的"大跃进"时期。那时候人们发了疯似的比赛砍树，然后塞进土灶里当燃料大炼钢铁。

生烧的香樟的香味更浓烈，在百里山川间弥漫开来，在乡野间缠绕着经久不散。

我的本家大屋后面有四五棵几人合抱不过的大樟树，那儿住着分管我家屋场里几十户人家的土地。数棵大树根连根、枝连枝，看那连成几亩地大的一片绿色树顶及弯弯曲曲伸延出周围半里之遥的裸露在外的树根，便知这土地神有多老的资格。

附近数十里的大树都砍得差不多了，而我本家大屋后面的这几棵却奇迹般地留下来了。

原因十分简单：一日召集十余个大汉持斧操锯上阵伐木，刚开始砍树，这些活生生的汉子一个接一个突然脸色苍白、肚子疼得在地上打滚，看来神灵显圣，这是毫无疑问的了。这事风传开去，也就没有人再敢上前冒险了，这片树林就这样被保全下来了。

这天被强令去砍树的汉子都是这栋大屋里的劳力，他们一出生便要到这里报到落户，取了名字也要告知土地的，叫作"记名"，如同是西方的洗礼吧。一生中不知有多少事情要求土地神和神树关照，平时连尿都不敢朝这里撒一泡，且不言报恩，叫他们持斧砍树，如何真下得去手？如何不肚子疼？这是人人心知肚明的事。上面来人可以将队长骂得狗血淋头，可上面的人也放不倒这样大的树，也怕真的会肚子疼呢。

几十年又过去了，这片树林将是如何的出色？看官可以想象得出，我想我是没有词汇去描绘她们了。

现在有一个时髦：纷纷将乡下的大树挖出来往城里栽。我开始很替我老家的那几棵大树担忧，其实这份担心是多余的，除非现在人们有能力搬走数米深的整块一亩地，方能活活地请走她们，我想现在还不具备这样的能力，但愿日后的高科技也不要研究这样的课题。这样我就安心了，她们是应该属于这方土地和这方牲灵的。而她们也是不愿离开故乡的，那繁华富贵喧闹不会给她们带来快乐，那地方，不会有鸟雀来她们的身上筑巢，不会有鸡、鸭、牛、羊、狗天天来做伴，供她们养料。一俟没有了鸟雀牲灵的光顾，那日子断然是没法过的。香火和朝拜当然也不会有了，城里人只会把她们当玩物。只要不在她们的身体上刻上"到此一游"之类的标语，不遭受皮肉之苦便是大幸……

她们要暗暗庆幸自己长得高大，大到城里人一时还无法搬动她们。真是应了人们说的：大有大的好处。那就好好地做大吧，好好地庇护人畜牲灵，再挺直腰杆、常梳秀发，做一道不折不扣的美丽风景，要知道：这劫后余生的风景于这个世界是多么的珍稀，是多么的重要，因为这个时世已经懂得爱惜如此风景的重要性了。

2008 年

敬仰

　　平江人崇神敬佛的历史很早，平江县城始建于公元908年，而在公元228年，就有个叫作徐道录的道士牵头在平江修了个"崇贞观"，其香火长盛不衰。恐是因这里人气盛、香火旺，促成了以后县城的选址，城堡依绕着崇贞观而建。因那寺观年岁太高，早已作古，却是传播下来无数香火。

　　清同治时，平江县人口不过是二三十万。但《同治县志》中堂而皇之记录入册的寺、庙、观、庵、堂、祠、坛、阁、宫等供奉各方神圣的场所，便有370多处。如五代时期的龙回寺，西汉的关濑祠，唐代的玉宸坛，宋朝的火神庙，元时的观音阁，明清的碧澄庵、凤阳观等。这些场所被战火和天灾不知毁灭了多少，又被重建了多少，千年百代，生生不息，晨钟暮鼓，佛音绕梁，薪火相传。

那些民间根据某一个地方、某一个人物的精神需要筹建的小庙,还不能进入《县志》的视野。凡有人居的地方,必设有土地庙,盖一个土地庙,三五口砖或几块石板即可。这种统称为"土地庙"的小庙,更是数不胜数。

在那众多的神堂佛舍中,延传至今,香火最旺的要数"开山庙"和"孝子祠"。

"开山庙"里供奉的是"开山佛祖",平江人叫的这位佛祖,不是佛教系列里有档案、有位子的菩萨,是平江人自封的本地神。

开山佛祖成仙得道以前的职业,是一个木匠。

过去平江人把木匠大体分为两类:一是专门伐木砍树的,二是把树木做成生活必需品的。古来平江这两类木匠的业务范围互不串连,伐木的木匠只管伐木,不会做家具等木活。做细活的木匠不能轻易上山伐木。

平江人把砍树伐木看成是一件非常庄严的事情,平江人称"砍树"为"斫树"。"斫树"还有一个尊称叫作"开山",就像如今城里的斯文人,把"吃饭"称作"进餐"一样的性质。伐木的木匠,叫作"开山木匠"。开山木匠不必要什么技术,拿锯子或斧头把树放倒便行。但开山木匠的社会地位很高,排在七十二行手艺之首。主人家若是请了篾匠、泥瓦匠、油漆匠、弹花匠等手艺人在家里干活,开席用饭时,那开山木匠是必被推坐于首席的。

平江人都生活在山的怀抱里,在平江人看来,山是最神圣的,是人的依靠,更是人的活路。平江的山好土厚,终年生长着青绿草木。因草木的丰厚，才蕴蓄着好水、肥沃着田地、供养着无数生灵。

作为山地的子民，源于基因的崇拜物，首选必是山。

木为山之皮、山之毛、山之脉、山之魂，平江人睁眼见山，开门见绿，草木成为他们生活极其重要的部分。人们尊重草木便等于尊重了自己。爱了草木，便如是爱了家园。人们认为山林是应该有神明来管理的。神明的旨意俗人不能知晓，那么由谁来传递神明的旨意呢？于是便产生了"开山木匠"这个职业。手艺学成后的开山木匠，能代表人类与山神对话。树木成林后，哪些树（尤其是百年老树）能伐，哪些不能伐，在什么季节伐，需举行怎样的精神仪式，都得通过开山木匠与神洽谈后才能决定。人们把所有生灵的共同家园，交由开山木匠来打理，才放心。尤其是所有寺庙祠观前后的林木，一般人更是不敢乱动的，哪怕是树死了、倒了，都需请开山木匠来收拾。凡寺庙前后的树，平江人统称为"神树"，打理神树，自是需通神的人方可胜任，民间手艺人中，唯开山木匠是通神的，这便是要推他们为手艺人中之最尊的理由。

开山庙设立在平江县城西汨罗江边的一个崖头上，始建年份已无从考究。香火是现在平江县的所有寺庙中最旺盛的。据近年来粗略的估计，每年来朝拜开山佛祖的平江人，应不下于两百万。

平江人最看重的传统节日，依次排开来是春节、端午节、中秋节和清明节。除清明节给故人扫墓外，其余三节旷久不衰的生命力主要体现在家人团圆上。凡出门在外的游子，只要能回家的，便一定是在这三节中回家。亲戚间的走动，也集中在这三节。好吃的要留在这三节享用，好穿的也多在此时展现。除了亲人团聚外，另一件重要的事，便是去寺庙里给菩萨拜年拜节。任何一座乡间庙宇，这一年三节中必鞭炮不断，热闹非常。

一年三节，开山庙必是平江县城最热闹的地方。春节前后的几天，每天有上万人顺着汨罗江边的几条上山小道，摩肩擦背、扶老携幼去给菩萨拜年。大年三十晚至正月初三，开山庙附近香炉里的鞭炮声，声声相连，二十四小时不间断，估计每天烧掉的祭品不会少于十万元。

近三十余年来，中央电视台春节联欢晚会主持人数着倒计时迎接新的一年来临时，平江县城虔诚的善男信女们，不会守在电视机旁，早已齐集在开山佛祖左右，等着新年到来的第一时间，点烧敬奉神明的"头炷香"，先给菩萨拜年，再回家去给长者拜年。在他们看来，这一拜，神圣且含金量很高，将这一年中最宝贵的时间与神相伴，假若神明真有灵验，神便会看到人纯净的内心，尽自己的努力来给人以福祉。

四十年前，这个小山头上仅供奉着开山佛祖。因那香火日见旺盛，人们觉得应有更多的神明来分享，这符合平江人仗义疏财、仁义好客的品性，或许也是经开山佛祖同意的。从此大兴土木，新式的庙宇依着山势，徐徐筑就，迄今已有了佛教、道教等各方神圣的若干居所，且还在发展和陆续的邀请中。

平江人是爱扎堆、爱热闹的，他们认为开山佛祖也必是爱扎堆、爱热闹的，便打算多请些神来与他做伴。同时庙多神仙多了，也更能满足人们多种信仰的需求。这里的香火和热闹因此与日俱增，成为平江时下人气鼎盛的一个去处。但这山上不管引进多少神圣安家落户，这个小区的名字还是得叫"开山庙"，还是得以开山佛祖为寨主、当老板。就是时下入主山庄的观音大士，也只得入山随俗做客座神仙——平江人也坚信：以观音那大慈大悲的胸怀，应不会有什么委屈的想法。

因开山庙的升温乃至火爆，一道新民俗也应运而生——如今逢年过节，平江城里的各色人等，不管他信不信神，都乐意去开山庙走一走，好像没随家人亲朋去那里走一趟，这个年、这个节就过得不圆满、不彻底似的。

这里是一个可以同时容纳成千上万人的精神会所。新年伊始，人们在这里可以碰到单位同事、街坊旧邻、亲朋好友。尤其可以不经意就碰到在外面发展回乡度假的故旧。多年失去联系的友人，往往也可以在这里奇迹般地见到。以往拜年要各家各户跑，现在平江人大都住的楼房，学了外面的样，进门要脱鞋，这很不符合平江人爱串门的传统习惯，这使人之间的亲近大打折扣——脱鞋穿鞋麻烦，一天也走不了多少人家。现在好了，在开山庙这个精神会所，便可以打个拱手拜个年，把很麻烦的事体体面面轻轻松松给处置完毕。

这还是一个展示平江人最好的精神面貌的机会。心情不好的人是不会来出席这场节日盛筵的。凡来者，必穿上最体面的衣服，喜笑颜开，风采照人，来此相会。平江人最好的精神状态，在此可见一斑。平江人一面拜谒开山佛祖，一面又享受了民间乐趣，人神共乐，这大致也是开山庙的香火能够与时俱进的原因。

孝子祠供奉的神叫杨耀廷，字庆华，邻县浏阳人氏，唐代天宝六年（747）出生，是个行医的郎中。

贞元十二年（796），一场叫作"天花"的传染病不期而降于湖湘大地。平江的疫情更甚。这位杨医师治"天花"病有良方，被平江人请了过来。这病蔓延快，病号多，四乡八洞的病人排着长队来求杨医师普度众生。

好不容易待这场灾难过去,当杨医师拖着疲惫不堪的身子回到浏阳老家时,家里却不幸出了大事——他的母亲也因天花病得不到及时医治而亡。母亲病后,家里曾派人来找过他,但那时他日行数十里,被患者拉着穿行在山岭村寨之间,居无定所,无处寻踪。

杨医师行医积善,拯救了无数生灵,却是没有保护好自己的母亲,羞愧难当。待将母亲送上山后,他披麻戴孝,悄悄投塘自尽,要去阴间伴陪服侍老母。

杨医师的孝义感天动地。第二天,这池塘中央突然长出一支清艳圣洁的莲花,光彩映日,十里飘香。乡人甚觉奇异,放干塘水究其因,但见那莲根自杨医师腹中长出。原以为他办完丧事又出去替人治病了,谁想他已尽孝。杨孝子衣冠整洁面容安详,有瑞气绕身。人们知他已功德圆满,得道成仙。

平江人闻此讯,哀恸不已,纷纷募款为杨孝子修祠建庙塑像,以期永久表彰、万世纪念。

第一座孝子祠建于离浏阳县界二十余里的小田村,这里离杜子庙仅两里地,平江人要把杨孝子与大文豪杜甫就近安妥了,是认为他们同样高大圆满。祠成后,有雅士做了一幅好联,镌刻于青石的门头,至今还存留着,联曰:

寺近杜文贞,对满山荒草斜阳,常将往事怀天宝
人如杨孝感,剩一池莲花秋水,犹有春风接洞庭

孝子祠又名"麻衣殿"——因平江葬丧习俗中,凡父母亡,治丧期间,子媳必披麻戴孝迎送祭奠的亲朋好友,完成所有的殡葬仪式后才能脱下,"麻衣"即为尽孝的象征。

平江县境内，孝子祠有很多家，凡当年杨医师给平江人治天花时足迹遍及处，历朝历代，都被那些感恩者修过一些大小不一的孝子祠（麻衣殿），其香火一直持续至今。

人们坚信：他们侍奉生前为百姓的神，有了非凡本事后，必是更要为百姓的。同治年间，平江县普遭大旱，百般无奈之际，人们想到，当年杨孝子拯救的是老百姓的大难，值此大灾时节，应是再求他的。于是以知县李炽福为首，偕万民，扎彩轿，到小田孝子祠，来接杨孝子神像入城去作祈雨仪式，以求拯救全县黎民。四日后，果降甘霖，万物生灵得以及时滋养。救灾如救水火，杨孝子此番功德大矣！地方官及时将此大德报奏皇上，皇上感动至极，责吏部议，列入地方祀典。如今赫然载入《平江县志》，以期纪念。

平江人的神明崇拜，看来更注重现实。敬奉开山佛祖，是自然崇拜、生态崇拜，所谓靠山吃山，平江人依赖山而存活繁衍，自然会首选崇拜与自身生命关系最为直接的神。

"孝义"是平江人最鲜明的精神特质。杨孝子的出现，能彰显大众的普遍需求。平江地方，天高地远，山多田少，耕种艰辛，收获甚微，全靠支付体力果腹。人活着，不怕苦，但怕老，老了到山上刨不到吃的了，便要完全依赖儿孙赡养。"养儿防老"成为平江人最大的现实需求，设若儿孙不孝，必导致老年凄凉。因人人都有老时，便要大力推崇孝道，讲大道理没有用，榜样才是力量。供奉杨孝子，便是不让榜样倒了；孝子祠香火不断的过程，便是不断创造信念的过程。要让"孝义"之道的信念，从小就植入孩子的脑海里。如果一个孩子从小就懂得孝敬父母，做长辈的就等于在这个时候开始进了"医保""劳保"和"社保"。

就切身利益来说,任何大神大佛,都不如杨孝子和开山佛祖在平江人心目中的实际地位高。大神大佛可能解决天下的大事,但毕竟离人民大众的日常需求远。杨孝子和开山佛祖能解决平江人最直接、最关键、最现实的事,老百姓更关注看得见摸得着的现实利益。

2010 年

压岁蔸拾遗

"三十夜的火,月半夜的灯",这火与灯,于我们民族最看重的除夕和元宵这两大节日中,是唱主角的。家家户户,那是要尽一切可能,烧最旺的火,点最亮的灯的。一年到头所积累的艰辛和劳苦,对来年的美好憧憬,全融于这黑夜里的闪灼辉煌之中,这光亮最大限度地囊括了人生的希冀和祝福。于是这火光便没有理由不千年万年延续下去。

几乎还在六月炎天,我们就开始留心哪个山坡岭脚残留着砍伐过的树蔸。有了,便荷锄将其挖掘了抬回来。一定要是大树蔸,根须也要尽量保全。让其风干,待到大年三十,便搬到火屋当中,一俟天黑,便点燃起来,名曰:蔸。火苗子顿时从各个树根缝中蹿出,火舌伸得老长,发出经久不息的"嚼嚼"声,如人欢笑,温暖顷刻注满夜空,这火要燃烧整整一个晚上,一年之尾声,在烈烈的火光中结束,以火压岁,作一年的高潮。大人和小人,所有人,随着压岁蔸的点燃,感觉到新年是真正来了,所有因新年激发的美好情愫便同时被点燃了,哪怕是不曾拥有激情的人家和没有激动的年代,那吉祥的火光,能让人们忘却一切不快——至少是这一夜吧。

于是这一夜的节目,便全围绕着火展开了——

压岁蔸上方,吊着铜壶或生铁的鼎锅。火舌舔着铜壶,通晚冒着白气,瓮气地唱着夜曲。鼎锅里炖的是风干了的巢萝卜和切得火柴盒大块的腊肉,烂得张口就溜下了肚。这是招待辞年客的。三十夜叫辞年,正月初一以后叫作拜年。压岁蔸点燃之时,热烈的辞年活动就开始了,人们按年龄层次结伴大呼小叫逐家逐户辞年。年轻人象征性的转一圈,就忙他们自己的去了。年长的则要坐下来与主家叙话,这时巢萝卜和腊肉就夹出来了,温在热灰中的铜酒壶里的滚酒就斟上来了,巢萝卜腊肉咽热酒,何等的美味!小孩子不吃腊肉和酒,热爱爆竹,多到屋外有雪或没雪的夜地里放爆竹。辞年的多是男人,女人在家候客。一家家吃喝下去,那火塘边和野地里,就要相继倒下许多辞年客来。但这一晚醉了,是没人指责的。

在我的经历中,也曾有过没有腊肉和酒以及爆竹的除夕。许多人家要为过年米而愁苦奔波,就不敢奢谈酒肉了。但压岁蔸却是要具备的,家家仍伴着大火守岁。后来大树蔸也难寻着了。山上很难见有像样的大树,何以产生大树蔸?没有大的,便寻小的。一个不够烧通晚,便烧两个。两个不够,烧三个。火是一定要烧透除夕夜的。《风土记》中载:"至除夕,达旦不眠,谓之守岁。"

不管怎样，岁是要庄严地守下去的。虽眼下没有酒肉，但不等于没有希望。守望什么？当然是守望来年。我们祖祖辈辈都是这么"守"过来的，生活在希望里。没有酒肉爆竹，便在滚灰里煨上红薯、板栗、苞谷、豆子，烧熟后，取出来兑着火笑剥食待客，茶是不缺，水也是沁甜的山溪水，以茶代酒，其乐也融融。有火就好，有火就有盼头。

现在当然是看不到压岁蔸了。在木炭比谷米还贵的时代，便无处寻找大树蔸了的。取代"三十夜的火"是电烤炉和煤球。巢萝卜炖腊肉自然也不时兴了。人们千篇一律依赖电视机和五颜六色的糖果、水果以及麻将扑克牌来平庸草率地打发除夕。压岁蔸古朴雄劲的燃烧、巢萝卜炖腊肉的美味、烤红薯和烧板栗的清香，远逝了，再也找不回来了……细想想，电烤炉迟早是要取代压岁蔸的，也没有什么不平之处。人们总是在失去和获取、遗憾和满足中生活。只是质朴劲猛的除夕之火消失了，我们的心灵之火不要疲沓无声才好——这亦是我要时刻提醒自己的。

1987 年

神圣的岁首之日

正月初一,是我们生活中最为看重的日子,这已是无可争议的。我的家乡湘北山地,则是更将这一日神圣化了,神圣到我们甚至在这一日过得很拘谨。

很小的时候,家中长辈就要在大年三十那日反复告诫我们:明天初一,不要乱讲什么呀!以至这整天,我们说话都得十分小心,用心斟酌措辞,生怕说出什么不吉利的、扫兴的、粗俗的话来。女人则要用心带好更小的孩子,生怕哭了而败了节日的美好。平时喜欢训斥孩子的大人,在这一日也要收敛性情,对孩子装出无限温情。这一日哪怕是最捣蛋的顽童也不会挨骂。

大年三十晚上之前,家家户户是都要挑满水缸、备足烧柴、扫尽各个房间的。正月初一是不挑水不抱柴不扫地的。说是怕把财气扫出了门。柴足水满也是为了要在这一日凑一个"满"字和"足"字。

正月初一早晨家家不吃饭,要吃面,叫作吃"长寿面"。中午晚上是吃大年三十团年饭剩下的饭菜,不兴另煮饭的,亦图个"剩"字的吉利,祈望一年内有剩余。

正月初一,穷人和富人,官家与百姓,一律平等地享受快乐与祥和,都同样高低。大年三十还愁眉苦脸到处躲债不敢回家吃团年饭的穷人,到初一这日,便可扬首挺胸、招摇过市到处凑热闹,有俗话道:"初一早,老子欠账谁敢讨。"这一日谁讨账谁注定这一年将不顺利,所以有了欠账人的无所顾忌和快活。

我的印象中,儿时的正月初一,也时有乞讨者,多是那些逃水荒灾荒的远路人,过年无家可归,正月初一也依样上班挨户敲门乞讨,奇怪的是这一日我们乡党并不嫌弃乞者的晦气与脏乱,反而十分欢迎乞者敲门,给的也多,贫困的人家,竟也出手慷慨。他们的观点是:正月初一能给予人家、施舍人家,预示着这一年自己将富有。自己有,才能施舍于人呢。

这一日所有人都要喜气洋洋,同时要尽其所能穿上最好的衣服,并且不干任何农活。大年三十了,仍有不少农人赤了脚挑粪桶,这样的勤劳人氏,要被人尊重,而正月初一还这样便要被人耻笑了。我有一位老叔公,一年365天中,有364天是草鞋赤脚,但到正月初一这天,却穿上了一双亮晶晶的蛤蟆口老式套鞋。一到正月初二,他便迫不及待复了草鞋赤脚。他那双套鞋,穿了几十年,崭新如初。

正月初一,一家人起了床,谁见了谁都要悦悦地互相称呼,年少的还要附带上向年长者拜年的话。那神态,如同是相隔好久未曾见面,好像并不曾是同居一个屋顶下甚至一张床上。人们解释说：一觉起来，就是过了一年了，一年一新，所以互相间就陌生了，因陌生一年便有了亲切。至于见了外人，就更热乎了。乡情于这一日中是无比的浓酽。

正月初一，一个神圣的日子。人们努力剔除所有，仅留下欢乐。这一日，承载了生命中最灿烂的愉悦和希望。

1993 年

活不完的人，吃不了的酒

我的老家平江东乡，是一个与酒有不解之缘的地方。那里不叫"喝"酒，叫"吃"酒。"喝"是意味着渴了才喝，是有时限的。而"吃"则是无节制的，动齿便为吃，一日吃了三餐，见好吃的还要吃。我们那若干年前的老祖宗择了个"吃"字来形容乡党的嗜好，并不遮掩，倒也如酒似的坦荡。乡中几乎找不到不吃酒的，男人女人老的少的都能吃点酒，仅有量大量小的区别而已。有些女人，如有生疏人在场，往往谦卑地称自己不会吃酒以示斯文，但若是缠急了，一俟答应了吃，生疏人十有八九要被吃翻。小孩子生下来，做三朝酒，父母亲或奶奶爷爷便要用筷子蘸点酒往那才面世三天的小嘴里滴，辣得一张小脸更红更皱。长辈这是敦促他（她）快快长成一个豪爽的平江人么？乡中时有红白喜事，每事必办宴席，迎候乡党戚友，乡人便用红纸封个贺礼去赴宴，也叫作"吃酒"。三朝酒、周岁酒、生日酒、结婚酒、圆屋酒……所有宴请后面都带一个酒字，分明是去吃饭吃十大碗八大碗荤腥，也统称为"吃酒"。十人一席。每人面前一只酒盅，坐席的男女老少无一人言"我不会吃酒，不要酒"之类的话，执壶酒酒者也只顾斟酒根本不征求谁的意见。平江的酒席很是讲究，崇尚"一滚当三鲜"的吃的精论，菜是一碗碗上的，吃完一碗上另一碗，每碗就必是滚烫可口。一碗末了，等另一碗菜时，空当便酒一轮酒。吃十碗菜就要干了十杯酒。我也常吃这种乡宴，就没见哪个"吃酒"的不是一轮一口干一杯的，绝没有偷偷吐桌下的窝囊现象。

乡中有串门的习惯，晚上和下雨的天气，常不约而同一家家轮流着去坐。这时主家必是要拿酒出来候客的（出门三步便为客），酒不是用杯盛，是碗，广口的瓷碗或搪瓷碗，一碗在斤把上下。大家坐一圈，一人吃一口，接力赛似的往下传，不嫌碗口脏的。不要咽酒果菜，真正吃酒的不在乎是否有下酒之物。吃完一碗又倒满，待酒气罩了大家，生活突然就有了意义，千万烦恼一扫而光。乡人宁可床上无絮桌上无荤却不可家中无酒，来客了无鱼肉款待没意见倘无酒便不满意。说有位老乡去城里走亲戚，享受了说不出名来的美味佳肴，回乡来却是一脸阴云，人问是何事不高兴，老乡说：没有酒吃，就是杀只猪敬我也没意思。原来忘了给他酒吃。有妇女生下孩子来，是个男丁，一家人高兴便不必言，若生个女孩，做父亲的和做祖父的便要说：也好，也好，日后有人送酒吃。我那家乡也是重男轻女的，但比外乡进步，不致太轻女，盖因是老子把日后孝敬酒的希望寄托在女儿身上。所以在此我要提醒那些娶了平江媳妇的外乡人，孝敬你岳父不一定要有贵重礼物，但千万不可忘了带酒。不一定要有名的酒，乡间自己酿的谷酒和高粱酒都行，只要酒瓶盖子一打开扑出来的是酒气，那就达到孝敬岳父的礼数了。

在乡党眼中，酒还是治百病的东西：治跌打损伤，用酒泡了草药吃；发了胃病，老人说：那是寒气袭了胃，吃些酒就好了的；关节痛是又吃酒又用热酒擦；治感冒是酒炒精肉外加生姜、葱花、黑豆子、胡椒、豆豉、山椒子树根煎了服；医师说心脏病是决不可吃酒的，乡人不服此论断，便要举例说某某地方某某人心脏病被医院判了死刑回来吃酒吃好了，现在一日不吃酒就血压高；衡量一个危重病人是否能挺过来的办法是：给他点酒吃，还吃得酒就不死；女人生崽生不下来，长辈在旁做工作：吃口酒就有了劲的；倘一个人宣布：不想吃酒了。那么这便是他（她）人生中最黑暗的时期来了，乡党便要吩咐其后人：准备办丧事吧……

吃酒的家乡当然也是会蒸酒的，入冬以后，是蒸酒的好季节。这时到处可闻到酒香。现在有谷有高粱，便可蒸出上好的谷酒和高粱酒来。过去粮食不够，便蒸红薯蔸子酒、荆刚刺蔸（野生植物，学名不知如何称呼）酒。酒好酒歹都不要紧，但酒是要吃的，这与我家乡人生命中的某些成分关系太密切了。

1993 年

- 村野走笔 -

- 子子高飞 -

- 洞庭之苇 -

- 湖边日记 -

- 壮哉白鹤 -

村野走笔

云山牛记

岳阳东去百余里,有架山叫作大云山,是个有灵气的道场,历史上是曾有过许多庙宇的。山是翠绿,是奇静,因有仙气罩了,于绿和静中,便要陡生敬仰。我去山上幽居,山人修了个小竹楼,欲开饮食店,央我取个店名,再写副对联。我应命而作,店名是"妙味亭"。对联是:

> 酒为仙界清气演化
> 肴乃道场涛声幻烹

那云山给我印象最深的是"清气"和"涛声"了。这是个赞美的对联,背后却是隐了不满的。一架好山,怎能仅是载了清气和涛声就可立身？山也应是个家庭，要有丰厚的植被，更应有血肉的臣民。我们通常是把狮、虎、豹、狼、狐等灵动的生物，与山联系在一起的。然而在此，一只兔一条蛇，都是极难看到的了。这是架失血的山。

又岂止是此山的失血？虽觉有些悲凉，但并不因此而不爱了山。她的血肉被分离，是她的苦痛，却不是她的罪过。

去云山静谧的林深绿茂处散步，常可闻林中柴草里"呼啦"一阵骚响，初遇，不禁毛骨悚然，如读景阳冈上武松所逢大虫的凛厉，那是笨重大物蠕动的响声！惊惧之际，也想：若这云山真有了大虫，我等首遭吞食也值，这样此山也就血肉丰满了。镇下心来看，却是野牧的黄牛。有时一条，有时数条。

山民养牛，是不盖牛舍的。农闲时，便任了牛去山上自找吃喝，于柴草深处自栖。并不曾在牛鼻上拴绳，就凭此作了云山之牛，是世上牛间最幸福的了。这些无缚之牛，却并不信牛由缰，尽管大云山草丰地阔，它们仅滞留于主人附近的几个山头。田土里若有了活，主人便到附近的山上吆喝。牛听到主人的呼唤，便自林中走出来，随了主人回到家中。有时主人就发现：大牛后面跟着牛犊，主人笑了，那是畜牲在大好风景中恋爱的结晶，牛犊陌生地望着主子。待回到家中，也就熟了，向主子恭谦地打着响鼻，从此认准了归宿。

我有一个担心：山中大小道路如盘肠，山下对牛肉之美味垂涎者如蝼蚁之多，那些以贩牛和卖牛肉为生的，不会盯上山上林中的好菜？逮牛不比捉虎，不是极容易的事？山人告我，大可不必忧虑牛的安全。这山中的黄牛，非自己主人叫唤方可尾随，生人不能近它，庞然大物，且无不长着锐角，极能保全自己。更有一个共同的默契，非得是耕自家的田土才贡献力量。一老者告我，他女婿家无牛耕地，某日借了他的牛去，那牛立于女婿地中，昂首不肯前进，其婿恼了，用鞭抽它，那牛便血红了眼睛，用角将婿顶于田坎，半日不曾松劲，好歹呼得路人帮忙，方得脱身。

云山牛皮毛似缎，腿健腰瘦，常爬到陡崖上悠闲地吃草，让观者提心。也结伴游到香客集居的地方与人顽耍，尖了耳朵听人说话。

我每日散步，几乎都要与它们相遇，伸了手去抚其毛扳其角，它们见我不像牛贩子，无歹心，便温顺地由了我的动作。我下山时，公路旁的坡上，便有我认得的牛在吃草。我向它们招手告别，它们竟一齐扬了头朝我长哞，那厚实的声音在峰峦间回荡，它们也是认得我的，慧的牲灵！

我是不敢忘记那山中牛了，以及它们的主人。云山之牛何尝不是如其人？我常常混同他们的精神的形象。

巴陵屠狗记

据我所知：以前岳阳人是不怎么吃狗肉的。乡中有言道：狗肉不上席。狗肉不如青菜、萝卜的地位。有人若是贪馋狗肉，也不能在正经锅灶上烹煮，只可如做贼般在哪个墙角架几口草砖，弄口砂锅架着烧烤。敬过菩萨奉过神明的人是不可沾那气味的。学道修身之人会因一餐狗肉下肚而至多年修炼前功尽弃。甚至连魔鬼妖孽也畏狗三分，有鬼在人间纠缠，连道士法师都奈何不了时，最后的杀手锏便是叫杀条狗弄盆狗血来，唯狗血可浇走厉鬼。有俗语说：狗血淋头。那是最狠毒的举动了。

岳阳人开始大举嗜好狗肉，大抵是源于20世纪70年代。牛鬼蛇神都可一扫而光，陈规旧习统统打倒在地，岂有狗肉吃不得的道理？发展到如今，秋冬的季节，狗肉火锅几乎是巴陵城中各个餐馆的拿手节目了。

岳阳是个盛产狗的地方。不是名贵的狗，是野狗。洞庭湖畔广袤的芦苇荡中，是野狗繁衍的天然去处。那儿狗食丰足，野兔鲜雁活鱼众多。湖广地阔，人不涉足，狗成了苇中霸主，可无忧无烦地生养。湖区的人也是爱养狗的。家养的狗与野狗来往密切，家狗沾了人的灵气，显得有风度和学问，受野狗敬仰。野狗天大地大，家狗爱去领略风光，亦可做些寻花问柳的勾当，血缘难分。

后来巴陵街上有人屠狗卖肉了，湖区的人便牵了家养的狗到街上来杀，换了钱，弥补生活的必需。湖区人也不怎么痛心自家的狗，说是家养，仅是提供个狗窝和多少还给些爱抚而已，吃的还是要狗自己去丰饶的湖洲上寻找。

牵狗上街杀是一个创举，人不必受挑担之苦了。何况这一个"牵"字，无意中引来了更好的收入。因那家狗被主子缚了颈脖，出门上路，无不要张扬高吠的，也不知诉说的是怎样的心思，那苇丛中于是便要钻出一些它昔日相好的伙伴来，和它亲热，要送它出远门似的，紧跟不舍。有时三四条，多至七八条。开始屠狗者也不明白，突然想通了之后，便由了那野狗尾随，并也给予些温抚，待到都向他摇尾巴了的时候，便寻出绳索来，一一将其缚了，排着长队，招摇过市，狗们被街市的热闹吸引了，高兴地由了主人的牵引，并不曾想过大祸将至。

那时巴陵尚无划定的集市，居民集中处，便有人摆摊设担，屠狗场便选在此。在众人的注视下，屠者将狗绑缚在一处，牵出一条来，使棒槌朝那狗脑门心一击，狗即晕倒，旋即用利刀割破喉咙，放出血来，趁着热身，将皮剥下。顾客当场见到活蹦乱跳的狗立变成肉，十分放心地买回去烹饪，无半分疑虑，吃来自是要多几分味道。狗是一条一条地杀，送到顾客手中的肉尚是热的。那在芦荡中称霸的野狗在一旁哀哀的低吠，腿脚颤抖不止。让心软的人看了不忍，无奈又克制不了食欲。

只是地上狗血流淌成溪，肠肚内脏抛丢郊野，让人见了恶心。只是看在好口福的份上，不好指责罢了。

现在是看不到那现场屠狗的血腥场面了。自从修了正规的交易市场，就没有狗肉出售了，叫家狗带着野狗送菜上市的恶举自然也就消失了。关于把狗肉当作菜肴，一直有两种对立的争议：因狗肉是一种滋补性很强的食品，中药认为"冬狗进补"，算作是古老的流传。另外一种观点是进入了人性层面，"狗有义，人不知"，动物中与人最亲近者，便是狗，很多人是反对吃狗肉的。看来随着社会进步，文明居上，后者主宰了市场。

猎鳖记

鳖在鱼类中，是个稀少的家族。性情也诡秘郁抑，很难见有它们成群结队漫游的快活，也不轻易被猎鱼者钓着，没见谁钓了只鳖归来。要到极静的时候，河与塘的中央，偶或可窥得有鳖浮出水面，晒晒太阳见见日光——也是孤零零的一匹。

南方称鳖为"团鱼"，是据其形而称。我的家乡叫"脚鱼"，大概是见所有鱼无脚而鳖有脚才这般命名吧。我听我们家乡的水中好佬讲过：鳖也有它们快乐的时候，那就是在水底的石洞里一只叠着一只架成塔的形状，有时塔可高达一两米，聚鳖上百匹，渔人说，此时猎鳖是最顺手的，自塔顶一只只揭下来，装入网兜之中，无一潜逃的。鳖之所以无须设防，因那人间要潜下水底劳动多时的高人也是罕见的。何况每每鳖们叠塔自娱时，总有水蛇盘缠保护。渔人纵有久潜水中的本领，也要畏蛇三分，见那景象便要畏怵而退。渔人也解释不了，蛇鳖为何有这般亲密的关系，爱恋乎？互补乎？宗教乎？

鳖有脚，是水陆两栖的动物。岸上和水中皆有它的藏身处。月朗风高的夜晚，待大地休眠了，常有人就持了手电筒和火把，到河滩的沙洲上寻找鳖的巢穴。找也极易，有句口诀：来时月团圆，去时月半边。若见沙洲上有巴掌大的圆坑，将手拨开沙砾几寸，便必有鳖卧于沙中。若是半边月的沙坑，便意味着鳖已不在此歇息。但这种鳖一般重半斤左右，叫"沙鳖"。而更大的鳖，不是常人可寻得着窝巢的。

鳖在我的家乡，还是个灵物。每见深潭中有如盆大的鳖浮起，便预示着要涨大水了，有虫灾、风灾和大的火灾要发生了。所以乡中百姓，大多不敢吃鳖的。

我家乡的那条叫作汨罗江的大河径汇洞庭湖。以往湖中的渔人，也是不食鳖的。等网中有鳖撞上了，要当即放生，嫌它无肉，形状丑陋，味道不佳，也有不敢食用灵物的心理成分。当然现在的观念不一样了，因为鳖一时身价百倍，很多钱乐于花在它的身上，很多辛苦的人自然愿为猎鳖而献身了。况且科学发达了，鳖又怎能左右得了人间祸福？洞庭千里湖洲，远胜山中水面，是盛衍鳖的温床，这可满足各种人的胃口。

几年前闻得岳阳楼对岸的湖洲上，有位猎鳖的奇人，言他的老婆抛他而去，扔给他四个子女和一个破烂家境。他便全凭了他的猎鳖本领，将家口养活下来。他猎鳖，不使船不用网和钓钩，出门是一双空手，去湖洲草丛中转悠，辨鳖路，寻窝巢，总是轻而易举，手到擒来，非一般本领。乡中有言道：蛇有蛇路，鳖有鳖路。鳖路常人识不得，他能辨，于是有了他的生路。我极想见见这位奇人，跟他去湖洲上猎鳖，以饱眼福，但始终见不到他。不是引路的支吾，就是他躲避，我想其中定有奥妙，便不强求见他了。但一直难忘他，不断打听他是否发财了？因鳖价每年成倍上翻，非千儿八百元的酒宴方有鳖上桌，凭他那手段，成百万富翁也非难事，岂止是养家！但人说他仍过的是清苦生活，只要能够维持一家人的基本生活，他就不会多抓一只鳖。据说每年春节过后，正月里出行，第一趟下湖抓鳖，还要备下香烛火纸，在湖滩上点燃，望天敬拜湖神，免他杀生之罪。

1994 年

孑孑高飞

公元1996年隆冬，我在东洞庭湖某湖洲茫茫的雪野里去访问一群来自远方的贵客。我在这里使用"茫茫"二字来形容南方的雪原，肯定是要被北方朋友笑话的。平坦广袤漫无边际的北方平原那才可以真正称作"茫茫"。但当洞庭湖进入冬季的枯水期，它所裸露出来的以数十万公顷计的千年湖洲，披盖上玉洁的衣装，在起伏多变的南方疆域中，足可以以"茫茫"的大气所称雄了。

我在足可叫作一望无垠的雪原中行走。这样的大雪在我的故乡已经很少见了。有的年份下雪几乎成了一个象征。我们往往来不及穿上最厚的衣服，好好的赏赏雪，留些照片，堆个大雪人什么的，屋檐上便开始"滴滴答答"流水，如哭似泣地宣告开始融雪了。于是一些小孩子便跟着流泪，追问大人：雪怎么就没了？

大人问谁去？便怨责老天为何这么吝啬。

1996年洞庭湖涨了百年不遇的大水，大水过后是大寒，因而有了这一场被我称作"茫茫"的大雪。换来供人们赏阅的美雪，所付出的竟是因大水带来的数以万计的湖区人无家可归、田园屋宇被毁的沉痛的代价，当我穿着齐膝的长筒雨靴跋涉在雪地上时，我眼前不时浮现着几个月前的情景：浑浊的大水高出此地十几米，肆虐的浪峰上漂浮着房梁、家具、庄稼以及死猪死羊死鼠，席卷而下，呼啸而过。与眼下的安宁洁净相比，那时的洞庭湖是一个污浊而凶残的暴君。我想如果只有洪水才可换得美雪，那我们宁可缺少后者，但同行的老湖区人说过去有好雪也无大水。"过去"，我们在叹惜一些美好的东西一去不复返时，总爱说起"过去"。这不由得要使我联想我的过去——在我少年的记忆中，是年年有大雪的。大雪使一些小池塘结出厚冰，我们常在冰上滑行嬉戏。但现在池塘结冰的年份已经极少有了。是不是雪少了，便可累积成洪水一样暴发？

我在这个有大雪的冬天里访问的客人来自西伯利亚、贝加尔湖、北海道以及吉林的格格木、黑龙江的扎龙等遥远的北方。

这里栖息着十多万只冬候鸟。它们由80多个不同种类的鸟家族组成。这块被鸟类专家叫作"湿地鸟类保护地"的阔大的湖洲滩涂，有着好听的古老的地名，分别叫作上西湖、下西湖、采桑湖、虾子湖、月牙湖。这数十个鸟家族，近些年每年结伴飞来这块沃土上度过它们认为暖如春秋的冬天。当万里之外的比洞庭湖大了8倍的贝加尔湖被坚冰覆盖、俨如我少年时期印象中的小池塘时，真正叫作冰雪世界的大北方便冻断了可供鸟类生存的一切食源。在冰封即将降临时，许许多多鸟家族便要举家长途迁徙，在另一个家园度过另一个半年的光阴。它们都能讲出一半流利的俄语和日语，另一半则是湖南腔。我的故乡也叫作雪的雪，既冻不死千里湖洲上的半人高的茂盛的草族，也不能在大水退后留下的湿地滩涂构成冰封。丰厚的湖草因而成为大雁和那些食草鸟类的高产地，滩涂水洼里的小鱼细虾以及所有水族则是食荤羽禽的美餐。

十万鸟军俨似部队一般聚集在冬天里成为河道的湖泊的边缘，黑压压地伫立在滩涂上，各种不同的歌唱连成一片，不时有数以千计乃至万计的鸟族"呼"的腾空而起，在半空中结成巨网嬉戏，拉来拉去，在雪地上形成巨大的阴影，"巨网"拖过，可感到冷飕飕的阵风自颈脖往下猛灌。如此响亮激越的鸟鸣，如此庞大的鸟阵，是常人无法看到的。

我们在齐膝雪地上矮身而行。自然保护区的工作人员希望我们不要打扰鸟族的安宁。我们的行踪被止于远离鸟群的一堵矮堤坝内。我们神色庄严甚至不敢出大气，伏于堤坝，偷窥远方客人的尊容——这些候鸟不比在我们房前屋后生存的本地鸟（学名叫留鸟），十足野性的本质使它们无法和人类亲近。纵使我们探头探脑，它们天然的敏感肯定已有察觉。它们与我们至少保持500米的距离，我们前行一步，它们实际上已在退后一步。但是望远镜能够帮助我们看清每一片美丽的羽毛，这让我们很知足了。

在这个雪天，我第一次见识大鸟。它们的名字分别叫作白头鹤、白鹤、白鹳、黑鹳、大鸨和鹈鹕等。它们都属世界珍稀鸟族，名列一级保护。它们的高度均在1米6左右。它们腾空展开的翅膀可达两米余。它们尖长的嘴甲可在两尺深的水洼里捕获游鱼。八九斤重的大雁与它们为伴，仅有其膝下一半的高度。我在这里算是真正领会到"鹤立鸡群"的成语的寓意了。

每年的九十月间,这支庞大的队伍、许多个家族,便要准备开始它们的长途旅行。

在受到保护的这片湖洲上,最先到达的是为数极少的侦察兵。当这些侦察兵探得此地没有危险且具备丰足的食物后,数天之后,便会开进一支打前站的小队伍。也许它们要进行一些诸如人类开会号房子、发餐票、分派会议室之类的工作。待一切准备停当,大队伍在十天半个月之后陆续开来。寂寞的湖洲滩涂顿时沸腾起来。

这万里之遥的长途迁徙,加上中途的补充食物和休息,少也要飞行个把月。至今令人不解的是:侦察兵是如何将信息传递给打前站的工作鸟员,鸟员又如何将准备就绪的情况往回报告给三军?派员往回报信是绝对不可能的,而它们又无手提电话。看来鸟类的通信设备已远远超过人类。1990年和1991年,在东洞庭一个叫作中洲垸的地方,发现了17只珍贵的白鹤。这个奇异的发现引起了鸟类专家的注意,因为全世界幸存的白鹤不足千。鹤们的去留早已在鸟类专家的记录中,结果稍加查询,这17只鹤正是在印度恒河生活过而连续两年失踪的。因那里搞农田基本建设,干扰了白鹤的正常生活。而1993年那里安宁了,鹤们又去本地方过冬。此两处相距7000公里,鹤们是如何知晓那里的变化?看来人类庞大的无线电通讯发射网络和所谓人造卫星观测,在鸟们看来是多么的落后和幼稚。

自古以来人与鸟的关系是最密切的。我们的祖先原本是为躲避野兽侵袭,依树垒窝,以鸟为邻的。我们现在把睡觉称作"瞌睡",为什么?正确的说法应是"睡树",我们的祖先睡觉是背靠树干而瞌,故而遗传下来,在我们背上留下一条沟来。后来进入冰川时代,因人类身上毕竟无毛,只好从树上迁居地下,掘洞穴而安身。

从此我们和鸟隔离了，日久陌生，至少它们不用机械的通信技术没有来得及传授于人类。

但人与鸟的情感并没有割断。人类进入部落社会后，鸟仍是部落的崇拜物，部落争斗的战旗大多以朱雀、苍鹰、凤凰等珍稀鸟类作图案。多少多少年代后的战争狂人希特勒的军旗便以白鹳作图案。白鹳是德国国鸟。今天在我们洞庭湖越冬的白鹳中，其中就有讲德语的。全世界现存白鹳，2800余只，每年来东洞庭湖居留的竟有800余只，这是洞庭湖的荣幸，更能证明我们具备着良好的接待环境。为此惹得德意志、芬兰等国家的鸟类爱好者的嫉妒，每年都要远涉重洋专程来此观赏、问候白鹳以及其他朋友。这些鸟类爱好者和中国的同行，为了更细致地观察了解鸟情鸟性，不惜在鸟族群居的地方，挖一洞穴，上面掩以茅草土坯，蜷缩于中，不露声息，以求亲近。

那么，在辽阔的东洞庭湖遍于各地的滩涂芦丛的草族之中，曾经是怎样的情形呢？

我记得数年前，在岳阳城中一些菜市，随便可以买得到又肥又壮的野鸭子。许多小餐馆不懈地向食客兜售仅只湖区才拥有的"野鸭子火锅"。这是真正的野味，且能吃得着的时日极短。

老百姓把像家鸭的鸟类统称"野鸭子"。鸟类专家将鸭列为雁形目。小学课本里那种一会儿排成个"人"字，一会儿排成个"一"字，由南飞往北，又从北飞往南的美丽的飞禽，便应是统辖了雁形目中近30个品种的雁、鸭、鹅的。雁科里叫"鸭"的有21个品种，其中的中华秋沙鸭是一级保护动物。但它很可能就经常成为"野鸭子火锅"中的美食供人下酒。

那些伸着长长的颈脖飞行在蔚蓝色的天空中，一会儿排成个"人"字，一会儿排成个"一"字给人类表演飞行技艺，给一代一代少年儿童留下童话般美好梦幻的雁鸭们，我们怎么也不敢把它们同"野鸭子火锅"联系起来，而且，叫它们"野鸭子"也是多么的不雅。它们都有着很好听的名字，如：针尾鸭、绿翅鸭、琵嘴鸭、赤膀鸭、白眉鸭等。

凡是长途飞翔的鸟类，都长着一个长长的颈脖。而在房前屋后窜来窜去的鸟雀则是有头无颈的。那么，它需要一个长颈干什么？众所周知，人类制造飞机，最先是受鸟的启示，从翅膀到尾翼，均仿鸟而造。但最初的飞机老是飞不高，加大马力也飞不高。而只有飞高，在空气稀薄的层面高飞，才可合速度。结果还是长颈候鸟的启示给人以最终的突破。人类给飞机加长了颈脖，飞机才算真正上了天。鸟类的高飞能手鹬鹠可在7000米高空飞行。鸟与人类比高不在话下。

洞庭湖区滩涂的草族，要在八九月间大水退后才开始生长，冬天才是它们的春天，严寒无损它们的绿茵，它们是雁鸭家族的主粮。在整个洞庭湖区数十万公顷分布于各处的茫无人烟的大草滩上，密密驻扎着雁鸭的队伍，无法计算其数量。它们食宿全在半人深的草丛中，一个打湖草的农民、一个放牛娃，随便可于草丛中捡到野鸭蛋。

山中猎手面对的是豺狼虎豹，而湖区猎手面对的是没有任何反抗能力的鱼和鸟。抛开一切不说，面对猎物，山中猎手尚有勇武可言，而湖区猎手则是一个十足的屠夫了。他们屠杀雁族的手段真是耸人听闻。他们从工厂里弄来大口径的钢管，装上火药和铁砂，一排排埋伏于草丛中，叫作抬铳。待晚上雁鸭陆续归营时，屠夫先不放铳，不经意地在漆黑的夜空打燃火石。草原上的任何一点声响光芒，都逃不出放哨的雁兵锋利的眼睛，它马上发出警告，只见沉睡的雁群可在瞬间腾空而起，惊恐的声音响彻云天。

待盘旋一阵,见宿地并无危险,便又降落下来。待雁群刚刚安歇,狡猾的捕鸟者再次打燃火石,放哨的雁兵再次呼喊"狼来了",于是又演出刚才的一幕。

如此两番的折腾,劳作一天的雁们已十分疲劳。它们对发布"假"情报的哨兵怨恨至极。可以听到领头雁在教训甚至啄咬无事生非小惊大怪的哨兵。夜深鸟静,待屠夫们第三次打燃火石时,哨兵不敢再报告同样有惊无险的情报了。于是屠夫们可以不慌不忙用火石点燃所有抬铳的引信,顷刻,沉寂的湖洲枪声连天,一条条火舌无情地舔着草地。无数熟睡的雁鸭身中铁弹,惨遭杀害,曾有捕杀的雁鸭,一次用手扶拖拉机成吨拖往市场销售的,可谓积尸成车呢!

这仅仅是捕杀的方式之一。还有下毒饵的,装机关的。从万里之遥迁徙而来,将丰饶的洞庭湖当作它们美丽家乡的雁们,受到的却是如此的礼遇。这使多个雁族不敢再来,只好另觅可供安身的他乡。洞庭湖的野鸭子曾经急剧减少。

对雁类如此疯狂的杀戮,当然是不能横行的。近十几年来,作为鸟类最早的朋友——正义而善良的可以真正称作人的人们,采取了一系列保护鸟类和吸引鸟们来洞庭湖安家乐业的措施。以东洞庭湖湿地鸟类保护区为核心,重塑一个鸟的天堂的设想,已经大见成效……

与结伴成群在头顶上嬉戏的鸟雀不同的是,老鹰总是孤独而阴险地独自盘旋。老鹰是本地鸟。老鹰捕鸡是我儿时常看到的节目。天空一有老鹰出现,家家户户的老人小孩妇人便要站到院子里来敲脸盆击响器,驱赶老鹰,鸡们见状便要纷纷躲藏。但还是常有鸡被老鹰抓走。

很多很多年来,天空中已经见不到老鹰了。乡中四处撒野的鸡已不知有鹰这么一个天敌了，更无从谈及怕。

请教鸟类专家，专家的回答不外乎我们想象的：生态破坏。

待洞庭湖区冬候鸟方便的时候，久违的老鹰不知从什么地方钻出来了。尽管它的出现便意味着血腥屠杀，不知哪家的小鸡又要遭殃，但我仍希望看到鹰，一个鸟的王国设若少了鹰，当然是一个残缺，鹰的存在造成鸟王国的自然减员大概是必要的，这便是生物学家肯定的"生物链"吧。但人类对鸟族的进攻便是对生物链的切割。屠者不可与老鹰同日而语。

几十年后的这天，我目睹了儿时见过的鹰抓小鸡的绝招。只见它紧收翅膀，如一支利箭准确地射向不远处的一只有着美丽羽毛的鸟。然后猛张双翅，斜刺向天空，猎物紧紧抓于结实锋利的爪子之间。人类如果不用抬铳或者毒饵，也用鹰这样矫健敏捷的身手去捕获鸟，我亦无话可说。

不远的雪地有一滩刺目的鲜血和一堆羽毛。

一只老鹰很快就处理完毕它的猎物。我为这洁净的雪原上遭此污秽而颇觉不悦。但这也正是生物链的必然反应，鸟王国也绝对不是一派歌舞升平的单调。

我为那只还没长大的候鸟的不幸遭遇而略显不安。谁叫它还没有长大呢！老鹰绝对不会对一只数斤重的野鸭子下手，而对于那些高大的候鸟则肯定是敬而远之。强者生存！在鸟王国，这恐怕就是法律。

我去看了看那个微不足道的战场。我十分佩服老鹰的本事，它将那半斤重的鸟，除骨架和皮外，吃得干干净净，如精巧手工的剥离。美丽的羽毛整个附在皮上，竟极少有脱落的。

我扯下来两片鸟翅膀上最漂亮的羽毛，试图带回来夹在书本里做书签。但还是放回原处,那是一个不幸者的残羽,我无权欣赏不幸。

这还没到可以随便拾得漂亮羽毛的季节。冬候鸟茸毛丰满应在来年的春天。

自万里之外进行过艰难飞行的鸟族,也如远行归来的人类一样,总是疲惫不堪的。它们一只只消瘦虚弱,许多羽毛折断破损。有不少弱者,途中就会结束了自己的生命。

是洞庭湖丰富的食物和良好的气候,使鸟们在半年之后又保养得毛鲜羽亮,丰腴美丽。那时候它们随便抖抖身子,就可留下好看的羽毛来。

不过在这种时候,所有的冬候鸟又要长途飞行了,它们必须消耗掉过剩的脂肪,否则它们便会飞不起来了,它们无法度过南方的夏天。冰雪消融的北国是它们避暑的家园。

十万鸟军在来年三月花飞草长的日子撤退完毕。很快春水就涨起来了。十万鸟军生活过的地方很快变成水泽。

而我们的鸟类专家和鸟类爱好者并不会因此而赋闲,在湖畔的另一些地方,开始迎接来此度暑的夏候鸟。诗人杜甫描写的"一行白鹭上青天"之佳句,是洞庭湖区的一个壮美景观,来自印度等国的数以万计的白鹭又齐齐光临。在东洞庭湖的某个小山头上有一个叫作"白鹭山庄"的地方,那里便是白鹭最集中的庄园……

人们只知洞庭湖是鱼的产地,少有知道她亦是鸟的家园的。当我们无法在一个时期内改造恶劣的水质而导致洞庭鱼的品种和数量日渐减少时,却有了候鸟的热情拜访,有得有失,也算得是一份心灵的宽慰吧,国人对于大自然的馈赠奢望实是不大。

1999 年

洞庭之苇

八百里洞庭，其实最值得一看的是成熟了和没有成熟的芦苇荡。

在洞庭湖中，称得上芦苇荡的，规模最大者，有十余万亩，面积小的，也有个万把亩。万亩以下的，只能算是散兵游勇了，无资格谈"荡"。没成熟的芦苇一汪绿，成熟了的芦苇一头白，在这湖泊上翻滚着动辄数万亩的一汪绿和一头白，该是怎样的壮观呢？人置身于这么大一池很纯粹的颜色中，将是怎样的震撼？

广袤的芦苇荡，是一个很温暖的胸怀，向人类和一切敞开着。说是有一对恋人，因忘情而不慎钻进了一个幽静而无比美好的芦苇荡，待激情过后，却无法找到出路了，四周是面目和善、纤叶摇曳的绿墙，但是没有一穗芦絮愿意给他们指引路径。他们在芦苇荡中瞎闯了一个星期，最终才由一股炊烟味指引着走出苇城——

他们终于看到一条生命之舟泊在湖畔做饭。他们在芦苇荡中活得很好：吃鲜嫩的芦笋，烧吃野兔、蛇、老鼠、螃蟹、乌龟、野鸭和处处皆可拾得的野鸭蛋。而那些动物蠢得不怕人——芦苇荡太大了，它们少见世面，不晓得人饿急了，是会侵害它们的。

在湖洲上耕耘的作田汉，秋末后懒得伺候越冬的耕牛，便一股脑将牛们赶进芦苇荡，一直到来年阳春要用牛时，才去找它们。无须人们看守的牛们，无不长得膘肥体壮，在那个约定的时间和地点，等着主人来领它们回去干活，自然还要馈赠主人一些欢喜，那就是跟在它们后面的活蹦乱跳的小牛犊，这是它们在芦苇荡那富足、温暖、宽松的胸怀里尽情舒坦做爱的产物。

春夏之交水暖花开，是洞庭鲤鱼产卵的季节。这时候，从四面八方涌来的桃花水开始光顾芦苇荡，芦苇得其滋润于是春风得意，盎然飞长。产子鲤鱼分娩是痛苦的，要借助浅水滩中柔滑的苇草为其助产，于是，芦苇荡里便彻夜响着鱼尾击水催产的声音，八百里洞庭所有做母亲的鲤鱼，都集中在分布于四面八方这个辽阔而温馨的产床上分娩，无数鲤鱼的后代诞生在这个没有波澜的温床中。设若一个贪馋的人想吃产子肥鲤，那是轻而易举的事情，在芦苇荡的浅水滩上——一个晚上唾手即可以拾得几十上百斤产子肥鲤。不过这种断子绝孙的举动是可鄙的，洞庭湖不容，苍天不容，真正的渔人，不会干这种事。

过去的时代，芦苇的用途很窄，除极少数被农人和渔人砍来做篱笆围菜园、做矮房和当柴烧外，绝大多数便任其长高、成熟、白头、枯萎、倒伏、腐烂。后来被专家发现可以用于造纸，于是洞庭之苇便迅速培育了无数个大大小小的造纸厂和高耸云天的烟囱，洞庭水道也因此而繁忙了许多，航道中常可见堆垒成小山包样高的船只迤逦而行——那是运送芦苇的使者。在靠近航道的湖洲上，到处堆放着码成方形的高大的芦苇垛，无数积木般的倒影荡漾在浩瀚的波涛里。芦苇养活着越来越多的人，千百年来不被人看重的草族一时身价倍增！

因芦苇突然变得神气而有价值，博大的芦苇荡于是又孕生了一个新型职业：那就是吃芦苇饭的人。一块块经湖水划割出来的芦苇荡，分别安上了好听的名字：××芦苇场。芦苇的主人们，在芦苇荡里，挑土筑起一块块高地，把房子盖在高地上，安家立业，生儿育女。高水季节，芦苇荡被淹湿一身，却淹不着高地。

人们站在干爽的高地上悉心看护着芦苇，从开芽拔节一直守护到白头。因芦苇可以赚钱了，也就变得娇惯了，虫子便开始侵袭它们了，守苇人便叫来农用飞机飞播药物杀虫。

农历十一月，芦苇白了脑壳，等待收割，无垠的湖洲一片洁白，像老天爷不小心打翻了一锅牛奶。湖风搅动着芦絮，拂拂扬扬，迷糊了数百里天空，白絮遮天，日月无光。

这个时候，苇林长得像竹林，高达丈余。秆如手臂，叶似刀镰，手挽手，叶织叶，联结得密不透风，鸟雀难以钻过。

每年十一月中下旬的某几日，是整个洞庭湖区上百个大大小小芦苇场开镰收割芦苇的良时吉日，早了不行，迟也不行，早了芦苇没熟，迟了熟得太透，老天爷规定了这么个日子。

开镰割芦苇，是洞庭湖水域最为壮观豪迈的举动。成千上万的来自四面八方的砍苇客，背着行李、挎着砍刀，男男女女，成群结队，涌向每一个芦苇荡。这些来自异乡的砍苇客，和守苇人签好合约后，在各个芦苇荡里搭上苇棚，安营扎寨，埋锅造饭。稍稍理顺旅途之苦后，那个神圣的开镰的日子也就来到了。

砍苇客在岳阳下了火车或在城陵矶下了轮船之后，便由汽车或者是渡船送到他们年年去的那个芦苇荡，这些面孔都是芦苇们所熟悉的，熟人熟地了，砍苇客晓得在哪里搭苇棚合适。搭苇棚是很简单的事情：砍些高大的苇秆来，让苇们花白的头紧靠在一起，让脚支开成一个圆圈，留一个门洞，内面便可容得下十余人。荒凉的芦苇荡，因无数个金字塔形的苇屋的诞生突然就热闹起来了，炊烟从简易的地灶中袅袅升起。不甘寂寞的异乡客带来了竹笛和胡琴、狗和猫、收音机、年画和武打小说、雪花膏和避孕药物……生活一如故乡灿烂。

砍芦苇先要"烧"芦苇。

对于由青色变成橘黄色的草本植物来说，"烧"字是多么可怖的字眼。在这个季节，守苇人会禁止所有进荡的人吸烟，一粒星火顷刻便可将收获美梦变成乌有，历史上这种凄惨常有发生。

砍苇大军开进芦苇场，首先要大开烧戒！要烧开一条可供砍苇客进荡劳动的路！密密编织的锋利的苇叶，连飞鸟都无法钻过，人们自然更难进去施展手段。所谓烧，便是要烧掉这些枯叶，既要烧掉枯叶，却又不能伤害能卖钱的苇秆，那就需要有高超的"烧"艺。这份技艺大概也是不下于烧出"祭红"名瓷的妙招的。开烧的日子，应该是在冬阳连续抚照芦苇荡好几天、晒枯了苇叶的时候。开烧的时候，应该选择在不高不低三至四级风的时候，要借助这不大不小的风力，一烘而过燎烧那薄如纸片的苇叶。风力猛了，烧不透，人还是进不去。风力小了，会把苇秆一并焚了，这一把火，是何等的难以点燃呵。

不管怎样，这把火还是要点燃。在十一月间里的那几个日子，所有芦苇荡的生灵在变成有价值之前都要经受一次火的洗礼。此起彼落的熊熊大火烧红了整个洞庭湖。在八百里洞庭湖水路上行走的船只，现在徜徉在血红的水面上。伴随它们行走的是震天动地的"噼啪"声和冲天火柱的"呼呼"声。

大火将燃尽的苇叶化成黑灰抛向空中，十一月间的这几个日子，洞庭湖上空将密布黑云，太阳无可奈何地被其遮掩，只能向人间洒些微弱的光泽来。在那大火的强气流减弱后，黑灰才徐徐落下，于是洞庭水面便织成一层黑纱。有一年，岳阳城对岸的芦苇荡烧苇叶，风竟把黑灰吹送过湖，某天早晨岳阳市民起床后，看到的是一幕见所未见的奇观：岳阳城被染黑了！

烧开通往芦苇荡的道路后，千万砍伐大军开始了他们艰苦卓绝的劳作。遍地黑灰染得他们眉目难辨，苇桩无情地割破了他们一双又一双胶鞋……但辛苦也有回报，会有丰厚的收获——迅猛的大火袭击了一些来不及躲藏的生灵，于是无数烧熟了的野兔、麂子、野鸭、蛇、刺猬、斑鸠等小动物，成为砍苇客餐桌上的美味。

个把月后，砍苇客流尽了汗水，砍尽了芦苇。芦苇荡成为一望无垠的平坦荒洲。

当冰凌和雪花开始覆盖湖洲时，苇屋撤了，炊烟熄灭了，砍苇客向遍地的芦苇桩子说：明年再会。

吃水上饭的老辈人说：原先哪有这么多的芦柴山？声音里饱注着忧伤。老辈人把"芦苇"叫作"芦柴"，"荡"称之为"山"，是因过去芦苇只作柴烧，芦苇也只长在湖泊的高滩上。

现在洞庭湖水一年比一年瘦了，芦苇场的面积一年比一年增加。只要有一丛芦苇在湖中的立足之地，便会繁衍出万千子孙，变成泱泱草国。

淤积！淤积！洞庭之水不断将泥沙推向浅滩，推向芦林，创造新的水中陆地。在渔人眼中，水面越来越窄，可以捕到的鱼越来越少，苇滩越来越多。肥沃的淤泥养育着疯长的芦林，像要吞没整个洞庭湖。

洞庭之苇在人们的科学发现和培育下茁壮成长，洞庭之苇在人们忧郁眼光的注视下茁壮成长。

当我们在做着颂扬洞庭之苇的文字的时候，也就同时有了无可排解的忧虑，我们面对自然以及金钱的诱惑，往往无可奈何。

1995 年

湖边日记

垸子

九月二日赴岳阳广兴洲。

自岳阳北门乘轮渡,过洞庭湖,往西行十余里即至。

广兴洲是个老垸子,不知何年割出本应属洞庭湖底的一块,围成垸子,供农人耕作,渔人栖身。广兴洲北临长江堤岸,涨水季节,可谓"四面水歌"。民国十五年、二十年、二十四年和一九五四年均溃垸,全垸覆没,万物皆浸泡于水中。

据称乾隆皇帝微服私访下江南时曾驻足鱼米之乡广兴洲,时下天色已晚,欲到一农户家借宿,谁知碰到的是一个恶户,不但不供宿处,且不准在屋檐下露宿。龙颜大怒,下令从此以后广兴洲人盖房一律不许设有屋檐。据其传说，我特寻得数间百年老房察看，青砖老房，果无屋檐，雨水便直接自瓦楞流至砖墙。此类建筑实属少见，大为疑惑。

后皇上毕竟住进了一间偏房。据传此偏房自乾隆住过一晚之后，自此至今，蚊子就不曾再光顾这间房子。此偏房还在，却是东倒西歪，疤痕累累。我问于内铡猪草的老妇人：此屋是否夏天没有蚊子（而湖区的蚊子是多得可以咬死牛的）？妇人道：是没有蚊子，你看床上都没有挂蚊帐。

我问随行文友：周围新旧屋宇有没有蚊子？文友答：到处都有，只有这间屋没有。

我大为惊讶。

老妇人见有客来，忙停下手中活计，奉上芝麻、豆子、姜盐茶。此乃湖边人家特色，喝上几碗，肚中便已填饱，生姜又是发汗祛湿之物，此茶在湖边形成也是顺理成章。

妇人地下堆满了刚出土的红薯。她见我瞄着，便道：喜欢吗？喜欢削几个吃，这是土红薯，不是白薯，好吃。我当即削吃一二。妇人见有客赏光，于一旁喜不自禁。

很早以前，农人占地为王，各人围出个小垸耕作，大水一到，必冲垮。后有大小财主联合起来围垸，叫"合垸子"，也叫"广三垸"的，即张、魏、李三姓所属，人多力量大，堤坝便结实些。但合围大垸，却有水路不通之虑。下雨天垸内积水需走别的垸子排入洞庭湖，而干旱时放水亦要借道，民谣曰："天晴一把刀，下雨一团糟。"为排水引水，广兴洲经常械斗不断。而纵使合垸，仍奈何不了特大洪水的袭击。

现在当然好了，一统洲滩，几十年来水旱无忧。湖洲沃土，千年污泥积成，撒种即有收获。堤外有鱼，垸内粮足，吃用不在话下。

广兴，广兴，名字也取得好。

扳网

九月三日阳光沛足，虽已是深秋，仍是灼人，与友坐于长江大堤防浪林的林荫下。沿堤有两道防浪林，内是本地杨，外是法国杨，形成宽阔的林带。杨树不怕水浸，湖区堤防，皆普种此木，以减轻波浪对堤坝的冲击。

对河是湖北的监利县。广兴洲地方原叫二十六保，属辖监利。现以江为界，分拨湖南岳阳管。

此时涨秋水，江面骤阔至三四里之遥，浊浪翻涌，令人胆寒。有一渡船摇摇摆摆来往接送行人。船上一半单车一半人，还有不少猪羊鸡鸭同渡。湖洲皆平坦，水边人老少都善骑单车。车旁设两个篓子，放物卧小孩均可。

此乃古渡口。据说明皇朱元璋曾在此过渡。因皇恩庇佑，此渡口多少年来，从未翻过一次船，纵是长江高洪汛期，人畜过往均无恙。

江边起落一张大扳网。一会儿拉起来，一会儿放下去，周而复始，甚是机械，捕些过往不慎被兜着的鱼虾。拉网的是一老者。削尖弯曲的杨树桩插于水中，上搁一草帘遮阳，四面由江风抚着，老者悠闲地坐于其中。

老者精瘦、黝黑，拉网却能肌肉鼓突。央他让我试拉一网，我倍觉吃力，因而不敢忽视老人的力量。

老者系广兴洲粮站的退休工人。儿女在岳阳城中有房子，他不随同生活,一人在乡中独守一张扳网,自觉其乐无穷。他捕得有鱼,拣好的自己品尝,或送友人,不卖钱的。老者言三斤重的鳊鱼和两斤重的黄牯鱼是鱼中精品,其味最佳,轻了不可,重了不可,一日只要捕得一尾,用"河水煮河鱼",以酒兑着吃下,真是神仙过的日子:晓得黄牯鱼该如何吃吗?将鱼用棍子穿起来,挂在锅上,用文火慢慢熬,待鱼肉蒸化后掉进汤里,就喝那口汤。这种吃法,你们城里人没听说过吧。

我真想央老者留我吃一顿黄牯鱼汤。但久等也不见他扳上两斤重的黄牯鱼来。看来此鱼是不可多得的,也不是俗人轻易吃得着的。

老者久居江边,水性鱼情自是烂熟。每年汛期,水利专家均要亲临去讨良方。

老人的扳网,不仅仅捕鱼,竟也常有无名死尸落入网中。千里长江,什么事情不会发生?奈何?便要挖一土坑将其掩了,安妥其灵魂。老人言我蹲着的草地下就埋有无名尸首。这使我不禁发怵。老者却坦然,他就终年伴着那些远离乡井的漂泊的灵魂。

友人说:老者亦曾救过不少落水者。常在水边往来的,落水不为奇事。关于此节,老者不愿披露。也许那些被救者也很难记起这个很老的人了。

坨钓

九月四日,宿老闸口。

广兴洲近邻为茅丝铺。清同治《巴陵县志》载,"铺"含有"店铺""递铺"之义,为旧官府传递信邮之侠马食宿所在。茅丝铺为岳阳至华容途中驿站之一。茅丝铺设于湖洲之间，因洲上多长芦苇蒿茅，百姓也多用茅丝草盖房，或许以此得名。

1955年，人民政府在茅丝铺设一劳改农场，取名为建新农场。现在茅丝铺古驿站荡然无存，人们只知有建新农场而不知有茅丝铺。

建农场无非是割出洞庭湖的一块地来。一冬一春下来，由劳改犯堆个长堤，围出六万亩沃土来播种五谷。

登上湖堤放眼，是东洞庭湖的无垠碧波。堤中设有闸门，涝时排洪。老闸口可能是这里最早建成的闸门，所以称"老"。

老闸口热闹，终日泊着许多渔船——这是捕鱼的旺季。每日早晨四五点钟，渔船从湖中收获归来，买鱼的均在岸边等候，其中大多是鱼贩子。

我是努力打算要起早点去看此一景的，但还是去迟了，渔船大多已处休整状态。留下些小鱼小虾，供农场的干警家属去挑拣。

这里生人是很难从渔民手中拿走鱼的。渔船一拢岸，便有各自的主顾（鱼贩子）抢上船来。渔民既怕鱼贩子又离不开他们。怕，是鱼贩子总是把价压得很低。不给他们不行，鲜鱼是耽误不得的，一时三刻内需上市才好销。离不开，是因为他们开现钱，而且是一股脑买走。渔民有很多活干，没工夫去磨牙讲价，零售细卖。鱼贩子希望渔民有鱼而又不愿他们打得太多。鱼多价必贱，没有赚头。鱼少了发慌，大家便会争抢。

不过第二天我还是目睹了鱼贩子的刁钻狡猾和渔民的无奈。

清早起来，还见一老妇人背着个背篓，到湖洲草地上的牛屁股底下捡还冒着热气的稀牛屎。湖区牛多，成群结队，牛屎也多。篓里铺着塑料布，她便直接用手捧着牛屎往背篓里扔，不一会就捡满一篓。

妇人说：牛屎是草变的，不臭的，还有点草香呢。她并不擦手就去摁一把鼻涕。

老妇家有几个捕鱼的，每天由她出去捡牛屎，回来大家一齐动手，用牛屎拌上黄泥巴再沾点稻谷搓成坨，装于钓钩上。这是九月，是用坨钓去钓鲤鱼和鲶鱼的好季节。看妇人背上满筐的牛屎，不知要装出多少个钓钩。看来渔民下湖回来，当日的准备工作更重要更费时——这亦是他们无心让鱼得到更好价钱的原因。

太阳升起一竿高时，妇人在船头将剩下的小鱼捏去肚中肠肚，放于碗中，抹点盐，留给自家下饭。她说大鱼舍不得吃的，要换成钱。

湖鸭

九月七日。无事在湖边乱逛，看看风景，亦觉惬意。

遇一鸭佬倌，牙齿掉得只剩下三五颗，问我：是不是想买鱼？他说生疏人是买不到好鱼的，买小鱼还差不多。我说我正是想买小鱼，但是暂时几天又回不去，买了也白买。他说好办，我替你办。

鸭佬倌操一口上海腔。他脚下浅水沟里静卧着一群麻水鸭，只三五只在水中嬉戏。头上顶着如瀑布似拖下来的吊线杨柳。我说你这鸭子怎么不游水觅食，这么懒。他说现在鸭子已不大下蛋了。不下蛋就不怎么喂食了，到冬天则是半饥半饱。不下蛋的鸭多是静卧，也许与肚中不饱有关，少力气就活跃不起来。其实人亦残忍，不下蛋就不让鸭们吃饱。

鸭佬倌住在通往老闸口的水渠旁，三间砖瓦小平房有他住的一间。前后均被吊线杨柳覆盖。柳树弯曲的树干滤在水中，如烟如雾。屋旁用柳条插围一个圈,是鸭舍,赶鸭上下水易。

鸭佬倌自报家门:我是刑满释放人员。初听不由一惊,但即自镇,这是人家的隐痛,可不能露出异样表情来。

鸭佬倌年轻时被朋友推荐到上海某日本特务机关烧锅炉。曾伙同下人,打死过一个人人痛恨的副机关长,死者是日本人,中国通,年二十八岁。幸没被查出。日本投降后,被逼参军去打解放军。枪炮一响,即开溜逃回上海,解放后主动将这段经历报告给政府,办事人员听后一笑了之,不作话说。无事一身轻,安居乐业,时已有家小。

但厄运难逃,1955年在家收到逮捕证,即被押至建新农场服刑。20世纪70年代平反,蓦然有了六十岁,回上海去找亲人,已不被妻儿所认。因不忍打搅妻儿的安宁生活,悄然返回农场,从此再不寻找任何亲友。平反后在农场就业,没几年退休。因在刑期多干养鸭的事,与鸭有了感情,故退休后仍买鸭来喂,不为生计,为有生伴来陪他余下不多的岁月。

次日,鸭佬倌到船上给我买来长短均在五寸左右的小白条鱼,在水边去头去尾去内脏。房中有两水桶粗盐,粒如小卵石,他将鱼拌于桶中。他说真正腌鱼是需用此盐粒的。备如此多的盐,看来他喜腌咸鱼——为自己也为他人。

三天后回家,去鸭佬倌家取鱼,小白条已晒得干透且条条洁白,回去用油炸或放辣椒蒸食,不咸不淡,鲜美异常。

我竟忘了问鸭佬倌姓氏。

后又去茅丝铺寻鸭佬倌,他已不在人世。

从此,我再也没吃过这么好的盐干鱼了。

2002年

壮哉白鹤

以前只在年画上见过白鹤，白鹤是珍稀动物，不是轻易可见得到的。年画上千篇一律画的是松鹤延年，白鹤总是悠闲地傍着青松。于是从小便形成了一个概念，以为松和鹤是世上寿命最长的植物和动物之一，而且它们总是相依为命，生活在一起。许多年后，我才知我犯了一个常识性的错误——我仅对了一半。

这年一个大雪纷飞的苦寒天，两位朋友约我去看鸟。原来在南洞庭湖有一块净土，那里每年栖息着上十万只越冬候鸟。那些鸟不远万里，从遥远的异国他乡来中国的南方过冬，其中大部分来自俄国的西伯利亚，此时那里的冰封土地无法为鸟类提供食物，而洞庭湖的千里湖洲尽管雪花飞舞，但对于它们来说却是温暖的春天，这里有丰富的食物，有一个被鸟类保护工作者和老百姓共同开辟出来的安静的没有危险没有污染的良好环境。于是我在这里一睹了真正属于大自然的白鹤。

我卧在雪地上，屏住呼吸，用望远镜观赏那来自远方的贵客。鹤们和那些为了生存长途奔波而来的候鸟，出于对自身的爱护，保持着高度的警惕。这样我只能在几十米远的地方，目睹这些高贵而珍稀的动物。以前我学过"鹤立鸡群"的成语，因此我知道鹤是鸟类中个头很大的动物。但我从望远镜中看到的白鹤，其高大的身躯，让我感到惊讶。它立在湖洲的滩涂，仰首长鸣，竟有一人多高，其巨翅展开，竟有两米多长。那肥硕的有七八斤重的野鸭子，站在它的脚旁，还够不着它的膝盖。它的羽毛洁白，在蓝灰色的天幕中，显得灿烂夺目。它的俊美和高雅，让所有在一起谋生的几十种不同类型的伙伴，大为逊色。这时我才真正领悟到鹤立鸡群的含意，不仅仅是指它的高度。这时我同时明白了天下画家犯了一个同样的错误，把鹤和松扯到一起。鹤的生活栖息之处是滩涂湿地，赖以小鱼细虾为生，而不是吃的松子。

我从随行的鸟类专家的口中，还得知了一些让我对白鹤更为看重的东西——

白鹤是鸟类中寿命最长的，高寿者可达四十多岁。人们以松鹤来象征长寿，这倒很具说服力。也许这就是画家们把鹤和松扯到一起的唯一缘故吧？

白鹤是所有鸟类中，声音最嘹亮者，长鸣时，可贯达两三里之遥。

白鹤还是所有鸟类中爱情生活最圆满的，一对成年白鹤结为伉俪后，一般是厮守终身。我想成语中的"白头到老"的说法，可能也是源于白头的白鹤的坚贞。当然鹤族中也有感情不和的，亦如人类。但是不得已要分离的鹤夫妻却是十分道德和理智，一定要看到它们的下一代长大成鹤，能够分门立户，独立生活了，才分手。

一对成年白鹤，一年生产一次，如此计算，长寿的鹤家族应是一个庞大的群体了。怎么白鹤又是稀少的物种呢？原来伴随着白鹤的优美的故事，还有一个壮烈的传宗接代的方式：鹤母每年产卵四枚，孵出四个子女。鹤夫妻自然是昼夜操劳，哺育后代。但是待它们快长大时，它们兄妹之间有一场血腥的互相残杀，直到留下最后一只，做父母的，就一直看到四个子女三死一生，方认了这最强悍的作为传鹤，然后领着它长途迁徙，闯荡江湖……

优胜劣汰，适者生存！白鹤严格地遵循着自然规律而张扬于世，因而它必定是最长寿、最优秀的。同时因繁殖极慢，还要经受许多自然灾难，它就益发珍稀了。现在全世界存留不多，但是每年有不少到我国的洞庭湖作愉快的旅行，这是八百里洞庭的一大景观。我能够在这个雪天一睹它的英姿，解读它的壮美，真是一种福气。

1996 年

- 我的崇拜 -

- 父亲的房子 -

- 风清气凛 -

- 我的文学启蒙 -

- 一部作品的自我介绍 -

- 一部作品的后记 -

- 抬举 -

- 我欠丁玲一笔情 -   - 阿来·马尔康 -

- 陈亚先琐记 -

- 《金瓶梅》作者考 -

我的崇拜

　　一般来说，被人崇拜的人，应该是有真本事的人，学问很好的人，德行很高的人，社会贡献很大的人，是人中精华。看来"崇拜"二字，是不能随便使用的，是一个严肃的词，是一个要仰望的词。

　　和所有年轻人一样，我也经历过奢谈崇拜的年龄，我也曾试图表白对谁谁谁的崇拜。甚至还有文学青年居然也表白崇拜我，如果我因为写过一两篇号称获过奖的小说就值得崇拜，这就有些不严肃了，这样我就得很警惕了。我值不值得被人崇拜，只有自己最清楚，所以我也会对使用"崇拜"二字持慎重态度，要是我崇拜的人的学问，并没达到值得崇拜的高度呢？要是学问值得景仰而人品不高呢？要是空有其德而不具其才呢？离我太高太远、看不见摸不着的人，能够盲目崇拜吗……所以越是使用段数高的赞美之词，越是要谨而慎之。

我很想使用一下崇拜这个词，但由于顾虑重重，一直没有找准目标。也曾有记者和学生问过我崇拜谁，这可难倒我了，说没有崇拜过谁吧，显得我很傲慢；说崇拜过吧，假话又实在讲不出。后来我想出一句搪塞的话：我欣赏所有人的长处。当然这也是内心话。后来想想，关于崇拜，毕竟是一个绕不过去的话题，我还是得有崇拜，思来想去，在我年过半百后，最后确定了：我崇拜的人是我的老祖父。

我的老祖父出身卑微，生长于山野，是个文盲，离人们概念中的值得崇拜的人物，实在太远，但我选择了他。

我的老祖父名豪翠，号听甫。一直到我开始写小说，为取不好小说中人物的名字而发愁时，我才发现我老祖父的名字极其的诗意且高雅，我有意留心观察活跃在文坛艺苑的大腕们，说句不客气的话，还没有一个大名能与"豪翠"比肩。

我老祖父有三兄弟，另外两个分别叫拔翠、笑翠，也极好。将男儿取名叫"翠"，应该是极少的，这是个女性专用字。而我老祖父这块"翠"，并不柔媚，附于豪迈，气宇轩昂，就有深意了。我祖父的名字也好，叫"雁羽"，大雁之羽，纵横天下，轻盈洁净。可惜到我祖父以下的后裔上百众，再也没一个有文化品位的名字了。为此我十分好奇，难道我的祖上，曾经出过文化大伽？我二十四岁时，老祖父谢世。我二十七岁才开始写小说，这个疑问，来不及从文学的需要问他，就再也找不到出处了。

我找到一本族谱，可惜族谱也只修到我老祖父以上的四代，由此可见，如果真是大户人家，也不会只修这么多。

主持修编族谱的人选，一般是族中文墨较好的长者，谁都愿族中有幸出人物，凡稍有成绩者，都是要记入族谱的，做后裔楷模。尤其要与别的姓族比高下，满足虚荣心。20世纪80年代重修族谱，族上硬是坚持要把我这个小小的省作协副主席的称号也写进去，以示荣耀。看来真是族中无老虎，猴子也充王。

太平盛世，现在乡中修谱成风，凡考取了本科学校的学子，都要进史册。我仔细地查了我老祖父以上几代长辈，没有看到谁有一段介绍文字，也不知是真没有出什么人物，还是世事多动荡，无心记录。

再看看我家的祖屋，就是最普通的湘北民居，土砖青瓦，偏屋盖的还是茅草。墙体没有一口青砖，屋顶没有雕梁画栋，当然更不会有书画瓷器之类的带贵气的摆设。我太祖母育下的子子孙孙，挤住在一个屋顶下，到了我父亲这一代，兄弟要分门立户过日子了，祖上勉强能够分给一间房，就不错了。我做过一个统计：我们这一代以上的所有长辈，民国时期没有人加入过国民党、三青团。中华人民共和国成立后没有人参军、入团、入党，连生产队的副队长都没有人当过。一大家几十口人，始终生活在最底层。

如此看来，我老祖父的名字，没有我想象中可能有的高贵出处。

我二十八岁这年，开始发表小说了，被调到县文化馆做文学专干，时间完全由自己支配。这年冬天，我趁着去长沙开文学笔会，顺便带我母亲去长沙看病。我母亲指着湘雅医院后面的一片房子，说长沙"文夕大火"前，我老祖父在那里置有房产。她说老祖父年轻时，生意做得不小，所以能够在长沙置业。在长沙市的中心地带有房产是什么概念？随便就是时下的亿万富翁。

我母亲中华人民共和国成立后才嫁到彭家，关于我老祖父，她也是听人家讲的。出于对文学的敏感，这也是一个富于传奇色彩的故事了，挖一挖，有可能弄出好东西来。但我母亲的感觉，和我是一样的：不相信老祖父创造过传奇。其时我老祖父已作古，也没法落实他当年究竟在长沙做过什么。

我十二岁去十五里外的中学读书，十七岁出门吃"皇粮"，与乡党的联系并不密切，回家住一晚，看看家人就匆匆走了，关于老祖父的身世与经历，竟是几十年间道听途说琐碎积累的。

从一些已经口齿不清的老人的叙述中得知，我老祖父确实做过生意，出过远门，而且起步较早，给乡党印象深的，一是贩过猪，二是贩过布。猪生意做得远，直接往两百多里外的长沙送。其时乡间的运输工具是独轮车，木轮子外面包铁皮，一辆车推一头猪，送到长沙要三天，在一个叫金井的地方住一晚，在一个叫路口的地方再住一晚，第三天才能到达，走的都是两头黑。人住下，猪松绑，让猪在店家的猪栏里，同店家的猪挤住一晚。还要在店家借锅煮猪潲，让它吃饱，来日清早好再被捆绑上路。松松绑，休息好了，猪才不致因过于劳顿而死在路上。我老祖父的车队，少有十几辆，多时几十辆。每台车，一个推的，一个拉的，都是有气力的人。人不能少，一路翻山越岭，都要是有力气与拦路打劫者一搏的角色。

说是我老祖父在长沙的猪生意做得不错，在业界有声望。怎么不错？也没有人讲出具体的细节来，稍微完整点的故事只有一个：说是某晚车夫歇在长沙，无事就在赌场看赌钱，其中一局，下局的金额悬殊太大，要么大赢，要么大输，庄家不敢揭这个盖子，他没有赔大钱的底气。一般这样的赌局就要封存下来，另外去寻大老板来"买"这个庄。

这时我老祖父正在客栈呼呼大睡养精神，他的伙计们想一睹这场输赢,便提议庄家去问问我老祖父,敢不敢"买"这个宝?其时我老祖父可能有点名声,连赌徒们都认识他。庄家听说彭老板在,眼睛一亮,觉得有人解围了,当即便委平江伙计去问我老祖父。我老祖父过于疲惫,也没听清伙计们说什么,连声说"买买买"。倒头又睡死过去。

第二天早晨起床,我老祖父见床边放着几个麻布袋,伙计们一个个脸上放着贼光,围在一旁傻笑。原来我老祖父梦中揭宝,大赢一场,获银元几麻布袋。我们山中,几乎家家都有养狗打猎的习俗,待到秋收时节,我记得我家的猎狗,几乎每天清早都要从外面咬一只小猎物回家。乡人狩猎有规矩:不管谁打下野猪等大兽物,凡围观者都可得一份口福,叫作"见者有份"。现在我老祖父得此一大笔横财,自然想到"见者有份"的乡约,便叫各位伙计,撩起衣服尽管装银元,但不许使用布袋。待一阵哄抢,我老祖父所剩无几了,但他高兴,在他看来,这不是靠气力得来的收获,属横财,横财是不可独吞的,只有大家分了才无愧。

这批伙计拿着银元,回家即买田置业。有了垫底资金,发展就快,日久都成了乡中富主,到解放时,大都被划为地主或富农成分。而他们当初的老板——我老祖父却与他们拉开了财富的距离,只评了个下中农成分。也不知我老祖父是什么时候破的产。不过我老祖父以他破产的代价,拯救了我们这个大家庭,解放后他没有挨过斗,他的子子孙孙都是贫下中农,不必低着头走路。

也有人说我老祖父贩猪的名声不算大,贩布的名声才叫大。他被乡党真正叫作老板,出自一个很特殊的背景。

20世纪30年代末,日本军队入侵中国,很快攻占了上海等重要工业城市,其中纺织业惨遭重创,老百姓没衣服穿尚可将就,前方打仗的战士不能没有衣穿。当纺织工业消亡后，便有无数的手工业取而代之。我的老家地处深山，一时远离战火，竟在一夜之间，成了一个纺纱织布的重镇。我们这个很小的地方，因此有了一个很大的名字，叫：长田市。中华人民共和国成立后长田市的建制是一个行政乡，后因实在是太小，有市无街，有市无商，撤乡并镇后，现在成了一个村。但抗战时期的长田市之繁荣，无以言表，那时候以长田市为中心的周边几百上千户人家，家家拥有纺纱车和织布机，男女老少人人上机纺织，昼夜不息，人歇机不歇。日本人封锁了水运和公路，但堵不住可以在树丛中穿梭的独轮车。附近江西的修水、铜鼓，湖北的咸宁、通城，湖南的醴陵、攸县、浏阳、长沙、岳阳等上十个县份的棉农，每天要往长田市送来数以万斤计的棉花。送进来的是棉花，拉走的是棉布。山坳林密处昼夜响彻着独轮车"吱呀"作响的声音，通省连县的石板路被车轮碾出深深的凹痕。我老祖父没有成为一个纺织手，也没有当车夫，要么是坐地收购的掌柜，要么是在生死威胁环境下组织运输的大佬，他被授予"老板"的尊称，大概是始于这个时候。若干年后，凡与我老祖父有过交往的长田市人，每谈到他，必竖起赞赏的大拇指。但遗憾的是并没有留下动听的故事。

真实的故事，生动的细节，如果我老祖父不讲，就流传不出去了。但他从来不讲自己。

长田市离我老家三里地。我儿时记忆中的长田市，青石板街仅两米宽，百把米长，两边有几十家窄窄的店面。从我家门口流过的一条小河，绕过小街的两头，街两头各有一座石拱桥。就是这么一个小地方，不知为前方的抗日战士，送去多少温暖。

从石板小街被车轮碾出的凹痕，可印证当年长田市的风采与沧桑。此番风光，一直保持到我十七岁出门去县城工作。再回首，现在尚存的长田市，仅留一座爬满青藤的石拱桥，铺面早已拆除一尽，被一群配有"罗马柱子"的五颜六色的小洋楼替代。

在我十七岁前的记忆里，长田市附近一带大多数人家，都还保留着织布机和纺纱车，老少妇人都还有纺织的习惯，只要体力活干完了，孩子入睡了，女人便会开始纺织，就像现在的妇人一闲就看电视连续剧和玩手机一样。她们甚至不以为织布是在劳动，而是在休息。纺车"咪呀咪"地吟唱着，出自妇人口中的绵绵小调，也就随之穿梭于夜空，歌声和纺车声、织机声，伴着我整个儿时的睡梦。

在我十三岁那年，我老祖父邀我同他去做布生意。他给我准备了一担三四十斤重的家织棉布。作为农家子弟，我已经具备这个力气。这一年我老祖父七十二岁。本来在他这个年纪，出门做生意，还不需要借助我的肩膀，他会比我还挑得多。但一年前他去浏阳做布生意时，在山上把左腿膝盖骨摔脱臼了，经路人发现，口信传口信，一路传来，经过几个人的口，才传到我家，待我叔叔他们抬着轿子寻到他，时间已经过了一天一夜。对于伤科郎中来说，治脱臼不是难事，找力气大的人抱紧患者的上身不让动，郎中点香燃烛，倒一杯冷水，口中念念有词，拜请师傅神灵援手，然后在杯口用手指游走，谓之：画符。画毕，喝一口赋予了"神力"的冷水，朝伤处喷去，待伤者皮肉一紧之际，郎中迅速搬起伤腿，往上一举，只听得"咔嚓"一声响，郎中宣布：好啦。骨头便在一秒钟之内接上了。伤者虽然马上能站立了，但仍需卧床一月，待血肉筋络长全，方能下地走动。我老祖父年满七旬，气血已衰，至少也应在床上躺一两个月。

我老祖父大半辈子东奔西跑，从没闲过，不遵医嘱，觉得好了一些，便下地走动。待更好一点，便开始做甩腿运动，试图帮助伤腿尽快恢复到原来的劲势。但这一甩，因用力过猛，导致再次脱臼。再次脱臼的后果是这条腿无法接上去了，膝盖骨从此凹了下去，形成一个恐怖的坑。在我老祖父以后十多年的生命中，那条伤腿，要依仗一根拐棍，才可勉强走动。

这年的深秋季节，我同我的老祖父第一次出门远行，有多远？我没问。此行去干什么？布袋里装的是什么？他不说，我也不问。我没有问什么的习惯，我只是愿意和我的老祖父在一起，什么话也不说，也愿意。为了这次远行，我老祖父就如何让拐棍协同伤腿走路做了大半年的研究和训练，一直练到了可以挑半担尿去浇菜地，才决心出门重操旧业。而这一年，正是"文革"开始的第一年，没老师上课了，学校荒废了，我不必请假，也可自行来帮老祖父干活。

老祖父选了上好的麻和棕，打了两双麻草鞋，我们穿上它往远远的一架大山进发，在我十三岁的视野里，每天出门必见此山，但从来没有亲近过她，不知道那一抹灰蓝色离我有多远。我知道走远路必须有一双好鞋子，而走路最好的又是草鞋，我并非吃不到杨梅说杨梅酸，依我几十年的实践，尽管时下名鞋如云，但论走远路，其综合感受，真还没有一双超过麻草鞋的。

我们吃完中午饭就出发，一直走到天黑，才走到那架叫作连云山的山脚下。我老祖父只生育我祖父一根独苗，他弟弟笑翠过继了一个闺女给我老祖父做女儿，她就嫁在这山脚下，我们就在她家打住。我的老姑告诉我：我们花了五六个小时，才走完到她家的二十多里地，可见我老祖父走得有多难。但见我老祖父有伤的膝盖并没有红肿,她才放下心来。

第二天天刚亮,我们就吃过早饭出发了。我们的整个行程是上山十五里,下山三十里,才到达目的地。爬到山顶是十五里,路名叫"十八盘"——即要盘旋十八个大弯,方可达山顶。我们在不见天日的密林和藤蔓中盘旋,整个大山里只有两种声音,一是我老祖父手中拐棍戳在石板路面的"咯咯"声,二是我老祖父粗重而均匀的喘息声。我在前,他在后,因为此路很少有人走,时有枯枝挡路需清除,那是我的事。我们走走停停,待见到阳光照到头顶时,就看到山顶了,树林也就不再长高了。看看太阳当顶,就知道是正午了,在我十三岁时,我还没有看到过手表和闹钟。我数了一下,我们花了整整半天,十八弯还有四个弯没走完。在路边一眼天然的泉水旁,我老祖父说在这吃中饭。水边有好心的路人备好的舀水喝的竹筒,我们就着这一汪水,开始进餐。饭是掺着艾叶煮熟的两个饭团(艾叶防馊,不拉肚子),装在一个用麻线织成的布袋里,通风透气。菜是炒黄豆,有油盐味。这大概是老祖父他们那一代人出远门的通用干粮。

我问老祖父这山顶上怎么只长草不长树?他说山顶风大,长不成大树的。我问这山上有老虎吗?他说老虎就住在这草里。我问为什么不住林子里?他说老虎怕鸟拉屎,鸟屎能烂虎骨头,山顶上只长草,没吃的,鸟不来。听说山上有老虎,我的后背就发麻,我说你不怕啊?他说以前来这做生意的,过十八盘时,都会约齐了,一起走,人多就不怕老虎,老虎也怕人多。我问如今还有老虎吗?他说不晓得。好久没见过了。看来他过去是遭遇过老虎的。

下山的三十里,大多是平路,我听到后面的拐棍声和喘息声显得轻多了,我肩上的担子也就轻松些。太阳快落山时,老祖父问我肚子饿不饿，我说有一点。他让我在一个山沟旁停下来歇歇，他让我看看沟里。不看不知道，一看吓一跳。我看到光滑的石沟里，是一堆堆的板栗，抬头往上看，是密密匝匝的高大的板栗树，这正是落果的季节。我忙跳到沟里，选些个头大的板栗，装满身上的口袋，装中午饭的麻布袋空了，也被塞得满满的。我和老祖父吃了一阵板栗，有了精神，继续前行。在快看不清路时，前面便有了灯光。老祖父说，今晚歇在这里。

路边的客栈很小，伸手可以摸到屋檐。屋顶盖着厚厚的茅草，很大一根的树撑着它。屋里点着一粒豆大的灯火，有五六个人影在晃动，但是热情胜似灯光，见我们推门进去，个个都起身相迎，齐齐悦声叫着"彭老板"。显然我老祖父过去是这里的常客。很快锅响了，饭菜都是现成的，热一下端了上来，我胡乱塞饱肚子，太困太累，倒头就在一张可睡十来个人的通铺上，钻进一床被子里睡了。这家店给我睡前留下的印象有三点：一是被子下面只有稻草，我闻出来了是刚刚收割的晚稻草。二是店家的饭甑就是一截楠竹做成的，我也算是山里人，不敢相信竹子能长得这么粗，像一个水桶。三是有人提议要喝酒，一听说酒字，我老祖父的声音就高了，声言这顿酒由他来请……第二天起来，我第一件事是细看那只竹饭甑，那个大啊，真好……

山脚是一家煤矿，那里的人都认得我老祖父。

这是我曾孙。老祖父逢人便得意地介绍我。

好命好命。那里的人是真心的赞美。

我挑子里的布卸在一个杂货铺子里。那些一脸黑的矿工见我老祖父走路一拐一瘸的，都止不住流眼泪。杂货店的老板娘也跟着流泪，对我说：我们这里只销你老祖父的布，只他的布结实耐穿。

这地方叫浏阳东山，出煤，也出柿子。柿子有拳头大个，我老祖父买了柿子表彰我，好吃就贪吃，吃得我都吃不下饭了，以后好几年看到柿子就想吐。返程时，老祖父让我挑了些柿子干回去，再卖给地方上人。回家时，我没有忘记再捡些板栗挑回家。返乡的担子并没减轻。

我老祖父这是最后一次造访这个他常去的地方，他以后没有再让我陪他去，说明他通过检验，证明他已经没有能力再走一趟了。现在回想起来，就是一个健壮的人，要走完那条艰险陡峭被世人遗弃了的古官道，也并非易事，而我老祖父是在古稀之年用一条好腿拖着一条废腿走完的，我除了听到他粗重的呼吸，不曾看过他的愁眉，不曾听到叹息。他选择放弃这条商旅，足可见他无法承重。

我老祖父不能出远门了，但还是拖着一条无力的腿，不停地在附近乡间游移，以他特有的商业敏感，做一点小生意。他必须赚点小钱，来养他那点喝酒的嗜好，他每天要喝一点酒，哪怕一两也行，不喝便没有精神，可以不吃饭，但不可以断酒。而他的儿子和孙子，都没有能力保障他这点微乎其微的需求，他只能自救。

在我七八岁的时候，正逢国家三年困难时期，饭都没得吃，哪有粮食酿酒？我老祖父便去山上采摘一些植物根茎和果食，挑回家来酿酒，其中我知道名字的有葛根酒、红薯根酒、乌毛刺果酒等。走前人没走过的路，他按自己的理解来酿酒，我还记得，他酿出来的酒，所有好酒之徒都不愿喝，说是比喝药都难喝，而我老祖父一边皱眉头还要一边喝。

我十七岁被招到县剧团工作，那时候叫毛泽东思想文艺宣传队，老祖父每年都要来我这里住几次，每一次都是待两天两晚，就是留,他也不多住,说不能影响我的工作。从我老家到县城,有四十多里地,他是步行来的,分两天走,第一天走一半,到嫁在离县城二十里的他大妹妹家里住下,第二天走到县城。回去时可以坐三十里路的客班车,我要买票给他,他说他走惯了,坚辞不肯。

每每老祖父光临,我的第一个动作,必是飞奔而出,上街打酒,一定要让他在三分钟之内喝上解乏酒,这是他最高兴的事情。其时工厂的学徒每个月只有十五块钱工资,而我刚参加工作就有二十八块五角钱,那时候毛主席的文艺战士地位很高。为了迎接老祖父,我备好了从医院里弄来的盐水瓶,瓶盖是软橡胶的,又紧风,又好开启,又耐用,比现在所有的品牌酒盖都好用。一个瓶子正好装一斤酒,几角钱一斤的酒,这对于我的经济状况来讲,不在话下。当我递给老祖父一整瓶酒时,他脸上每一条皱纹里都荡漾着喜悦。要知道,在漫长的岁月里,他没有能力让自己一天喝上一两酒。而我一出手给他的就是沉甸甸的一斤,多么土豪。

我拿上了这么高的工资,当然不会让老祖父喝寡酒的,那时县城有家卤味店,也是唯一的一家卤味店,我还会在那里无比奢侈地买下几角钱猪耳朵、卤豆腐干、花生米,给他下酒。当我看到他高亢地打着酒嗝时,我十分开心,因为他有幸能够喝上他曾孙的酒了,而能享受这种待遇的老人,是很少很少的,我的同事中,至少有一半人没有看到过自己的老祖父,而我却能够孝敬我的老祖父,令我的同事们十分羡慕。每次我老祖父来了,同事们都要高声给我报信。

但这样的好景只维持了几年,在他年届八十时,他实在是无力拖动那条病腿了,不能走到县上来享受他曾孙的孝敬了。尽管后来在他活着的几年间,在他再也无力靠做小买卖来维持每天几口酒的时候,我保障了他的嗜好,但我还是觉得我参加工作太迟了些。

在我老祖父逝去几十年后,县城有一位主修彭氏族谱的长者告诉我,说你老祖父是个很了不起的人,他二十多岁时就把布生意做到了武汉、南京、长沙,是很大的老板。他带着一支船队,多时有几十条船,敲锣打鼓,在县城的大码头出发,威武啊,顺汨罗江,入洞庭湖,下长江。平江有四大特产,茶、麻、油、纸,他什么都做,做得最大的,还是麻布。风风雨雨,一走就是个把月,满满一船去,满满一船回……那时候彭家祠堂是县城修得最大最好的祠堂,你老祖父是捐款大主,但从不留名……

由此我相信我母亲说我老祖父曾经在长沙置有产业,可能是真有其事。那时没公路,一个县份的物资进出全靠水运,作为运输大亨,我老祖父应该是赚了大钱的。

但是一个大亨的晚年,居然不能给自己提供一两哪怕是劣质的酒,这就完全有理由让我宁肯信其无,不肯信其有。

不知是家里的安排,还是我老祖父的要求,我自小就是老祖父带着睡觉,一直到我参加工作后,每回老家,都是同老祖父睡。还是儿时记忆中的那张一直未能涂上油漆的床;还是那一床补了很多补丁的麻线蚊帐,凡是老祖父的衣物用品,都是他自己缝补;还是那张只剩下三只脚的竹躺椅,在我的记忆里,它从来就没有过四只脚,比老祖父那条瘸了的脚不知早了多少年;还是那盏没有了玻璃灯罩的煤油灯,几十年不变地立在竹椅旁的一个小方桌上;还是那间三面都是木板、每块板子之间都均匀地裂着缝的房间……我最要感谢的是老祖父房间的竹躺椅、小方桌和一粒灯火。

我在这里完成了大部分高小两年和初中一年的家庭作业。更重要的是自"文革"发生后，中学图书馆被砸烂，满地是书，附近的农家妇女都去捡书纸回家当引火柴，我也赶紧捡了不少文学书回家，有《三国演义》《水浒传》等五六本古典小说，有《静静的顿河》等七八本苏联小说，有《林海雪原》等十来本当代小说，还有《十万个为什么》等杂书。那时爱读小说，找了个旧箩筐放书，最盼望天下雨和夜幕降临，那样就不要下地干活了，可以安心看书了。老祖父房间里的一粒灯光，伴陪着我一遍又一遍地阅读这些书，读到天亮是经常的事，我能把《三国演义》的故事完整地讲给乡党听。

其实写小说也不是高不可攀的事，读过一些好小说，还真把这些小说读进去了，消化了，水涨船高，就自然而然知道怎么写小说了，我从来没有想也不敢想我日后能够靠写小说混到饭吃。我老祖父那仅能放一床一桌一椅一柜一尿桶的木板房，是我的"大学课堂"，我在这里观摩了众多不同风格的作家老师授课，我在这里认识了托尔斯泰、屠格涅夫、契诃夫、普希金、泰戈尔、罗贯中、曹雪芹、鲁迅……那时候的农村中学，居然有这么多的好书，有那么整齐的俄罗斯作家阵容。

我老祖父房间里的那一粒灯火，是我文学启蒙的光芒。

我老祖父是乡中少见的爱干净、自己料理个人生活的老人，他的蚊帐、被子，虽说补丁叠补丁，却总是保持干净。我们乡中讲究的人家，凡洗过的衣服被帐，晾晒前还要浇上米汤浆一次，我也没弄清楚这么做的由来，估计好处可能有两点：一是衣物硬挺有形一些，二是有米汤的香味。我们过冬睡觉保暖的主要依赖不是棉絮，而是稻草。棉絮要花钱，稻草不花钱。我老祖父和所有老人一样，在收割稻子的时候，要去精心挑选一批优质稻草，去掉外衣，留下秆子，悬挂于梁，随时替换垫床的旧稻草。一般人家是一年换一次，也有几年不换的。我老祖父一年至少要换两次。他的床上，长年散发着米汤和稻草的清香，这是让靠吃大米而活着的人最享受的香味，可惜没有人将其做成香料的母本。很多年后我有幸能住上价钱不菲的宾馆，一切皆奢华，我想要是能闻到米汤和稻草的原香，将会有怎样的好梦？

我们这个院子，只住五六户人家，同龄的小朋友仅有两个。附近有高祖留下的彭姓大宅，那里孩子成群，是我们爱去的地方。每到寒冬之夜，我在外面玩晚了，或者看书看晚了，脚快被冻僵了，实在熬不住了，便钻进老祖父弥漫着米汤同稻草气味的暖窝里，再把麻木的脚伸到老祖父的腋窝，这时他必搂紧我凉如冰块的脚板，他什么都不说，更不会说玩这么晚才回家之类的话，默默地以一个存世并不久了的体温，赠予他的后人……一脉香暖催人入梦，几十年来，每逢寒夜哆嗦上床，脑中必闪过儿时那令人留恋的一幕。

我老祖父逝世时，没有碰上好时候，20世纪70年代中期，旧时代的葬礼都被取缔了，和尚道士都还了俗，"作案"工具被悉数收缴或销毁，谁也不敢私藏。我没有见上我老祖父最后一面，他就被草草掩埋。那时候一个公社（乡）几千人，分布在几十平方公里的山川间，只公社有一台可往外拨打的电话，住得远的人，如若要打一个电话，路上要走一两天。尽管打电话这么不易，我家人还是想方设法通知我回家去送老祖父一程。其时我和我的同事们在长沙学戏。我们剧团的团长在县里接到了这个电话，但是他没有告诉我。事后他做我的思想工作：考虑革命工作要紧，所以没有告诉你。

在这个革命高于一切的时代，我能说什么呢？

一个多月后，我回老家跪拜了老祖父的坟墓，但是没有哭。不知道为什么没有哭。老祖父使用过的所有东西都烧掉了，只剩下一间空房。我突然感到一片茫然：我今晚跟谁睡呢？

一些年后，我同一位族上长者谈到我老祖父，他说：那时候你老祖父做得大啊，你们的老屋场，叫作"顺生里"，买卖做得不小啊，有"顺生斋铺（做糖果饼干）""顺生药号""顺生学堂""顺生糟房（蒸酒）"，还杀猪打豆腐……你老祖父手头宽裕的时候，这地方上下十几里的人家，恐怕都借过他的钱。他这人大方，只要人家开口，只要荷包里还有货，没有不给的。后来日本人打进来了，你老祖父的家业就跟着败了。再后来，解放了，朝代都换了，还有谁会还钱呢？以后的几十年，你老祖父过得苦，也没看到谁打一两酒给他喝。你老祖父的后辈人，都苦啊。有后人问过你老祖父，想要他说出来，地方上都有谁借过他的钱。你老祖父说：还得起的，会还，还不起的，还是还不起，算了吧。他闭口不说谁欠过他的钱。你老祖父走时，不糊涂，只是不能吃了，拖了十几天。又有后辈伏在他耳边说：你就要走了，人家欠了你的钱，该说啦，再不说就迟啦。但你老祖父还是摇头不说……

后来我的一位婶婶告诉我，我老祖父曾经清理出一箩筐的本子和纸条，叫她挑到河边的沙洲上，一把火烧了。

估计那是他秘密保存了几十年的账本，此举是要断了后人日后算账的想法。

在我老祖父谢世后的近四十年，我老家的县上成立商会，大家要我讲个话。我是文人，这种商业场合我能讲什么呢？我突然想到了我的老祖父,他也算得上是个前辈商人哪,而我就是商人的后裔嘛,于是我就有了讲的胆气了。于是我讲了一段我老祖父的故事:他不会武功,没有枪支,敢领着一支船队闯乱世,临劫匪,是怎样的豪气?他是山里人,会走路,不善水,是旱鸭子,敢于披风斩浪过洞庭,下长江,是怎样的胆魄?他没有文化,却能做出大买卖,出入账目全在心底,是怎样的智慧?如此的豪迈与精明,我等后人实在不及,世间也是少见。他"会赚钱,不吹牛,讲义气",是我崇拜的偶像。

有位商界成功人士,听了我的发言,喜欢这最后的三句话九个字,让我用毛笔写出来,装裱好挂在他豪华办公桌后面的墙上,试图作为座右铭。

父亲的房子

我父亲生有四子一女。在他成人之父以后,他念念不忘要盖一栋房子。我祖父生有四子三女。在他任内他保障了分家时每个儿子有一间房子住。当然,女儿长成了是要嫁的,"嫁出去的女,泼出去的水",在我们乡中,女儿没有分享父母财产的规矩。我祖父让每个儿子都有一间房子,我父亲断然是不能降低这个标准的。

我父亲下决心盖房子是在我有了 20 岁,我的两个弟弟能挑几十斤重的担子的时候。那时我参加工作有了两年多了,父亲认为时机成熟了,至少有几双手可以帮他干活了。其实盖房子只要有一个条件成熟就行了,那就是钱。就如时下只要有了钱,便可买房买车,钱多买好的,视钱米丰足的程度而定高下。但那时候没有钱。没见哪户人家是攒齐了钱来盖房子的。

20世纪70年代初，乡中盖房，只有几样东西是要花钱的：一是瓦，瓦必须买，自己烧不出来。二是木匠和砖匠的工钱，必须开，但可以拖欠几年。三是盖房时有很多乡邻来帮忙，叫作"助工"，只吃饭不需要工钱的。所以饭不能太马虎，要有点肉、买点鱼、打点酒，不可没有一丝荤腥。其余就一般不必花什么钱了，全凭力气做出来。

那么钱从何而来呢？我不知我父亲是怎么弄到钱的。一个农民，除了一年到头在生产队赚工分，然后凭工分分到谷子、红薯、豆子和茶油外，钱断然是看不到的。靠喂猪、卖鸡蛋能盘下买盐、打煤油和一家人基本的穿着，就已是很殷实的人家了。我母亲是个小学教师，但从"文化大革命"运动开始，便改拿薪水为记工分，每月只剩15元钱的生活费。在我父亲萌生盖房子的念头之前，我母亲那令乡人眼热的工资就了无踪影。我母亲带着最小的弟妹在外面教书，15元钱能干什么呢？我父亲每个星期还要给母亲送烧柴和米。

但我父亲在没有一分钱积蓄的困境中还是要盖房子。我那时已经出门工作了，一般也就不会回去了，家里只剩下3个弟弟了，父亲只需盖3间房子，便完成了他作为父亲的全部义务。

没有钱也要盖房子并不是我父亲的发明，大家都是这么扯扯拌拌将屋顶盖就的。一个农民的终身奋斗目标，便是拥有自己的房子。没有钱就放弃这个目标吗？不会！只要精神不倒，没钱也能把房盖成。我父亲便是这么一个有毅力的人。

还在3年之前，我父亲就开始筹划积攒所有建筑材料中最难筹集的瓦。他不打算再盖茅屋顶——那时候我老家的房子基本上是茅屋顶。我父亲在茅屋顶下待怕了，他盖就要盖瓦屋顶。

我父亲只要积存了够买一车瓦的钱，便兴冲冲地推着独轮车到二十几里外的地方去买瓦。那里的瓦比我们本地产的瓦便宜5厘钱一片，便宜就好，于是脚吃点亏跑二十几里路就不算什么事了。那时候我有力了，我15岁就能挑一百多斤重的担子，父亲便领着我去买瓦。他推车，我拉车，这样才能从坑坑洼洼、山路险陡的他乡将瓦运回家来。

我们天不亮就出发，山路在我们眼前还只是个灰白的印子。来去三四十里山路，我们必须上午就赶回来，父亲下午还要去赶队上的集体工。队长责问上午干什么去了，父亲可以找个什么借口抵挡一阵子，倘缺工一天，就有麻烦了。麻烦是扣工分，晚上开全队社员会批评、帮助。由于私活而影响出集体工，那还了得，那就是资本主义思想。父亲不懂什么是资本主义，只晓得那是坏透了的东西。

有一次我拉车，在拐一个急弯时可能用力猛了些，独轮车的横梁碰在弯道的岩石上，只听得"咔"的一声响，车身不动了。我回头一看，父亲已经掉到坎下的油菜田里，父亲失足后心还在他的宝贝瓦上，手还死死抓着车把，幸好坎不高，父亲踮起脚，刚好一只手高高举起还可以撑着车把。独轮车的一边已经悬空。随着我们父子俩惊叫一声，我已用整个身子压在车身上，双脚死死地夹着岩石。父亲松松手，试一试，见车子竟也被我压住了，赶紧爬上坎来稳住车身，总算保住瓦全。要是一车瓦摔到坎下，父亲不知要心疼多久。我父亲没有骂我，还暗自高兴呢，因为瓦终究没有摔碎。为什么人掉到坎下而车不翻呢？为什么这个土坎恰好一人高，能让我父亲继续撑住车了呢？这一切迹象表明：我父亲的伟业有神助，有惊无险，先苦后甜，这一场考验，更平添了我父亲的斗志。甚至我父亲认为是神对他斗志的考验。

三间屋，需要盖几万片瓦。我父亲如燕子衔泥一般，一车又一车，前后衔了三四年，拖了几十车，总算拥有了够盖三间屋的瓦。那根拉独轮车的麻绳，从我的肩膀，换到两个弟弟的肩膀上，它将我们的肩膀打磨出一层厚厚的硬茧。

瓦有了，奠定了我父亲一半的信心。

其实，乡中盖房，真正要花钱的是备木料。门、窗、梁、檐，要费不少木料。而木材是要林业部门批手续方可砍伐的，有钱无手续是买不到木材的。满山的树木，都是集体的，谁敢去动一根毫毛，就叫他没有好下场。但山毕竟就在我们身前身后，一出门就上了山。这不比瓦，瓦一般人烧不出来。而木料，就在山里，谁都可以将其弄回来，只要你有能够斫断一根树的力气。

我父亲不愁没树。因为山里所有盖房子的人家都不愁树。盖三间房子，要用多少木料，我父亲早已烂算于心。我祖父分给我父亲的那间老屋，拆下来，瓦有三成可以用，木料有五成可以用。做栋梁的树要大树，这附近的山上没有那么大的树了，有位乡亲不知什么时候偷偷地藏了一根梁，我父亲早和他作好了交易，是用钱买？用猪和粮食换？以小树换大树？父亲没有说。他是个口风非常紧的人，从不对外人谈及他的计划。甚至我父亲买了几年的瓦，很多人还不晓得他要盖房子。

我外公和我姑夫也答应帮衬我父亲几根树。这样我父亲默默神，也就只差两间屋的木料没有着落了。于是我父亲在我参加工作那年悄悄地开始筹集木料。

在这里，尽管我十分不忍心，十二个不愿意，也要说到一个"偷"字。也就是说，我家的三间房子，几乎有两间房上的木料是"偷"来的。

我父亲上山备木材时，一般是凌晨一两点钟就出发了，走十里地，钻进漆黑的林子，在一丝天光的拂照下，放倒一根杉树，除掉枝枒后扛回家来，藏到堆满稻草和红薯藤的猪栏屋横梁上。在整个"作案"过程中，我父亲不能碰到一个人，他必须灵敏得如一只猫，他的眼睛必须训练得在漆黑的夜色中看清数丈外的活物。现在回想起来，我这个家族，祖上没有留给后代什么财产，却是留下一双好眼睛。我们家族几代人上百口没有一个戴眼镜的，我老祖母80岁了，还可以穿针引线。好视力帮了我父亲的忙。他"偷"树从没被人发现过，因为他能预先发现他人，他有充足的时间藏身躲避。待手脚做妥，东方才现出一丝鱼肚白。这时我父亲来不及再上床续睡了，他就和衣坐在椅子上，扯着牛皮鼾，呼呼大睡一会。待队上吹响出早工的哨子，他好站起来就走人。

上山斫树，要躲开有星星月亮的夜晚，风霜雨雪也不可出行，我父亲大概花了两年时间，才慢慢完成这一项伟大的基础工程。

从心底里我父亲是不会承认他偷了树的。我12岁第一次去山里斫树时，我父亲指着一面山坡告诉我：过去这片山是我们家的。过去是什么意思？是旧社会。在旧社会的某一个阶段，我的老祖父经商赚了点钱，在家乡置了点田产。这一面绿油油的山坡，便曾经是我老祖父置下的产业。好在解放前两年我老祖父破产了，田地山林都抵账抵给了人家。不然我家便是地主了。戴上地主这个帽子可就苦了，那么我就不能参加革命工作了，我母亲便不能当人民教师了，我父亲就是地底下藏着银元，也不能做盖房子的梦了。

虽说山坡早不是我们家的了，但那山上的杉树和梓树却是我们家里人栽的。前人栽树，后人遮荫，在我父亲看来，这个道理总还是个道理，如今去斫几根树来盖自家的房子，怎么说也够不上一个"偷"字吧？但不是偷又是什么呢？不是偷，半夜三更、避人耳目干什么呢？皆因一切都是集体的，就有"偷"的嫌疑了，且一旦发现，就有戴上一顶"破坏森林"的高帽子游乡的危险了。

我父亲冒着非常大的风险"偷"树。这可不比买瓦。买瓦顶多遭队长一顿骂，说是旷工，毕竟这还是人民内部的矛盾。

我父亲并不是胆子大敢冒风险，恰恰他是个一辈子放不出个响屁来的老实人。他敢干是因为我的所有乡邻盖房子，都没有谁去办过林业手续买过树。这在大家肚子里是心照不宣的。那时市面上没树卖。就是有树卖，又有几户人家出得起钱？

虽是心照不宣，但你还必须把手脚做到位。如我们有些乡亲，待快盖房子时临时抱佛脚突击上山斫树，结果在加工木料时，被上面来办队的干部一下就看出来是生树。问砍伐证办了没有？哪来的砍伐证，一下子就穿帮了，就只好低头认罚了。我父亲当然是要吸取教训的，待我们家开始盖房子时，从猪栏屋横梁上搬下来的木料，一根根都是干透了的。就是有人怀疑我父亲偷了树，也抓不到把柄。我父亲早就准备好了回复办队干部的话：这树落地时，那时候还没有砍伐证一说呢！当然，没有人来问。我家成分是下中农。如果没有确凿证据，贫下中农也是开罪不起的。

有了瓦，有了树，最难的两个硬件备下了，这房子就可以说成竹在胸了。

我父亲请术士择了盖房子的良时吉日。这一般是秋收后。因为秋收后农活少了，雨水不多，气候凉爽，这是乡中最适宜盖房子的季节。

这年夏天，我父亲开始做砖。我们家没有钱买砖，自己做，用田里的泥巴做成几十斤重一口的草砖。所谓草砖是稀泥巴里混些铡碎了的稻草，其作用有如水泥浆里放着钢筋。那时候我们乡中盖房子都是用草砖，就是支书家里也不例外。使用红砖是80年代中期的事情。当然支书家是第一个住上红砖屋的。

为什么非要在炎热的而又是农活最忙的夏天做草砖呢？原因只有一个，必须借助炽烈的太阳尽快烤干它。只有把八成干的砖块垒成半人高的墙，上面再盖上稻草遮雨，这砖才算是做成了。

我从单位上请几天假回来帮我父亲做砖。我父亲带着我和两个未成年的弟弟，在父亲天黑收工回来后，牵着牛在地里踩泥浆，必须把泥浆踩熟了，砖才有黏性。牛踩在很稠的泥浆里不吃亏，人不行，踩下去将腿拔上来要攒很大的劲，我和弟弟咬紧牙关陪着父亲踩泥浆，一直到实在迈不动步子了，才收工，此时天上已是繁星璀璨，热热闹闹，欢快地眨着眼睛，多美的夜空啊，可它们就是帮不上我们的忙，也不能帮我们解除疲劳，回家吃晚饭时，我弟弟吃着吃着就累得睡倒在饭桌上了。

第二天天不亮我父亲便叫上我去做砖。将稀泥填在木制的砖模子里，提上岸，再用板子压出来，一块砖胚就成了，一排排放着让阳光裸晒。一口湿砖，有五六十斤重，我帮父亲只干了几天，胳膊便肿疼了一个月，我毕竟离开乡村了，我为我如此不能耐劳而感到羞惭。

待太阳升起来时，我们基本上用完了头天晚上和的泥巴。这时队长的出工哨响了，我父亲必须去干集体的活。私活断然是不可影响公活的。

我只是象征性的回来帮一帮父亲。父亲要一手一脚做出够盖三间屋的草砖来，要熬多少夜，起多少早，出多少汗？这使我不敢想象。而他还要一步不落跟着出集体工，还要给我母亲送柴和米，还要自己洗衣服……每想起这些,我在城里便寝食不安。我老惦记着盖房子的事,我尽量抽空回去帮父亲干一两天。

可他叫我不要影响工作。他说大家都是这么苦过来的。当农民就是苦,这要认了。

在我父亲看来:工作是很神圣的事。他不想我因担心家里而影响了革命工作。

我们开始往家搬砖了。干了的草砖还有 30 斤一口,我的弟弟们一担只能挑两口,我能挑四口。

我父亲将房址就选在老屋的旁边,靠着我祖父分给他的那一间房子。新房盖在这里也谈不上不好,但还要将祖屋后面的山坡挖平也不是件容易的事。在我们看来,左右周围有的是平坦开阔的山地可以盖房子,但我父亲却选在这里。另择新屋址,是要求人的,要求队长、求支书。要请干部吃饭,要屈膝、要哈腰、要装笑脸,这些我父亲一概不会,宁可放弃选择更好的地方。何况我家祖屋的风水也不错,儿孙满堂,牢里没犯人,床上没病人,对于一个农民来说,这就是幸福了,这就是福地。何况我家后园的竹子长得青翠浓密,古人都说:宁可食无肉,不可居无竹。这地的好也是肯定的。

我们早早晚晚开始挖地基了,将陡坡变成平地,凭肩膀一担担挑,要有点愚公精神。这活老老少少都可以上阵干,这片小小的宅基地一天到晚热闹非常,最多时有十几个人干,挖的挖、挑的挑,不辞辛劳。

在我父亲打算起屋前,我们附近刚盖起了一栋新屋。那户人家 10 到 20 岁的孩子有七八个,多得我都叫不出名字来。他们一家却十分勤劳,他们的父亲带领着他们出现在各种劳动场所:田里、河边、山上。他们赚很多工分，挑回去很多谷子和红薯。我的感觉是一只大蚂蚁领着一群小蚂蚁在不停地爬呀爬，拖呀拖，搬呀搬，无休无止，从不疲倦。这么大一家人，当然是要盖房子的。我听说了他们盖房子有件事很感人：说是他们家没钱斫肉买鱼招待助工的乡亲们，便早早作了准备，在盖房的这个夏天里，那兄弟姊妹七八个，像一群蚂蚁一样向河渠、水田进攻，捕捞泥鳅鱼虾，然后晒干储藏。说是到了盖房子时，他们储备下了几大缸干泥鳅，盖房时每顿以泥鳅作荤腥，大碗大钵隆重推出，直到房子落成，遣散了匠人、帮工，还剩下一缸泥鳅干没开封。不花钱斫肉，又不曾得罪一个上门客，地方上无人不赞美那几个孩子。

  我和我的弟弟们显然是会受到先进模范的影响的，我们暗中也打算帮我们的父母一把。只要一有空闲，我们便滚在泥水里。那时候生态环境好，田里还不使用农药。鱼虾泥鳅繁殖旺盛，一条泥沟里头天刚捉过一轮，第二天再去收获如初，不知这些泥鳅是从哪里钻来的。晚禾刚插时，正午的烈日将水田里的水晒得滚烫，许多泥鳅难耐此热，多半浮在水面奄奄一息，等待太阳偏西时缓过气来，这时的泥鳅可信手拈来，弯腰即拾，一个中午可捡得十来斤。这样的奇迹如今听来是天方夜谭。如今乡下人能见到鱼虾泥鳅都是很稀罕的事情了。

  一个夏天下来，我们兄弟也帮我们的父亲储备了十来斤泥鳅干。父亲尽管不曾说过一句表扬的话，但已看出他内心的高兴。以每一分钱为单位来计算开支的父亲，知道这几坛子荤菜的分量。

  万事俱备，随着一个雄鸡头落地和一挂爆竹的炸响，大门框在平整的红土地上竖起来了。只五天时间，最后一片瓦便盖完了。

  我在城里买回些油漆，将五个窗户六张门刷成酱红的颜色。

父亲将院前院后收拾得一尘不染,并挖好许多凼,放上家肥,准备入冬时种花栽树。

多好的房子,后有竹园,前有地坪,通风干爽,明亮洁净。可惜,我父亲用不着将其分给他的儿子,我们兄弟一个接着一个都进城了,也不会再回来住他盖的房子了,这既使他高兴又让他遗憾。他一辈子最崇拜"工作"二字,有工作的人就不是农民了,他这个当农民的培养了5个有工作的子女,这在我们那个小地方是一个奇迹,不知有多少人当面或者背后夸耀他,这是对他受尽万般辛苦的心灵最好最大的安慰,他怎会不高兴。遗憾呢,就是没有人接受他的馈赠了,连一个仪式都没有了。那么,他终生为之奋斗而结出的硕果,也就没有什么价值了。

我父亲大概从来不曾想过,连他都不能守住他亲手盖的房子了。在他还只50出头的时候,我们将他接到城里去住了。他辛苦了大半辈子,我们不能让他下地上山再辛苦了,要让他进城,成为老太爷,请他享清福,叫他饭来张口,茶来伸手。正因为我们跟着父亲苦过,才懂得要如何孝敬他。

父亲是不愿离开故土,尤其是不愿离开他亲手造的房子的。但必须领受子女们的一片好心。如果子女们都远走高飞了,而他一个人远留在乡下,这就不正常了,这他就没有面子了,谁叫他有本事养出都有工作的儿女呢?因而他是必须走的,不想走也得走。

我父亲一生最大的杰作是他盖的房子,他经常要回去看看,回味一下昔日的壮举,是一件有益身心的事,我们还给他不少零花钱,让他回去款待同乡好友,让他韵一韵当老太爷的味。

我父亲回家后就是打扫卫生,收拾屋前屋后的树木,精心维护他的作品。尽管那时有人开始盖两层楼的红砖屋了,而他却对那些新鲜事物熟视无睹,他始终认为自己的作品是最好的,因那每一口砖里,都浸透着他的汗水呢。

我父亲还掏钱买了不少树苗子,栽在他"偷"过树的那面山坡上。他是想求得心灵的平衡,给那山补上损失。他一辈子没占过什么便宜,可能就是这点事一直搁在心里觉得内疚吧。

我父亲在临终前,把我们兄妹叫到床前,郑重其事地说:你们兄妹做主,把乡下那房子卖了。

我明白父亲的意思,他一辈子留给我们的财富就是那几间房子。他想把它卖了,每人给我们分一点钱,也算是作父亲的给了我们一点遗产。可是郑重其事的父亲不知道,乡下那几间草砖屋此时的价值,已不够在城里买一个厕所了。可在他心里,是一栋房子的价值啊,是他苦苦奋斗多年才建成的祖业。他不会去作别的比较,他认为值钱!

这是父亲的遗嘱。别的他什么都不会说,只有这一件事值得他一说。

我对父亲说:那房子不卖。我们兄妹不缺这个钱花。那房子要留着,今后若有兵荒马乱的年月,城里断电了、断水了,我们还要回去住的。那房子就是你,要是卖了,今后我们就看不见你了,我们要常常回家去看看你的……

父亲最后说:这样也好。

这是父亲最后说的一句话。我想我的回答,他是满意的,因为最重要的一句是说了我们今后可能还会回去住,这是他最期待的事。

2003 年

风清气凛

我母亲在我们这个大家庭里的地位很高。在我祖父的四个儿媳妇中，只有我母亲在1952年就拥有高小毕业文凭，并因此而成了能拿到工资的公职人员。我母亲是她这一辈以及上几辈家人中唯一的知识分子。加上我母亲娘家曾出过秀才，文脉相传，在地方上颇有影响，我几个舅舅向我母亲看齐，陆续都谋到了公职。这些口碑的积累，成全了我母亲在我们这个大家庭里的声望。

我母亲高小毕业于我县有名的小学校——杜子庙小学。杜子就是诗圣杜甫，杜甫公元770年病逝于此，后人为了纪念他，在他的墓前盖了个宗祠，其实不能叫庙，庙是供菩萨的，杜祠不供菩萨，也不知怎么被叫成了庙。我很小的时候就跟着大人叫杜子庙，但不知道"杜子"是什么意思，也没有人给我讲解过杜甫，那个时代，我们这乡下也不知道诗有什么用，诗人又不会种地，也就不必要知道。

杜子庙的最后一次维修，是平江清代才子——曾国藩的幕僚李元度等牵头操办的，在庙里加了个内容，叫作铁瓶书社。中华人民共和国成立后书社改成了学校，我母亲和三个舅舅小学都毕业于此，自清以来的琅琅书声，从无间断，吟唱至今，多少后生于此启蒙，迈向文明。

我外公外婆开明，让我母亲也背上了书包，在那个时代，是不容易的事情。但不知什么原因，我母亲上学太迟，在18岁出嫁这年，也就是现在的学子考大学的年龄，我母亲才念完初小。

那是一个推翻了旧世界，正在建设一个新世界的最为火热的时代，我们是无法想象那种滚烫的。我母亲虽说仅念完初小，但她已经是乡村里的知识女性了，凭这点文化底子，足以了解到社会发生了什么。她在这个时代应该充当什么样的角色？她毫不犹豫选择了继续学习，只有通过学知识，她才能融入这个社会，她不甘心自己成为她所看到的身边已婚妇女中的一员。

我母亲在结婚后不久，就下定了要回杜子庙继续学习的决心，我不知道她是怎样获得了我家和外公外婆的支持的。在她成功争取到重回学校去当插班生时，她已经怀上我了。在怀上我们家的头孙这样的关键时刻，她还能住到娘家去继续上小学，可见我的长辈们是如何的宽容。

就这样，没结婚的老师和普遍比我母亲小近十岁的同学，看到我在我母亲的肚子里慢慢长大，一直到见证我的出生。我与我母亲一起参加了她的毕业考试，并拿到了高小毕业文凭。

其时比我母亲小九岁的二舅，同我母亲一起早出晚归上学，他们从家带菜、带米、带柴火，在杜子庙外的某个墙角落弯里，架上几口草砖，烧火做一顿中饭，才十岁的二舅承担了照顾我母亲的责任。

在我母亲给予我的胎教生活中，有过几个月的野炊体验，以至几十年来，我最大的餐饮兴趣：一是无论到哪里，都渴望吃到最富乡土特色、做法最正宗的食物。二是能够在室外吃就不到室内吃，能在小店吃就不到大店吃，能在特色菜馆吃就不到星级酒店吃。最喜欢的是在有风景的野外吃，崇尚"秀色可餐"的饮食野趣。遗传是怎样形成的？大致是这样形成的。

在我出生前的这个冬天，下着大雪，我母亲腆着个大肚子，坚持上学，拄着拐棍，一步一探地小心走着，她不担心自己，她是在山路和雪地里摔大的，她担心肚子里的我，这是她第一次怀孕。

我母亲的小心并没有如愿，她在我二舅的眼皮底下，失脚滚下了一个山坡。我二舅吓得大哭起来，他找到我母亲时，她滚成了一个雪球。我不知这场事故，给那些盼望我这个长孙健康面世的长辈带来了多大的惊吓，好在来年春暖花开时，我照样顺利降生。

我为能够陪伴母亲在一个供奉着一位伟大诗人的祠堂里，接受完整的胎教而且在雪地里滚成雪球仍安然无恙而感到十分荣幸。

作为女性，我母亲手里的高小毕业证在中华人民共和国成立初期闪闪发光，她还来不及学习如何当好一个哺乳期间的妈妈，就被公社（乡）调去当了干部，很快出任公社妇女主任。因为革命工作繁忙，我的长辈们不得已轮流抱着我，送到我母亲那吃奶，她走到哪，就赶到哪。不久我母亲离开行政岗位，当上了小学老师，或许是考虑到方便照顾小孩吧，也许是她不适合当基层干部。

我母亲一直在非常小的学校里教书，这种地处偏远的山村小学,一般只有十几二十几个学生,这么点学生还要分成四个年级,四个年级的学生坐在一起上课,一节课需分成四部分讲,一个年级讲十分钟,不然另外没课听的学生便要打瞌睡。我母亲是老师校长一身兼,语数音体美通吃,真正的全科老师。

在我母亲从教的前二十多年,这些最底层的小学还没有修建学校的财力,要么是设在废弃的庙里、祠堂里,要么是找一家堂屋大点的农户。二十多年间,我母亲平均每两年换一个学校。我在我母亲手里启蒙,读了四年初小,就换了三个学校。三个学校有两个是没有了菩萨的小庙。有一间小庙的大门弯里,放着两根漆成红色的用于抬棺材的木头,叫作"龙杖",凡附近农家死了人,要抬棺材上山掩埋,便来这取,用完了,又放回这里。龙杖很长,农家的房子矮,搁不下,庙堂比民居高,就寄放于此了。学生们就坐在送走一个又一个亡人的龙杖旁完成学业,也没有觉得有什么不好。

而我母亲被安排到这任教不久,就感觉到不好了。某晚夜深人静,山冲人家灯火尽灭时,她听到门弯里的龙杖互相碰撞,"咯咯"作响。她还在备课改作业,举灯来看,没有找到声源。刚睡下,又开始响……也不知这一夜是怎么度过来的。第二天早起,向乡中长者请教,老人说:不要怕,是庙门弯里的龙杖响。龙杖闹,就有活干了,要老人了。

这里使用的"老"字,就是"死"的意思了。果然半晌午传来消息,不远处有人死了。后来又应验了两次,果然一旦龙杖响,附近即有人亡。这样我母亲就怕了,只要听到龙杖响,便点亮了灯,然后到附近的屋里,叫个学生家长来做伴,度过漫漫长夜。至此我母亲不得不提出调动工作的要求。她只在这个学校教了一个学期,便举家搬到另外一个学校。

两年后,我母亲在一个老旧的小祠堂里任教。周围有不少大树,被称作"神树",树下供着一个土地庙。为什么"大跃进"时没有砍掉这些树,用于炼钢呢?因为第一个去砍树的人,斧头砍下去,没有砍到神树的树身,砍的是自己的脚。大家认为是神明显灵,都撤退了,保下了这一片大树。我母亲在这里也只教满一个学期,便申请换了地方,因为常常在夜深时,听到有人敲门敲窗。要么是人使坏,要么是鬼作乱,都是足以让我母亲害怕的事件。我母亲抵御害怕的唯一办法,只是挤到我和老祖母的床上来睡。

我和我母亲在乡间小学生活的时间不长,诸如此类的惊吓害怕,我母亲可以讲个几天几晚。但我母亲并无怨言,因为她的同事们无一例外地也要经历这些。在我母亲上了年纪后,我给她分析过:那龙杖发出的碰撞声,也许是风吹的结果,我母亲也觉得有道理。但是,怎么头天晚上有了动静,第二天就真有人死呢?我分析祠堂敲门声,许是大树上的啄木鸟夜间觅食吧?她说怎么也像是人的手指敲出的声音……后来我明白了乡村小学教师要频繁地调动工作,是要让大家知道,在哪里都可能发生不如意的事情。很多地方没教室,只能设在庙里,总不能因为在庙里上课不合适,就不办学校了吧。明白了这个现实,大家也就只能选择随遇而安了。

我母亲从教二十多年,像陀螺一样轮番在本乡的十几所学校任教。我们兄弟姊妹五个,都在她任教的学校里接受初小四年的教育。

我母亲教出的学生,也可以用难计其数来形容。但绝大多数送子女来上学的,其目的不过是让孩子开开眼睛,能认得自己的名字,日后出外不至上错厕所,就行了,结局还是留在乡间当农民。因为没有成才,更没有出人头地,也就没有人觉得他的人生与启蒙老师有什么关系。"师恩如山"的感受，在他们的卑微人生中无法找到，因为读书并没有改变命运，最终的检验证明：书成了可读可不读的东西，于是老师也就无用了。

也有少量的通过大学之门出了头的，他们最要感谢的是高中任课老师，附带上初中的任课老师，他们高考中榜，与小学老师实在是没有什么联系了。自20世纪80年代以来，每年高考放榜后的"谢师宴"都成为一大社会亮点，城乡各个像样的饭店，无不在这个时段赚得盆满钵满。我母亲没有享受过谢师宴的待遇，我母亲逝于2016年，在恢复高考后的近四十年中，我母亲耳闻目睹了每年的谢师热浪，但她并没有委屈感。其实她是一个好强好胜的人，可以受苦，不能受委屈，但在这个问题上，她不以为意，和所有小学老师一样认为谢师宴确实与小学老师无关。

在我看来，20世纪80年代以前的山区小学老师，是这个行业中最艰辛的群体：没有专业的学校，因而就没有教工宿舍，没有食堂，没有教室，教室通常就设在庙堂、祠堂和农家堂屋里。

能称"堂"者，是乡间能坐几十个孩子的最大的房间。堂，必处于房子的中央位置，中央的最大问题是没有窗户，采光就靠两扇大门，无论风霜雨雪，酷暑烈日，上课就要开门，门洞开了，蚊子、飞蛾、蜘蛛、猫、狗、鸡、鸭及闲来无事的左邻右舍，都可以随便出入观摩，听老师讲课，聆听孩子们的朗读。我母亲在这样的"教室"里教了二十多年书。在快退休的最后几年，才有幸走进了新建的学校，当上了一个有权可以排除干扰，任意关门上课的老师。

我母亲在她那不成体统的教室里，带大了我们兄弟姊妹五个。她一边上课，用箩筐做的摇篮就放在讲台旁边，很多时候是手在写字,脚踩摇篮。讲课与给孩子喂奶、换尿片浑然一体,难分难解。孩子们下课给老师带孩子天经地义,已成一道风景。一些学有所成的学生,不会请我母亲去吃谢师宴,却记住了曾经帮助我母亲带过孩子,而且有热尿淋背的体验。另外可能记住的是,我母亲曾补过他们的衣服。

在我母亲教过的学生中,有一个共同处,就是找不出不穿补疤衣服的,补丁叠补丁者不在少数。有些破烂到露腋窝露肚脐露胯裆实难入目时,我母亲也不得不给他们缝缝补补,毕竟学校是个斯文场所,学生衣衫褴褛,老师也脸上无光,我母亲很注重这个,于是她经日久操练,能做出一流的针线活来。我记得我们家在20世纪70年代,就拥有了一台令人羡慕的二手缝纫机,这是我那做缝纫师傅的大舅妈的吃饭行头,用旧了,便多少算点钱,卖给我母亲了。我母亲的业余时间,基本上是坐在缝纫机上,她有干不完的活,学生的,家人的,左邻右舍的,娘家那边老老少少的,做新衣,改旧衣,补破衣……我的衣服小了,改给弟弟穿,弟弟的又改给弟弟穿……新三年旧三年,缝缝补补又三年。我的父老乡亲们,无一不在这个普遍生活水准中生存,我家也不例外。我母亲那点工资,能保住一家的口粮就万幸了,穿就顾不上了。我母亲对这台老出毛病的缝纫机爱不释手,请不到维修师傅,就我父亲和我来修,而我的修理技术,很快超过了我父亲。后来我母亲退休了,同意搬到县城居住,她坚持带走了这台立下了汗马功劳的缝纫机。但一到县城,它就失去了功能,在县城里生活的人,很少有穿补疤衣的,不会有人请我母亲补衣服了。但我母亲还是没有扔掉这台功劳卓著的缝纫机,做了个布套子盖上,当作茶几用。

除了寒暑假,我母亲每一天的时间都不够用,除了完成一个教师的职责,还需完成一个农妇要干的活计。清早起来,要将房间尿桶里一家几口积累的尿提出去,在田边或小溪里兑上水,浇到菜土里,山里没菜买,也没有买菜吃的习惯和经费预算,不种菜就没有吃的;柴火一般是我父亲送来或是去山上捡一两天,但也有断顿的时候,这样我母亲周末还必须去山上弄回来一点烧的;别的妇人一日做三顿饭,我母亲也不例外,有时候特别贫困的学生中午饿肚子,我母亲还要叫到家来吃;有的孩子实在交不上学费,我母亲不忍心他们辍学,只好先让孩子们领到书籍课本,读上书。学校的书籍费是要老师去收的,上面根据人头费在老师的工资里面扣,收不上来就是老师的事了。我常见我母亲因本就微薄的工薪又薄了许多而长吁短叹,说怎样都不能再替他人垫付了,因为从来就没看到哪一个家长还了欠的学费的。尽管如此,每个学期我母亲还是在代付学费,因为这些特困户也不是想赖账,实在是拿不出现金来,但他们心里还是想报答的,回报的方式:要么是送来一担精选的干柴、要么是一包鸡蛋、要么是一包干菜、要么是一包茶叶、要么是一包笋干,实在没什么好拿的,也要送点新鲜瓜菜。面对这些心意,我母亲的心马上软了。

像这样的特困学生,他们不知道什么叫谢师宴,但在以后几十年的话题中,只要是关于读书的,他们必要提到我母亲,会感慨万千地说,要不是李老师,我四年书都读不完。

经常拿不到满工资的母亲,明明知道这些贫寒学子的求学目标,也不过是能写读出自己的名字,回报是没有的,但她还是按部就班、认认真真尽一个老师的责任,她实际上比一个农妇还辛苦多了。农妇忙到天黑,也就可以倒头大睡了,而我母亲要在安顿完老人孩子睡下后，才开始批改四个年级的学生作业，准备明天的课程。在我母亲所在学校的这个小山冲里，万籁俱寂，亮着的最后一星灯火，必是我母亲房间里的，年年如此，夜夜如是。

我母亲患下的职业病是"神经官能症"，头疼脑晕、彻夜不眠的毛病伴随她一生。我小的时候，就常见乡村医生试图替她止痛的银针，扎满一头一脸，密如丛林，银光闪闪，望而生畏。为治这种难熬的顽疾，我老祖父还推着独轮车送她去长沙看病，路上要走三天。我参加工作后，几乎每个月她都要来县里看病。看的是老病，她也知道这是治不好的病，更没有特效药。她是被失眠折腾得实在受不了啦，便习惯性地往医院跑，寻求精神的慰藉，她是在努力安抚自己：你到过大的医院了，见过好医生了，对症下过好药了，你别再担心这个病了……安抚过心灵后，我母亲会有一个短暂时期的较好睡眠，但周期性的反复会很快再现。很多时候，夜半发作，则是由我父亲来治理，我父亲不是医生，他只能求助神明菩萨，搞精神治疗，半夜披衣起床，备上香烛火纸，黑灯瞎火，来不及去寺庙敬奉，便当空念咒跪拜请神，一套功夫做得有模有样，求得一杯神茶，让我母亲喝下，往往也能让我母亲昏昏睡去，赢得第二天能够神情饱满走进教室。

我母亲退休后，仍没能够摆脱这种毛病的纠缠。在我父亲逝世后，发作得更加频繁，后来我调到一个比县城大的城市工作，我接她在我那治病，有一天，我骑着摩托车，带着她换了三个医院看了三个医生，吃下几种药，还是无法催眠。医院没办法了，便改变治疗方式，把医生请到家里来看病开药。最多一天，看六个医生，拿六次药，总算让她在夜半睡去。我们也曾尝试过别的省事的办法，有时她熬不住了，我便装作赶紧出门买药，在外转一圈，随便找两粒药给她吃下，说这药是新产品。她坚信了这种可能，药到神安，安然入眠，醒后大赞这药有效。当然这种办法不能常用，如果把戏让她看穿了，就少了一个救治的门路。

我母亲好强，凡她任教的地方，少有不得先进的时候。能者多劳，凡拖后腿的学校，上面便要派她去改变面貌，明知这是难事，虚荣心支撑着她总是乐于接受，而过后也总是后悔。她把我们这个家的大大小小要操心的事情，全都揽在身上，我父亲仅是一个忠实的执行者。除此之外，我祖父及外公膝下众多后裔的芝麻皮屑的琐事，她也乐于插手帮助，大家也都乐于求教求助于她。她的二手缝纫机不知给她的晚辈服过多少务，我母亲看不得她的学生衣衫褴褛，也看不得她的至亲后裔衣冠不整。

我母亲精神与体能超越常人的消耗，成为她神经官能症不可治愈的根源。

我母亲的性格特征是心直口快，疾恶如仇。试想想，在我们这个讲究"温良恭俭让""退一步海阔天空""让人不是怕人"等忍让文化的国土上，哪一个心直口快、疾恶如仇的人，有什么好日子过？我母亲一旦与人较上了劲，大有血战到底的勇气，一般是对手拱手收兵，败下阵去。但她因此而得罪过什么人，就不得而知了。被得罪的人，什么时候给小鞋穿，更是不可知。

尽管我只正儿八经读过一年初中，但还是取得了初中文凭。本来以为初中毕业后，就没有书读了，而此时突然来了个"复课闹革命"的精神，还要在母校开设高中班，这样我们不必考试就上了高中，成为这所学校的高中元老。但老百姓很少有人相信读书还有什么用，积压了好几届的初中毕业生，都不打算来读不用考试的高中，全区勉强凑了26个高中生，叫高一班。我的高中同学，有初中未毕业的，有"文革"前比我高几届的老初中毕业生，一个班，年龄相差有六七岁。

这一届高中班学制设定两年。还没毕业，有同学就被招工到县里新组建的毛泽东思想文艺宣传队（原县剧团）当了演员。一个农家子弟，在读学生，突然就吃上了"皇粮"，拿上了工资，端上了铁饭碗，这个从天而降的现实，令我发懵，根本就没有心思上学了。

我跑到我同学那里打听消息，他说县上招工的来了他们公社，听说他个子和形象都合适当演员，叫他去看了看，唱支歌，就招工了。这么容易啊，但这么容易的事，该如何降临于我呢？

我第三次去我同学那里玩时，老天爷给了我一个机会：宣传队急于配合上面的精神，要出一期黑板报，而新招来的演职员，小的还只有十三四岁，没有一个会写粉笔字的，正好我闲来无事，我就主动申请由我来办。我进初中不久就担任学校墙报编辑，一块有二十多米长的露天墙报，每周要换一次内容，也不知写完了多少粉笔。办黑板报，画画写写，伸手就成。

这活我一天就干出来了，黑板报设在食堂旁，所有人都看得见，都说办得好，尤其是宣传队领导说好。问是谁办的？我同学就介绍了我。再打听，是某某的外甥——我二舅在电影院工作，画幻灯片，与宣传队是一个系统。我二舅趁机向宣传队领导推荐了我。

在我离高中毕业考试两个多月时，来不及办招工手续，县里向区里打招呼，抽调我去宣传队参加革命样板戏《白毛女》的排练。我是中途插进去的群众演员，演地主黄世仁的狗腿子，拿一支木枪，在舞台上跑几个来回就行了。戏份少，我坚持复习功课，准备参加高中毕业考试，还是想要拥有一张文凭，不管有没有用，总算是个毕业证明吧。就像我母亲，肚子里怀着我，也要拿到毕业证。

芭蕾舞剧《白毛女》上演后，我赶上了高中毕业考试，成绩不算好，但门门功课及格。不过学校不给我发毕业证。理由是县上借调我，只通知区上，学校是不同意的。为此我急，我母亲更急，她可是个热爱毕业证的人。我找我的班主任和任课老师，他们均表示帮不上忙。我母亲任教十几年，与校方也是熟的，她三番五次去学校索要，软语硬话一起上，仍是无济于事。

后来我填写各种表格，学历一栏，只能写上：高中肄业。

当初借调我去宣传队工作的领导，得知我要不到毕业证一事，生了气，说：不要那个东西了，你来上班就是。于是我就不再想毕业证的事，来宣传队上班，很努力地干活。我当时的本职工作：一是做演员，跑跑龙套；二是协助画布景，搞舞台美术。而政治思想方面的宣传工作，单位上是没有专人的，不用安排，我主动全包了，业余时间几乎全用于此。其时政治活动多，毛主席最新指示一下来，全城立马就有了宣传声势，所谓宣传，就是上街找墙壁写大幅标语。其时单位之间的暗中攀比厉害，我们宣传队是文艺部门，断然是不能落后的，我总是有办法抢到醒目的地方，为宣传队占据一席之地，因此我们单位经常得表扬，尔后我又得到单位表扬，这令我很有自豪感。

我母亲从小给我的印象就是不甘落后，我无形中受了她的影响，从不让宣传队落后。

我的工作表现，大家有目共睹，宣传队领导也很看好，马上派人下乡去给我办招工手续。手续也简单，叫作"搞政审"，即政治审查。如没有政治问题，让公社和大队两级在政审表上盖章即可。

但是在我的招工问题上，碰到了很大的阻力。在半年多的时间里，单位先后派了十三批人，去公社和大队给我办招工手续，也就是说，平均每月有两批人去找人给我的政审表盖公章。

结果都是空手而归。

那时候去我老家，先是坐五角钱的客班车到达区上。下乡的早班车一般是清早六点左右出发。区上到公社，不通车，要走十五里路。公社到大队，还要走四里路。我不知道这些干部早饭在哪吃，中饭在哪吃，又是如何能在当天赶回来？这十三批干部，每次去都被委婉地拒绝：要么是公社或大队的书记不在，人事问题是要一把手签字，才能盖章的。要么是公社说大队不同意或者大队说公社不同意，要都同意才能签字。要么是说管公章的秘书不在，办不了……

最后一次，是县里宣传部分管文化的领导和宣传队的队长亲自出马，才盖到了两个公章。他们俩坐班车先去区上，请区上电话通知公社和大队书记，今天县里有领导来检查工作，要听他们的汇报。不说什么事，先堵住他们借故躲避。然后在区上找干部借了两台自行车，骑车直奔公社。见了公社书记，问我们要招的这个孩子，你认识吗？书记答：不认识。问：家庭成分高吗？答：不高吧，好像是下中农成分。问：这个孩子有什么不良表现吗？答：不清楚。问：那你们为什么不同意推荐他？答：我们是同意。大队上不同意。县上领导就说：那我们一起去大队上开个会。来到大队部，大队书记汇报：这个孩子一直在学校里读书，没什么表现不好啊。只要是公社同意，我们下级服从上级。宣传部的领导说：都同意了吧？好吧，签字盖章吧。

我们这个在1970年组建的毛泽东思想文艺宣传队，新招收演职员五十多名，除我之外，都是现场面试现场填表盖章现场录取的。

我是唯一的例外。其时的政治纪律是极其严肃的，凡是被派去招工的人员，必有党员带队，而且要严守秘密，更不许与当事人接触通气。以上招收我的细节，是在"文革"结束十多年后，我调离单位后，才陆续知道，至今我都算不出来，都是哪些人饿着肚子去，空着双手回。

两位借自行车为我操劳的领导，时下都是八九十岁的老人了，至今还是县上公认的优秀领导干部。由此我欣赏一句传播广远的歌词：好人一生平安。由此经历，我是能够深刻认同"人抬人，无价之宝"一说的。

因为遗传基因，我是能睡的人，失眠与我无关。但在我十七岁这年，却尝到了失眠的滋味。我借调到宣传队上班，是五十多位同事中，比较早的一批，有一半以上都在我之后报到，我目睹了他们兴高采烈拿着调令报到上班，领取正式职工的工资，而我还只是一个临时工的身份，我不便去打听原因，也不知能找谁打听。但我隐隐地感觉到招工手续出了问题。连在山里教书的我母亲都从一些渠道中，得知我的前途，被公社和大队两级卡住了。她是个急性子，可以设想我母亲会急到什么田地。一张应拿没拿到的毕业证已经够她失眠的了。我的这个能够吃上"皇粮"改变命运的机会，对于一个母亲来说，是何等的重要。

我在这个时候，真正体会到了我母亲的失眠之苦，会有多苦。以致后来我母亲凡要治这个病，无论有多难，我都会竭尽耐心，去尽义务。

那段日子，我常在半夜醒来，一想到我前途未卜，就再也不能入睡了。再往后推，情况更糟，一个晚上只能睡一两个小时，而白天还需强打精神发奋工作，表现积极。我唯一能做到的，是要以良好的工作表现,来赢得单位的好感,达到我想达到的目标。

当单位通知我去财务室办理正式报到手续时,我已经没有了兴奋,只剩下疲惫,我记得这天很热,我来不及吃晚饭,也没有洗漱,倒下去就睡到第二天的晨练时间。我就这样除了上班,便倒头大睡,睡了个把星期后,总算补回了因失眠而造成的损失。

我用睡觉的方式,来庆祝和纪念我人生中迈出的艰难而伟大的一步。

很久以后,一些知情人陆陆续续告诉我:你也不要恨那些公社大队干部,有这样既不要学历又不要专长还不要体检的招工机会,怎么会让给你呢?我想是啊是啊,我们这个大家庭,从上往下数,没有人入过党,入过团,当过兵,没有人当过哪怕是生产队的副队长,没有人能在大庭广众中讲出几句像样的话,是一群生活在最底层老实巴交的人,有什么好处会轮到我们名下?

也有人谈到我母亲:你妈也是,还是性子急了,话头冲了。你这是有求于人哪,公章在人家手里啊,你要装笑脸啊,声音要低啊。家里有鸡蛋啊,笋干啊,毛巾啊,菜干啊什么的,方便时也拿一点啊,放下架子,一家一家上门拜访。不愿拿礼物也不要紧,但气头上的话是千万讲不得的,这个时候,你就不是知识分子了……

我知道我母亲的脾气,她是不会放下脸面去求人的,她不会面对明显的欺侮而低三下四。我母亲的表现可能加深了阻力,但我不会埋怨她,她的骨气,恰恰是我要效仿的,人不能有傲气,但要有傲骨。

我感谢在我十七岁时就有过这么一次洞察人性的经历,这对以后的成长,是莫大的帮助。有过最底层的成长经历,在社会的最底层仰望天空,会看得更广阔。当你不甘心被埋葬在最底层,你就知道该如何挣扎着爬起来，往前走，往高走。

我多么想把自己打磨成一个旷达的人、宽容的人，但最终不过还是一个虚荣的人、计较的人。我在我父亲五十岁、母亲四十八岁这一年，将他们迁到县城里来生活。我在1982年拿到了人生的第一笔大钱——湖南人民出版社给我出了一本小说集，我接到通知，背着一个黄挎包，到长沙领取了面额十元一张的稿费250张。2500元值多少钱呢？我回县里再加50元，给我父母买了一套两居室的房子。那时我的乡邻中，到过县城的人都没有几个，而我的父母，在县城有了自己的房子，成了有身份的城里人，我想我是大大地满足了我父亲尤其是母亲的虚荣心。当然更是我虚荣心的驱使。我赚的人生的第一笔大钱，自己没有花费一分，还倒贴。想到我连一张应该拿的高中毕业证都拿不到；一份完全可以成全的工作梦，被野蛮践踏；我觉得很值。

我这么做，是不是有做给曾经踩压我们的人看的因素呢？

在我们还是拿着每月三四十元钱薪金的1984年，上海的《萌芽》杂志让我去领一个文学奖。我想到的第一件事是要带我的父母亲去看看大上海。飞机是坐不上的，那是有级别的干部才能坐的。长沙到上海，火车要走二十七个小时，要提前十来天买票。一个长沙的编辑找我约稿，我的附加条件是要请她帮我买两张卧铺票。她神通广大，弄到了票。我父母这是第一次坐火车，而且是直接睡的卧铺。我坐的硬座，有点舍不得花那笔钱。

还是在只有几十元钱月工资的年份，我们兄弟还带父母亲去过北京、武汉等大城市。这么劳累奔波，未必是他们所要的。我们想达到的，不过是馈赠他们以尊严，抚慰他们大半生的辛劳。

当然，也还是有做给他人看的成分。

我母亲活了83岁，但最后的几年，患了老年痴呆症，逐渐丧失自理能力。一夜之间，她的争强好胜、爱管闲事、唠唠叨叨悄然消失，突然变得宽容大度、温和细腻。缠绕她几十年的神经官能症，顷刻间痊愈，一觉睡到天亮。问她打针疼吗？说不疼。问药不难吃吧？说不难。问保姆对她好吗？说好。问饭菜合不合口味？说好吃。问要不要买什么东西？说都有都有。问想什么东西吃？说都有都有……世间的一切，在她眼里皆无比美好，昔日的诸多烦恼，诸多担忧，诸多不满，一扫而光。

我们乡中的说法：人怕变相。"变相"就是性格突然改变。我母亲从强势突然变得柔顺，属于变相范畴。一个人性格的突然改变，说明她在世的日子不会很多了。

自从摆脱了神经官能症成为老年痴呆症患者之后，我母亲度过了几年轻松无累的日子，同时不再服用品种繁多的各类药品，所有以往的病灶烟消云散。我小弟弟夫妇带着她走完最后的时光。我坚持每个月要跑两百多里地来看她一次，不管忙不忙，这个看望是要坚持的，这已经与尽孝无关，是不自觉的牵挂，是无意识的冲动。和我共同生活过有着直接的血缘关系的八位长辈，我母亲是最后一个。这种最后的陪伴，也只有面临过最后陪伴的人，才能够说出那种依恋和不舍，任何文字都无法描述这种心情。

所谓看望，其实也仅止于陪母亲坐坐，我不问，她不答，她已经没有了说话的欲望，她二十一岁开始教书，课堂上必须说，课外爱说，大半生说得太多，把该说的全都说完了。

我每次告别母亲，开动汽车，走出一定的距离，总是不由自主地鼻子发酸，泪眼蒙眬，就像几十年前告别我老祖母时一模一样，岁月并没有改变脆弱与伤感。

我母亲走得安详平和，有如烛尽火微。在我母亲生命惭微之时，我弟弟曾去拜谒乡中一位得道术士问我母亲是否会走得没有痛苦。我们希望母亲能够有尊严地走完人生。术士说我母亲功德圆满，走时不会有痛苦，而且会入神道，应该坐着走（神道，即是成仙得道之意）。

我们乡下，眼见一个生命已无法挽救时，便要请高人给算一算：什么时辰走比较好？这个走的时辰，据说会影响后人的祸福。要是高人算了某个时辰不能走，后人会跪在奄奄一息的人身边，高声呼喊，求他坚持坚持，等等再走，这事重大。往往逝者为了顾全晚辈的福祉，硬是能将一口气匀成几口呼，叫作"吊气"，待挺过了这一刻，才闭上眼睛。术士给我母亲算的是：她命大，什么时辰走都无禁忌。

当我母亲慢慢拒绝进食，人生快走完时，我通知家人不要走远，在外面的尽快赶回，希望有多一些人来给她"送终"。

我母亲走时，没给我们子女添一点麻烦，我在她身边仅守了一晚。天亮时，我用棉签给她涂水时，发现母亲的舌根已经硬了，只剩下微弱的呼吸。这时我开始打电话，通知舅舅叔叔及所有侄子和外甥。不到一个小时，分散居住在附近乡间和县城的一干至亲，悉数到齐，除了在外读书的两个一时赶不到，来给我母亲送终的达三十多人。

我对我母亲说，该来送她的，都来了。尽管她在几天前就没有了睁开眼睛的能力了，但我坚信她是听得见的，她是个爱热闹的人，有这么多亲人来送她，她一定高兴。

在她的呼吸越发艰难，而又不肯停下时，我突然想到术士说的，她应该像菩萨一样坐着离开。我忙将母亲从床上抱起来，轻轻地移放到早已备好的躺椅上。

我在我母亲的肚子里和怀抱中,待过了几百个温暖而安宁的日日夜夜,而只有在她人生中最脆弱最无奈的时候,我才抱起了她,我不知该怎样形容这一瞬间的感觉……

当我扶着我母亲在躺椅上坐端正后,一分钟后,她就停止了呼吸。正如乡间术士所示,她是注定了要坐着走的,坐着灵魂离天近,易于升天。古代的高僧大德、修行之士,最终的归宿,不少选择于深山老林的岩洞中"坐化"。我母亲非道非佛,亦能如此,是为不凡。

我母亲安安静静地走了,她大半辈子睡不好,在最后的时候睡得安详。临终时衣裤都没有弄坏,走得干干净净。有三十多位至亲给她送终,这也算得上是一个奇迹,要令很多人羡慕。在我们的习俗中,是很在乎送终这一人生最后的环节的,如果子孙后代能够在老人落气的这一刻守护在床,要被乡人广为传颂,被认为亡者是大福之人。有不少做子女的,在老人病重时,哪怕在天涯海角,也要赶回来,昼夜守候在床边,为的是给老人送终,一旦做到了这一步,即要被认为是尽了大孝。如没有给父母送到终,会成为余生最大的遗憾。

送亡者远行的最后一个重要仪式,是让亲人看一眼遗容,无论是土葬还是火化,必不可少这一步,也是不留遗憾吧。这个仪式都是在落葬这天的清晨举行的,这天亲人们早早围在我母亲的棺材旁,做最后的送别。我们移开了棺材的一角,露出了我母亲的脸,周围即响起了"嘤嘤"的哭泣声……我看到有一束花白稀疏的头发,遮住了我母亲的额头,我伸手将头发拨到旁边,露出母亲并未暗淡的饱满的额头……这是我自从离开母亲的怀抱后,第一次触摸和整理母亲的头发……我母亲是一位爱整洁、重容颜、有修养的教师,如果她还活着,她不会让这一束头发在她的额头撒野……可惜现在她做不到了,我应该替她来完成……

我母亲与我父亲合葬在我祖居宅基地后面的山坡上。我代表我们兄弟姊妹,在墓碑上写下了一行字:"你们的血液,流淌在我们以及我们的后代身上。"

我希望若干年后,我们的后人,要常来祭拜他们,不要忘记自己来自哪里。树有根,水有源,根与本,这是一个不能忽视的存在。

我母亲在我小弟家走完人生,我小弟过继给我小舅做儿子。我母亲过世后,我小舅特别交代我们:你娘不在了,你们还是要经常来走动啊。他担心我们因为母亲不在了,就不去他家走动了。他的担心是有代表性的,儿女在外,回家看父母,是天经地义,每年过春节,数以亿计的民工潮涌动在天南地北,就是为了要回来与父母团聚。这已远远不是道义问题,而是无形的血脉相依,不可割断。父母不在了,这炉火就熄了,圈不住儿孙了,于游子,故乡也就会慢慢淡去。

但我不会。我对我小舅说我不会……

我母亲从事的是说话的职业,照说在生命的最后,应该对她的后人交代点什么,就如书面语言表述中的遗嘱。但是没有。她有的是时间做准备,还是没有。

我母亲无话可说,父亲更不会有话说。

我祖父祖母,外公外婆,老祖父老祖母,同样没有留下后话。

对于后人,这是不是遗憾?他们没有能力留下遗产,也不留下遗言,令人费解。在我的印记里,我与我长辈们相处的日子,不算长,也不算短,不算多,也不算少,但我从来没有得到过他们的夸奖，也没有聆听过批评和教诲。没有人看过我的成绩单，也没有人试图指导过我的人生。

他们就让我看着他们怎么活，将千言万语隐藏在他们活着的全过程中，像一本无言的书，他们坚信我能够在书中读到什么。言传是苍白的，身教是厚重的。

我今天能够成为我，是我从这本血缘的书中，读到的最宝贵的东西。

2017 年

我的文学启蒙

我的文学启蒙是一本叫作《杨七郎打擂》的连环画。接触这本连环画的时候我有了八九岁。这以前我不知连环画为何物。那年舅妈领我去游览离故居最近的一个小集镇。那是人生的第一次远行。说远行其实也就只十来里路。八九岁的时候我有了足够步行十来里路的能力,舅妈满足了我看看故居寂寥山岭溪流以外世界的夙愿。

小集镇熙攘的人流、青石板街,琳琅满目的商品以及如潮叫声使我目瞪口呆,我简直不相信世界有这么大。舅妈拉我在人流中亢奋地穿行,左顾右盼目不暇接,不一阵便头昏脑胀了。突然我在一家铁铺子里发现了几本连环画,和一些铅笔、练习本子工工整整摆在一只镶有玻璃的小柜台内。铁铺子里扬起的灰尘不能够伤害它们。铁铺的主人除干铁活外还经营点文具、爆竹、日杂什么的。老板很黑，老板娘很白，像铁砧和练习本，老板娘子发现我痴痴地望着那几本连环画，敏锐地感觉到鱼儿上钩了，便用雪白的手指于柜中取出一本连环画来，向我介绍这有画又有字的神奇的东西。我毫不犹豫地就买下了老板娘手中的这本。我想买两三本，但我掏出身上所有的积蓄，仅够买一本。这是正月里，大人们除夕夜发给我的压岁钱使我有了这份慷慨。我记得那本《杨七郎打擂》的定价是2角8分。当这本连环画属于我之后，我一屁股坐在铁铺子里又长又矮光溜溜的木板凳上不走了，一脑壳栽倒图画中，小集镇的其他一律对我失去诱惑，舅妈无奈，说她去办完事再来叫我，叮嘱我不要走，怕弄丢了我。其时我已入学三年了，连环画上的字我全能认下来。我一口气读了一遍，又读了一遍，我不厌其烦地往下读，回程的路上，我能一字不漏地讲给舅妈听，她也感动了，说杨七郎这个人真不错，问他住在哪里？我说这是古时候的事。

古时候，多么奇妙的世界！

从此,我迷上了连环画以及各种文学作品,还有各式各样的画。最初的崇拜理所当然也是作家和画家。《杨七郎打擂》被我小心地珍藏着直至翻烂。后来又用那种质量最次的白纸临摹过每一页，可以说，《杨七郎打擂》影响了我以后艺术道路的选择。

1988年

一部作品的自我介绍

彭见明

我外公是个读书人，我们兄弟的名字都是外公给取的。外公送我的名原为"建明"，后我嫌笔划多，改"建"作"见"，久而习惯，便沿袭了下来。有本叫作《太极津要》的奇书，是按人姓名的笔画来规范人一生的福禄寿定数的。先找"彭见明"之天命，竟是寒苦劳碌，不忍卒读。再找"彭建明"注解，倒有些吉祥说法。松了一口气，感谢外公在天之灵，但愿神恕我年幼时无知偷懒擅改名字。如今要再改回去，也不便当，我依仗"彭见明"署名的文字去谋温饱本来脆弱，若再改名字重当文学新苗，不知何年何月才能出头。亦曾有人劝我改个文学性的笔名好配文章。"彭见明"之名实在平庸。终是没改，一是怕一旦有了佳妙的笔名反而写不出名副其实的文章，被人笑话。二是崇尚"行不改姓，坐不改名"的江湖豪气，我的出生地是出将军和土匪的地方，我不敢有辱那勇武先人的豪强。

男

30岁之后突然长出茂密的络腮胡子来，倒也没辜负一个"男"字。好处是出门远行扒手流氓为我的胡须的威严不敢贸然出手，坏处是做了坏事容易被有关方面缉拿。

1953年出生于湖南省平江县农村

蛇年降生，在地摊上买的描述十二生肖福运小册子上，言"蛇"是最佳生肖，竟也傻傻地为自己属了蛇而高兴。故乡山高路远交通不便，百姓素来贫苦。我家祖辈务农。但我从不嫌故乡和卑贱的出身，正是因为出身寒苦，才使我感知的东西更多。

1970年高中（差两个月）毕业后参加革命工作

凭我那时的学业成绩，考取个把专科或中专料无问题，可惜其时无大学可考，至今的最大遗憾是没上过大学，每见风华正茂的大学生便顿生若干敬慕。

身高1.65米

十足的半残废。后想想幸亏长得不高，倘英俊魁伟又配了雄赳赳的络腮胡，还有精力干正经事么？人应是有缺的，满则要亏。

体重62公斤

20年来一直以62公斤左右的体重走着、睡着、干着。祖上均长寿，祖上这唯一的好处遗传了下来，其实这才是人生最要紧的东西。

1980年开始文学创作

那时我的好些同龄人都在文学上有建树了,看着眼热,才起步,毫无准备，因此笔名也来不及配一个。

至今有　　文字问世，挂职　　个
羞于公开具体数字。

最喜欢的

读美文、妙画、奇字；听西藏、内蒙古歌和二胡独奏；射击；收藏古玩旧货民间工艺品；在自己的书房里打坐；到人迹稀少，未被现代文明改造的山水村野散步；去乡下坐在院子里的树荫下吃饭；回忆和老祖父母、祖父母、外祖父母相处的久远了的生活细节；爱看奥斯卡获奖电影和拍得好的警匪武打侦破片；欣赏各种匠人的手工劳作；向往和质量很好的女孩子聊天或散步，可惜总难如愿。

最不喜欢的

都市的躁乱，纷繁与做作；故作高深玩弄文字不知所云的文章；和表内不一缺乏男子气的人共事；装模作样脂粉十足或艾艾怨怨的女人；影视剧中做作和滔滔不绝的对话；呼天抢地劝菜敬酒烟雾弥漫的宴会；舞厅音响的轰炸和仿港台歌手的挤眉弄眼。

职业

暂时还是写作。

性格

随和，爱静，落落寡欢。

1994 年

一部作品的后记

我在 1994 年腊月的日子里整理出这本散文集子。窗外是纷飞的大雪,白茫茫的遮天盖地。我此刻伏案,内心是如雪似的冰凉——因为我的父亲在这个时候离开了我们,静卧到巨大的雪被下面去了。我这本集子是献给我父亲的。因为我的父亲曾说过:我们兄弟的财产,就是他的财产。没错,一点也没错。

我的父亲是一个农民,彻底的农民,一生中连生产队副队长都没有当过。他同时是一个优秀的农民,我认为他身上集结了中国农民最美好的品格。他影响着我的人生,还将影响我的后代。我那在城市里长大的女儿,在她祖父离开人世后悲痛万分,是父亲美好的品格穿透了闹市的虚浮,强有力地占据了我那终日与灯红酒绿流行歌曲车水马龙为伍的女儿的心,她觉得她失去了精神上最宝贵的东西。

  我从来是为自己的农民父亲而自豪的。他不能给我政治的资本、经商的资本却给予了我文学的资本、做人的资本，我为我能有幸得到如此珍贵的祖业而骄傲。父亲领着我走过清苦的青少年时期，让我饱尝了苦味。人间百味中，已知苦愁的滋味，还有什么"味"不可体味透呢？被苦愁浸泡过的双目，再看世情，是何等的冷峻和透彻。

  我的父亲在生前几乎没有读过我的文字。但他未必要读，他教我写的，何必要读？

  怎么突然间父亲就走了呢？人生的紧迫便顿时如霜雪覆盖大地般冷袭了全身，这光阴便要加倍的珍惜了。我能像父亲一样在文字的园地里不浮不躁平凡而勤勉地耕耘么？如能这样，就有好收成了——我期待着更好的收成。

1994 年

抬举

有两条警句，我记得很牢，一是"人抬人无价之宝"，二是"一个篱笆三个桩，一条好汉三个帮"。我亦经常对我的后辈们提及。

1980—2020年，四十年，我一直生活在自由自在的书写状态中，无比惬意。自以为此生能持此业，已是心满意足。然文字的站立，犹如人的站立，从蹒跚学步到独立行走，都离不开他人的帮扶。你可能无以回报，但不可忘记。

一

1980年，我开始尝试着写小说，写完第一篇小说就尝试着投稿。那时候寄信是八分钱的邮寄费,投寄新闻或文学稿子是不收邮寄费的,在信封上写上"稿件"二字即可,但要剪去信封一只角,以便让邮局的工作人员检查,看看内面是信还是稿件,如果只有三五页纸,那就是信,如果是一叠纸,有厚度,大抵就是文稿了。那时候鼓励人们写文章,给予免费的优待,这事现在想来都十分暖心。那时候还没有寄挂号信一说,一律是普通邮件,但绝对不会丢失。邮递员一俟穿戴上全国统一的绿色工作服和类似海军的帽子,心里就有了军人般的神圣使命,怎么会丢失邮件呢?

我这个稿子,先是托亲友带了两份,分别去投省市的文学刊物,但是一直没有得到回复。我也没怎么放在心上,在写这个小说时,我就已经明白写文章不是件容易的事,要发表就更难。那时候我们县剧团养了三个专业编剧,"十年磨一戏"的口头禅,就常常挂在他们嘴巴上,我听得多,也赞同这个说法。

有一天,我在单位看报纸,读到了上海的《萌芽》杂志复刊的告示,并称其办刊宗旨是培养文学青年,同时得知这个刊物经历不凡,是鲁迅先生于1930年始办,1956年创办,1966年停办,1981年复刊。刊名用的是鲁迅的手迹。

那时候写稿子,先是写草稿,修改后垫上"复写纸"来誊正,为了保障稿件不丢失,放一次复写纸可复制三份,再多就看不清了。我这份稿子送出去了两份,仅剩下一份,我就想着给《萌芽》寄,反正是写着玩的,邮寄又不花钱,发表不了也不丢脸。就按报纸上的地址,寄给《萌芽》杂志了。我对此举不寄希望,小地方都发表不出来的东西,大上海能看得上吗?在我写出这篇作品时,我到过最大的城市是长沙,只是听人讲过上海比长沙要大十倍都不止。我之所以敢往大上海寄稿子,完全是出于不寄希望。

此时我已在县剧团做舞台美工，画布景，画画写写是我从小就喜爱的事情，没有想到自小的喜爱竟成了我的职业，能够吃上这碗饭，作为一个农民的儿子，我已经心满意足了。正因为我有了理想的职业，小说能不能写成，也就不重要了，既没有压力，也没有渴望。

忽一日，我在岳父家午休，楼下有人喊我去接上海打来的长途电话。那时候，县里的局级单位才有一台电话，像我工作的那个文化局管辖的剧团，还没有资格享受电话。那时候打个电话有多难呢？上海打电话的，先用手摇动电话座机的摇柄，这时值守邮局的工作人员（标准称呼叫"总机"）听到铃声响起后，根据语音要求，拨打我们省里的总机，省总机接通后，拨打地市一级的总机，地市总机再拨县总机。幸好这天县上值班的"总机"是我的小学同学，她知道我的所在单位没有电话，估计我可能在岳父所在的单位，便忙叫单位的值班人员找我。这样，我通过五个人的服务，才接到了来自上海的电话，可以想象拨通这个电话需要多久。

电话那面说他是《萌芽》杂志的编辑，说是收到了我的稿子，说这个稿子写得还不错，让我等消息。又问我，这篇稿子有没有投寄其他刊物？我忙说没有没有。我知道行里的规矩是不能一稿多投的。我之所以说没有，是我托人带去的原稿，过去都已半年之久了，既然没有回复，大概那稿子早就进了废纸篓了。

半个月后，我收到了来自上海《萌芽》的信。写信的编辑叫钱建群。他通知我这个稿子将发表在1981年《萌芽》第五期。是他从众多的自然来稿中，读到了我的稿子，并层层往上推荐。二十世纪八十年代，是中国当代文学一个极好的时代，作者在疯狂地写，编辑在认真地编，如钱建群这样的编辑，必是会不加选择地读完所有自然来稿的。钱老师编的我这个稿子发表后，当即被其时唯一的选刊《小说月报》转载，又获得湖南省文学创作奖和《萌芽》文学奖。因这有些夸张放大的传播，引起了出版界的关注，收到了很多文学期刊的约稿，将我推到了不写还不行的地步。

我去上海领奖时，钱老师夫妇在家里做了一桌菜请我吃饭。师母不上桌，看着我和钱老师吃，劝也不上桌，不知是什么地方的讲究，我想原籍的上海人，是没有这种讲究的。我没有带一点礼物给推出我的处女作的编辑，倒是被老师厚待。他编完我几篇作品后，就没做编辑了，去做文化拓展及文博研究方面的工作。但以后的几十年，我们始终保持着联系，互相关切着对方。

一晃四十年，我一直没有想好，应该怎样去感谢一位远方的引路人。

二

自第一篇作品发表后，我觉得时间特别不够用，被很多创作计划和稿约包裹着寝卧不安、茶饭不香。自从尝试过文字表达的丰富和想象空间的博大，就觉得画笔很局促单调了，况我画的是舞台布景，完全是实打实的景观和器物描摹，没有难度，就不想再做舞台美工了。我当时很羡慕在县文化馆做文学专干的一位校友，他可以有大量的时间用来关门创作。但羡慕归羡慕，想法也只是止于想法，我没有倾诉对象，也不知找谁商量。找领导汇报不可能，既没有胆量，也没有先例。

那时候我们的工作很单纯，就是排练、演出、开会学习。开会学习是必定有上面的领导来讲话的。我们晚上演出完毕，卸完妆，洗好澡，再吃夜宵，一般要忙到凌晨一两点钟才休息，睡到来日九十点是常态。但如果通知了明天上午文化局或宣传部有领导要来讲话，就无论多累，哪怕空着肚子，也要早早赶到会场。那时候当领导有威望，除了剧团的团长、书记，我们见到上级领导都是要绕道走的。工作了上十年，也没有去文化局和宣传部的院子里看过。

在我发表小说的三个月后，一日剧团的书记叫我去她的办公室。办公室里只有两张桌子和两把椅子，一把是团长坐的，一把是书记坐的。这天我随书记进去时，文化局的局长已经坐在那里了。书记领着我进去后，便离开了，还带上了门。局长叫周绪缯，一脸的笑，他叫我坐下。他从来就是一脸的笑，也常来团里，但他很少讲话，要讲也讲得短，如有其他同行的领导来，就一定要其他人讲。我们最不怕的领导是周局长，但在街上碰到他，还是会绕着走。我这是第一次与领导面对面坐着，心里有点紧张，但表面上还是装着平静，我想我都是做了父亲的人，为什么还怕这怕那呢？周局长也没有说客套话，开门见山就说读到我这个小说了，并说我小说中的有些场面，就如同是写他的家乡，读来便亲切。我说你是在哪里看到我这篇小说的？他说街上都在传着看你的小说呢，传到我手里的这本，都快翻烂了。我说真是对不起，杂志社也只给我寄了两本，一进门就被人家拿走了，也没有送你指导。局长说你这都是打进了大上海的文章，我们哪能指导你？你这个头开得好，起点高，好好写，好好写。

周局长这天谈兴高，比在大会上讲的话还多。快结束时，他问我：你还有什么要求没有？这时我很放松了，他既然问出这样的话来，对于我来说就不是一般的话，如果这样的话不及时抓住，我就会失去机会。这时我作为一个做了父亲的成年人，勇气和成熟就一涌而出，语言也就如小说描述一般明快流畅。

我说我在剧团工作十年了，美工也做了八年。学写东西呢，其实也有了不短的时间，这次没想到能发表，突然就觉得有很多故事可以写了，可是本职工作又不能影响，很矛盾的。要说要求么，我现在想，要是能在文化馆工作，我就能全身心扑进去写了。

周局长拍拍我的肩膀说：我们研究研究。

第三天上班时，书记告诉我：周局长叫你去一趟。

我这是第一次走进文化局。周局长告诉我，经局里研究同意我去文化馆工作，但剧团这边不能没有美工，让我去找个能够接手美工活的人。

想不到周局长这个一团和气、轻言细语的领导干部，办事会如此利索干脆。

我更是想不到我的梦想能如此迅速地实现。当我夜以继日加班加点在一个月内将一个新手扶上美工位置、去文化馆报了到上了班后，我还在怀疑这发生的一切是不是真实的。

三

文化馆的馆长叫洪瑞明，高大健硕，声若洪钟，不修边幅，俨似一介武夫，至少从表面是看不到文气的。没几年，他果然去做了县里的体委主任。洪瑞明没有艺术专长,却把一个文化馆调理得有声有色,不断有好成绩涌现,一直当先进。

那时候文化馆的专业人员配置很齐,有文学、戏剧、美术、音乐、摄影、民间文艺等门类的专业干部,都是县上各艺术门类的拔尖人物。文化馆已经有了一个文学专干,再加上一个我,这种安排,照说是不合理的,非但如此,周绪缙局长送我去文化馆上班时,还宣布让我当个副馆长。这个宣布很突然,事先也没有征求我的意见。我想来文化馆工作的目的,是为了有更多的时间写作,再担任个领导职务,无疑会浪费很多时间。但当着周局长的面,我不好说什么,当然也不敢说什么,我还没有看到谁可以顶撞领导的。

当天晚上,洪瑞明到我家来坐。我就对老洪说了我的心事。老洪说,要你当副馆长的事,我知道。我说你知道怎么不告诉我呢?他说这种事我怎么能告诉你呢?这是上面的安排,不该我说的话是不能说的。周局长说,要你当副馆长,就是要让业务上有成绩的人来起模范带头作用。我说,我也就只发表了一篇作品,怎么就能当模范?老洪说,我不懂文艺,但是懂你们文艺人,真搞文艺的,心都在创作上,我也知道你对当个什么没兴趣。我看这样吧,文化馆呢,是个小单位,才十几个人。工作呢,没有什么指定任务,也不要配合县上的中心工作,单位上就那么点事,我来搞算了,你不要来上班了,一心一意写你的文章,出了创作成果,就是文化馆最大的工作。我说这怎么行?老洪说,其他的事我不插手,文化馆的事我说了算,你就按我说的办。老洪一说话,额头上和脖子上的青筋就会暴出来,像蚯蚓走路一样的扭动。其实洪瑞明也不是一个不管闲事的人,只要见到街上有人高声大叫围在一起，他必拨开人群冲进去看个究竟，总有人会喊"洪瑞明来了"。一般的人都有点怕他，要吵的，就不吵了，动手打的，也就散了。那时候我们县城的街道又窄又弯曲，所谓"窄路相逢"，没有几个不认得洪瑞明的。

以后洪馆长每个星期，要来我家一次，也不谈别的，说说馆里这一周来的工作和下一步的安排。我说到底是你当馆长还是我当馆长？你这是来向我汇报工作啊。

老洪说，单位上的事，气还是要通的。看上去他像个粗人，其实心很细。

1984年春，我在安徽蚌埠的军营里参加《青年文学》杂志主办的文学笔会，洪瑞明在平江县武装部通过军用电话拨到蚌埠的军营通知我，说我的小说得奖了，他收到了北京的开会通知，因时间紧，来不及回家了，让我直接从安徽赶到北京去领奖。他的语气急促而激动，我仿佛看到他脸红耳赤脖子上的青筋在乱蹦。

后来我听说，在我进京的那些天，洪瑞明基本上没坐办公室，就在街上晃荡，逢人便说我得奖的事，以至满街都知道了这件事。那时候家户还没有电视看，他做了一回播音员。因为我这个获奖作品，是我在他的任期内写出来的，说明他给我放了几年写作假有着很大的关系，他无法掩饰他的高兴，也可以说是成就感。

在我与洪瑞明共事的这几年，我没有去坐过班，一天副馆长的义务都没有尽过。那是我将全部精力投入写作和下乡走访的最尽兴的日子。有一个月，我一口气写完一部三十万字的长篇小说和一个中篇、两个短篇小说。

四

1984年3月下旬，我在北京领奖，回来坐的是硬座火车。飞机是不可能坐的。火车卧铺也是不可能坐的。我这样的身份，就是有钱也不能坐。为什么不能坐，也不知道，这不是我这个身份能打听到的事情。我这是第一次进京，第一次坐长途火车，怀里揣着获奖证书，还有看不尽的北国风光——千里冰封、万里雪飘，只有兴奋，没有疲惫，年轻的屁股不惧硬板凳，从北京到岳阳，一坐就是二十四个小时。

火车到达岳阳火车站，还不到五点钟，天还是黑的。我慢慢往长途汽车站走，磨时间，四五里地走了一个小时，买了一张七点半发车回老家的汽车票。这时天渐渐亮起来，我准备去看看在岳阳工作的舅舅。这时除了小贩和赶汽车、火车的人在街上走外，能够睡觉的还都在睡，我舅舅家属于不必起这么早的家庭，我不便过早地去打扰他们，便找了个蒸包子的小店，不慌不忙吃着包子。我舅舅就住在包子铺对面的岳阳地区文化局院子里。待天更亮些，店铺的门便逐渐打开。一会儿文化局的门也打开了，我背着简单的行李去见我舅舅。

进大门后，我迎面碰到在院子里散步的欧阳世航局长。我认识他，几年前我在剧团做美工时，他作为文化局戏剧工作室的主任，带领各县剧团的美工，去武汉学习过。欧阳局长散步的习惯是拎着那时很时尚的袖珍收音机，边走边半眯着眼睛听广播，那时候去武汉学习，他也是这样天亮起床散步听收音机，他特别关心时政新闻。这时这个空空荡荡的院子里，就只有我们两个人。欧阳局长在树后面看到我后，当即快步朝我走来，同时关了收音机。

他走过来拍着我的肩膀说，是领奖回来了吧。我说您怎么知道的？他拍拍他的收音机说，它告诉我的。《光明日报》也登了你们获奖作家的简介和照片。他问，你这是去你舅舅那里吗？我说是的。他问，你今天不走了吧？我说买了七点半回家的票。他看看他的手表说，今天不走了，不走了。你把包包放在传达室，先去退票，再去看你舅舅。我看着他，一时不知说什么好。他说，文化局要给你开个庆功会，你给大家讲讲颁奖盛况。说着他就转身进了办公楼。后来我知道，他是去打电话，临时决定召开所辖各单位全体干职员工大会。

上午九点，我被邀请到文化局的会议室。会议室正面挂着临时赶制的红色横幅，上面写着欢迎我获奖归来之类的句子。下面坐着一百多名干部职工。掌声响过，接着是让我讲述获奖过程，然后是欧阳世航讲话。

会上欧阳局长给我颁发了两百元钱奖金。1983年的全国优秀短篇小说奖的奖金是三百元。

在我以后几十年的各种奖励和稿费收入中，没有任何一项能够超过这个两百元钱红包的温度。

五

1985年快过年的时候，天下着小雪，北风凛冽，我龟缩在家里烤火。突然下面守传达室的老头喊，问我在不在家。我把脑壳伸到窗外，说在家。老头说宣传部来电话啦，有人要来见你，叫你不要走了。我说好的好的。

1985 年，我住的是机关单位规格较高的房子——像教室一样的通走廊，每层住五户人家，一户有两间房，都经过走廊入户。每层有一个公共厕所，公厕就是一个洞，可以听到粪便飞速下坠直砸底层发出的轰鸣声。没有冲水的水龙头，靠各家早晨端着的尿盆子，将残留粪便冲下去，以示洗干净了。

这天来看我的是岳阳地委宣传部部长余英生。他不认识我，但我们都认识他。那时候地区年年要搞文艺会演，要评奖总结，他给我们作过好几次报告。

我怎么也不会想到会有个这么大的官来看我，在此之前，我还没有和任何一个县级领导握过手呢。一个这么大的领导在这么冷的天气来看我，让我很不自在，不知如何是好，也没有准备点果子。看来余部长还是微服私访，没有让县上领导陪同，顶多让人带个路。余部长不是工农干部，是"文革"前的本科大学生，真正的知识分子。他一口气就点出来了我这几年写的作品标题，一听他是真读了，也是真的懂。

谈了一会后，他问我有什么困难没有？我连说没有没有，说我现在很好，有充足的创作时间。他又说如果有困难，你尽管对我说。我记得几年前，周绪缙局长也对我说过这样的话，于是我从余部长的眼里，也读到了同样的善意和真诚。

这时我想起，我写山区生活的作品，也有了四五年了，有意思的经历也写得差不多了，而每次去岳阳参加创作会议，我都要一个人跑到洞庭湖边上呆坐良久，就看那层层叠叠的波涛，看日出日落时俯伏在湖面上的巨大的红色光柱，看一望无际的芦苇荡，看优哉游哉的帆影……湖中的一切，对于山里人来说都是新鲜的，而一切新鲜的感觉，就是艺术的萌芽和冲动。于是我没假思索就对余部长说，困难倒是没有，要是有机会，我还真是想去洞庭湖走走，写一写与山不一样的东西……

1986年正月初，我应上海文艺出版社之约，去上海修改一个稿子。几天后，我接到我夫人的电话，说她带着女儿，已经在岳阳上班了。

我估计没有任何一个人的工作调动和家人安置，会安排得这么周到这么快。

后来，我在岳阳做了十年没有专业名头的专业作家，走遍了八百里洞庭湖中我想去的地方，用长的短的各种文体，尽情地记录了我感觉中的湖泊。我是不愿意离开洞庭湖的，但还是离开了，去了省会。于文字，这可能是个很大的损失。

2020年

我欠丁玲一笔情

1985年春,我在埋头炮制我的第一部长篇小说《将军和他的家族》。那时候著书欲强,初生牛犊不怕虎,精神也好,因怕人打扰,躲在爱人单位一间没人去的档案室里,每天以几千字的速度宣泄情绪。但写至一半,兴致正浓处,县委宣传部让我急去一趟,言接上级紧急通知,著名作家丁玲已来长沙,要见我。让我尽快赶到蓉园宾馆7号楼。丁玲找我干什么?我想无非是约稿,其时丁玲正在创办一份叫作《中国》的杂志,她亲任主编。新刊的稿源自是难与老刊匹比,凭丁玲的威望,老将出马,让谁给《中国》写,都会积极响应。

我当时不愿去。不想打断长篇写作,而且当时我的稿约甚多,一些大刊的稿约都无法完成,排到《中国》,恐一时难以做到。

但宣传部领导说非去不可。丁玲可是大人物,省里那么重视,事情没办好,他们不好交代。

于是我还是遵命准备去,天亮就去赶早班车,想上午去下午回,要在一天内完成这个任务。天下着雨,很冷。赶到蓉园7号楼丁玲住的套间,还不到十一点钟。

其时的丁玲已是八十多岁的老人了,却无老态,肤色极好,谈吐甚健。她祖上是常德地方的旺族,她的富态自是出之有源。一点也看不出她是在北大荒受过若干磨难的。

丁玲是个性急的人。她说今天若见不着我,便要批评我——她果然是在等我。她没怎么和我谈文学上的事,便开门见山说让我给她的刊物写点东西,长的短的都行。

没谈几分钟,湖南已故作家蒋牧良的女儿——作家蒋子丹和她搞摄影的丈夫林刚一路笑着进来扯着大家照相。蒋牧良和丁玲是同辈的作家,蒋子丹因此可以和丁玲开开玩笑,搂搂抱抱的,老太太于是很开心。

丁玲请我吃中饭。就丁玲和小她十来岁的丈夫陈明以及我三个人共进午餐。丁玲其时享受省部级待遇,我想今天会有一顿好吃的。我坐了好几个钟头的车,天气又冷,早餐又没吃好,早饿得慌呢。蓉园7号楼那高大宽敞的会客室里,竟没有人给大作家丁玲摆一点水果什么的。

中餐令我大失所望。一张小方桌上,只摆了三小碟炒菜,一份汤,一盆米饭和几个小馒头。看看那场面,大概只够我一个人吃的。丁玲和她的丈夫陈明先生,一人拿着个小馒头,很学问地慢慢谈慢慢嚼。我当然是无法放开肚皮吃了,吃个半饱,就放下了筷子。老人吃得慢,得给他们留点饭菜。

丁玲问你就吃好了？我答我吃得快一些。我坐在一旁，和他们陪话，印象最深的是丁玲和我谈起《红楼梦》。她的记忆极好，书中某个场景中谁怎样关门，谁怎样使眼色，哪一段诗词的含意并未引起红学家们的注意等诸如此类的细节，张口就可道来。可见她读书是真正吃进肚里去了，植入骨子缝里去了。

待女作家蒋子丹从家中吃过饭再来陪丁玲时，我就正好与健谈的、思维敏捷的丁玲先生告别了，我惦记着档案房中尚热着的稿纸和钢笔呢。我下午赶上最后一趟客班车回平江。我在车上想一个问题：蒋子丹为何不陪丁玲进餐呢？她是怕在这里吃不饱么？

这次被丁玲召见，尽管打断了长篇写作，但还是有两点收获终生难忘：一是部长级的著名作家请我吃饭没有吃饱（下午我在汽车站又补吃了一碗面条）。二是年已八旬的老先生学养的功底、天才的记忆使我辈感到浅薄和惭愧。

我一直记着该为《中国》写一篇小说。但是拖了较长一段时间才写。待我的稿子寄到时，《中国》已停刊了（或者是办不下去了）。我的那篇为丁玲先生写的稿子，被《中国》一个负责任的编辑转到另外一家刊物发表了。从此，我总觉得我欠了丁玲先生一点什么。不过，她创办的刊物也消失得太快了。

当时我曾想过：德高望重、年逾古稀的老人，应该是写写回忆录，到外面为晚辈们作作报告，讲一讲《红楼梦》和她的《莎菲女士日记》什么的，何必要去创办什么刊物，做如此具体的事情呢？

《中国》停刊后许久，我听人说：那古稀老人不甘退出现实舞台，而想雄心勃勃与人争一个高下，结果是力不从心，事难如愿。

丁玲一生好强，充满激情。她创办的《中国》一刊瞬间消逝，应该看作是她晚年的败笔？还是属于海明威笔下老渔夫桑提亚哥式的胜利呢？我尚难评判。

1998 年

阿来·马尔康

要记住一个地名，最好是去过这个地方，或者是这个地方有朋友。二十年前，一家出版社邀请几位作家赴西藏采风，要求选择不同的路线进藏，然后各自写一本见闻所异的书。我走的是青藏线，阿来从他的家乡出发，走的是川藏线，那时的青藏线好走，川藏线不好走，山体塌方随时可能发生。一个月的采风完成后，在拉萨集中，我们与阿来完美会师。那时作家这个身份，还不能住单间，安排我与阿来住一间房。

我同阿来逛街时，碰到一个帅气的小伙子，是阿来在成都的朋友，做媒体工作，后来在拉萨八角街五世达赖喇嘛修的黄房子里开茶馆，晚上他请阿来和我去那里喝茶，只上了一道小吃——一个篾织的盘子，装了一盘半干的牦牛肉，很讲究地都切成一寸见方大小的肉丁，不加任何佐料，仅泛着诱人的酱红色。阿来同他的朋友以啤酒来伴陪牦牛肉，我不善喝酒，以茶代的酒，慢慢吃，慢慢谈，一晃就到了下半晚。在这个有着美好传奇的小小石楼里，我吃了一顿至今难忘的牛肉，结果是贪吃过量了，晚上睡不着，面对美好的诱惑，人其实是很脆弱的。趁着无法入眠，与阿来谈到了中国作协正在开评茅盾文学奖的话题，阿来的《尘埃落定》是被推荐参评的作品。阿来对获奖不寄希望，说这作品可是被退过稿的。我说只要本届评奖委员会的评委是公正负责任的，就一定会评上。我是在《当代》杂志上读的节选稿，当时我才读两页，就有了往下读的念想。我的阅读习惯不好，很挑剔，特别看好文字的魅力，只有令我兴奋的美妙表述，才能说服我往下读。我不注重作者的名气，也不轻信朋友和媒体对热门书籍的介绍，我会很主观地直奔文字。阿来的文字好，可以逼着我往下读，如何好？三言两语说不清，我凭直觉认定，这是应该获茅奖的料子，一个国家的文学奖，总总还是要有点好东西的。当然，也有不少奖励是雷声大雨点小。

阿来的出生地在四川阿坝，都姓阿，又有过《尘埃落定》场景描述的指引，我是要去现场读读阿坝的。

1989年，《青年文学》杂志社组织我等一行去九寨沟，坐大班车，从成都出发，过都江堰、汶川，在大峡谷里顺着岷江走，泥沙路，一路被尘土裹挟着，一走就是三天，途中要在路边住两晚。在并没有大雨的季节，也会滑坡，硕大的山体，随便就可以卸下一坡石块来，有如一个人挠痒时不经意便会掉下一片头皮屑。回程途中，我们经历了滑坡，一大堆片石堵住了出进的数十辆车，那时候在这种地方往来的，只有大车，没有小车。在这数十里无人烟的荒野,在没有手机也没有挖土机的时代,被堵者只能是通行自救,几百双手往急湍的岷江里扔石块,好在这些看似巍峨的高山,都是石块堆砌起来的,我们才有可能用手来疏通道路。我们扎扎实实地体验了一番"蜀道难"。

阿来出生在阿坝州马尔康市梭磨乡马塘村的梭磨河边,梭磨河是岷江的支流。现在好了,可以躲开滑坡和泥石流的高速公路,已基本修成,但走走停停,从成都开车到阿坝州马尔康,还需五六个小时。从马尔康再去阿来的老家,还需两个多小时。我也是山里人,山里人赶路,一般不问路有多长,问要多长时间才能抵达目的地。有乡言道:"望山跑死马。"说的是可以看到山那面的房子,甚至可以与对面的人对山歌,但要走过去,会要"跑死马"。现在坐车跑山路,用小时来表示行程比较客观。阿来的年轻时代,没有车坐,只能以脚来丈量大地,用天来计算,去一个地方,动辄要走一天或几天,小时的计算方法已不适用。从梭磨乡马塘村走到省会成都,要用十天半月的基数来计算。一个有过寂寞而艰辛的漫长行走经历的人,日后一俟摆弄文字,会是怎样的坚毅和小心?我小时候一年中有十个月打着赤脚在山间行走,我体会到行走的经历与日后的文字成长有关。然我在南方小丘陵间的行走,与阿来相差甚远,但我能够读出阿来文字的坚毅与小心。非坚毅走不出千山万壑,织不出绵实文字。非小心丈不完险峻曲径,一不小心,下笔便是虚空浮浅。

在川西北的崇山峻岭间,视野所见之处,就是绵延不断的高山和奔流急湍的河流,依水而居傍水而行,是所有人的唯一选择,千万年前这样,至今仍旧这样。1989 年我坐在大班车里的颠簸行走,只是透过车窗,远远看过用残缺不齐的天然青色石块砌成的碉楼和民居，我一直想走近这些藏人和羌人的杰作。现在如愿了，我在阿来的家乡，怀着崇仰的心情，朝拜了49米之高的碉楼之王，土司时代的风烟凝存在每一个石头缝里。梭磨河两岸的古民居尚未被城镇化所改造，留下了不少绝妙佳作，品来很是享受。传说中的土司文化与阿坝嘉绒藏地故事，我在阿来的文字和能查到的文献中，读过不少，但毕竟是耳听为虚，而沉淀在石头缝里藏族和羌族人古老的生存与日常，非亲近抚摸，是不可得其美感的。

梭磨河，是一条近四百里长的长河，"梭磨乡"的名称，固定在阿来的出生地，阿来真是幸运。我们南方河流的形成规律，是越流越宽，越流越深。梭磨河不同，除了顺着峡谷弯而弯外，大小宽窄深浅，几乎没有什么变化。她以百分之十的落差，始终急切湍流，始终翻滚着细碎的白浪，始终清澈见底，始终唱着同样的歌。在这里我才真正读懂了"奔腾不息"这个成语。我看到，托起这条河流的不是南方的岩石与泥土，而是层层叠叠的石块，这些石块捞起来，就筑成了人类赖以遮风挡雨繁衍生息的石屋。再回味阿来的文字，似乎也读到了如石块的层层叠叠和梭磨河的奔腾不疲。

马尔康的嘉绒藏羌锅庄和石头屋是要如同梭磨河一样舞蹈下去的，人们也要珍惜本土学子阿来的文字，于是在梭磨河畔立下了一个醒目的牌子，叫：阿来旧居。这块牌子的用处，也就是要告诉这个地方以及外面来的年轻人，有一个叫阿来的写手，很理想地写好了马尔康这个地方，还会告诉试图学写作的人，文学并不奢侈，把一个小小的地方写好了，便是很大的文学。有点可惜的是，阿来的旧居不旧，阿来的书籍和照片，有些委屈地放置在他兄弟盖的一栋仿洋房的屋子里，墙体已不是岁月与沧桑锻造的石块，亦无古藏居的面孔。据说阿来的出生石屋，就在附近的河边，也可能年深月久陈旧失修了，乡人就以为没有了价值。也许，什么时候，"阿来旧居"的牌子，会挂到那里去。

马尔康这个地名的汉译叫作"火苗旺盛的地方"，阿来的文字，挺拔而热烈，有如蓬勃的火苗，故乡成就了他的文字，他是要感谢他的故乡的。

2020 年

陈亚先琐记

第一章

　　陈亚先是个剧作家,爱戏曲的人,都知道他的成名作是京剧《曹操与杨修》。

　　陈亚先的父亲曾经潇洒过一阵子,在伪县政府里谋了个财政局科员的职务,回乡里老家来便威风凛凛地骑着一匹白马,穿长袍马褂摇着扇子哼着戏文在苦耕的农人跟前闲逛。过年乡邻的孩子来家中拜年,他分的压岁钱是光洋,倾囊散出,慷慨得很,顾了面子,空了底子,家无半点积蓄,解放时他这伪职人员是个穷光蛋。

　　陈亚先的母亲是个豪爽刚强饱学的奇女子。乡中有男人死了妻子,她曾为其写过这样的挽联:

夫妻三十年，朝也愁，暮也愁，真把你苦死了；
寿登五八载，男不管，女不管，倒比我快活些。

这奇女子英年早逝，留下的遗言也文采横溢，她在一个夹绣花花样的本子里这样写道——

古曰：红颜命薄。我不红颜命亦如斯。

母逝时亚先才三岁。母逝时父已先去。母亲受不了批斗之苦（丈夫的穷潇洒和与成分不相配的一贫如洗的罪孽都要她承受，她肩膀太弱，无力承受），草草安顿好膝下三个幼子，一索子缚了纤纤细脖赴了黄泉。人们解下她来，一摸还有热息，想要救转来。亚先的外婆竟走出来制止大家，道：不必救了，我这女儿，我晓得她的性情，就是救过来了，也还是要寻短见的。这世界和人们硬是眼睁睁地看着可以救回来的她凄凄地走了。

父爱和母爱的体验在陈亚先的人生经历中不复存在。亚先在讲他的父亲和母亲甚至外婆的故事时，更多的是景仰他们的潇洒、豪爽和刚烈，哀伤的成分从表面读不出来，或者是悠悠岁月将其冲淡了，或者是强咽在肚里不愿流露——这南方大山洼里的历尽艰辛的男人和女人是有这个本事的。父母亲的形象于陈亚先是陌生的，一些故事却伴陪着他，年长月久，自然就要影响他。于是我们从他的成名剧作《曹操与杨修》中，就分明地看出来这种影响：杨修先生的清高、潇洒、饱学、豪爽、忠诚而不精于为己设防等，都是浸淫着亚先的苦命长者以及自己的影子。并非他要下意识在剧中人身上来庸俗地寄托和发泄属于个人的恩怨，然人生态度的潜移默化是无可避免的。人生中对自己有过深刻影响的事物，无疑会使所有作家的笔尖不安宁，陈亚先自然也不例外。

第二章

  陈亚先的母亲离开人世之前，把唯一的一只据说含有点金的手表交给亚先的叔父，请他将金表换成钱米，养育遗孤。叔父家骤增吃口，难以撑持时，便悄悄进城去将金表交与一开药店的亲戚兑钱。然金表此一去便似泥牛入海，亲戚对饥肠辘辘的乡下人说：金表弄丢了！这并非兵荒马乱的年月，精明的药店老板居然会丢金表，怎么没丢掉这只店铺呢？世间一些冷暖贪残的事情，刻入陈亚先脑中的，远不是一宗两宗。于是典籍中奸雄的曹操，在亚先的笔下，又有了新的色彩。一个不知生存艰辛、吃牛奶和白米饭长大的作家，对于作品人物内心深层的挖掘，是很难具备类似亚先这批作家的功夫的。这份功力是聪明才智以及博学都无法达到的，那应是切肤的体验。戏剧因情节所误，因时尚所误，几乎被时代的观众所冷淡，剧作者因是无法冲破戏剧固有的程式或者试图革新也只是限于形式变换的皮毛，已无法把观众再抓到剧场里来了。一个什么戏在省里得奖了，部里得奖了，荣誉加身，但在真正的观赏市场——民众之中，再也激不起一丝微波，不如在一份小小晚报上发表了一篇千字美文的小小散文作者知名。这个错误当然不在于观众，观众绝不会冷落某一个艺术门类。你给予他们多少，他们会公正地回报。陈亚先的《曹操与杨修》的成功，倒是为沉闷的观剧界吹进了一股清鲜的风。他不是局囿于情节的，更不媚人于时尚，他在深挖历史人物的当代意蕴。多少人写曹操，除了"奸"便是"雄"，再也不曾有其他的突破，亚先不是这样，融汇了来自个人人生体验和当代生活的繁复，曹操便活生生地站到当代人面前来了，戏剧于是便走出了僵化和古板、说教和矫情。

亚先写戏像写小说一样写人，像写散文一样写意，编剧退到了舞台形象后面，通常剧作者迫不及待跳到舞台上来"说话"的拙劣举止被亚先巧妙地回避了，这实乃高招。时代的观众，已不能容忍艺术中的任何说教了，他们要参与。

第三章

我是个见了评论家便脸红的乡下人。陈亚先也是乡下人。我们都是山的儿子。这山里人只会做，不会说。作家是写的，评论家是说的，自然分工，我辈也不自卑。人问我：如何评论《曹操与杨修》？我答：是一个很大气的作品。我就只会说"大气"二字，笨拙至极，对不起楼上楼下的文友，亚先辛苦一场，名声大噪，我就赠了淡淡的两个字。我们山里评价一个人或者一件事，往往使"大气"二字为褒，使"小气"二字为贬。说那人小气，便生厌恶。说大气，陡生敬意。《曹操与杨修》，以两人名姓为题，以两人纠葛串戏，干净利索，毫无花哨之处为大气；战争风云、刀光剑影、生死攸关寄于几处人物碰撞的小小细节处，材料挑选和裁剪的精到，为大气；唱词和白口，充满才气又不迂腐且机智幽默哲理双关随时呈现，不守旧不拘泥将传统与当代思潮有机融洽，为大气；又将一个戏剧的结构往散文诗式的结构上大胆地靠，给人耳目一新的享受，更是大气。关于此剧，评论家评过许多，不赘。这仅仅是我匆促中的感觉，作家总是凭感觉运动文字，不能说不糟糕。

作品的大气与人品的大气是绝对成正比的。世上没有一个小气的作家可以写成大气的作品。古人言：文如其人。有道理的。我与亚先住一栋屋，熟了六七年。我也举不出他大气的极有说服力的事例来，只觉得和他打交道，你不必要设防。他处世坦荡，不计小节，常有好的心境。亚先自卑感很浓，那是多年精神压抑，道路坎坷所至。很多年前，一家数口挤住在京广线铁轨旁的一个潮湿的小屋子里，惊天动地轰鸣与柔和的梦为伴数载，春夏雨季，南方的地皮反潮，一屋的湿。他认了这命，觉得这待遇与他配套，心安理得苦苦地往下过；后来给调了房，仍住底层，四处是高层建筑，屋里大白天要开灯方能行走，高楼上的人们常将洗脚水、水果皮甚至月经带什么的扔到他们门前、晒台上来。而且春夏时节依样一屋湿。因是宽敞了三、两平方米，又躲开了钢铁长龙的不懈袭击，竟有些洋洋自得，把日子看得很灿烂；又后来他所供职的戏工室盖了五层高的新楼，他可以分到四室一厅的单元房，但分房时，自卑了几十年而有了不小成就的陈亚先，主动报名说他愿住一楼和五楼，不敢奢谈二、三、四楼，生怕没有他的份样的猴急，像他小时候挨饿时筷子动在碗里眼睛看在饭锅里一样贪婪。他果然就住在一楼。春夏雨季，一楼还是湿。

现在陈亚先不再低头哈腰走路了。就像地方上提拔当了副处级以上干部就该分住三房一厅一样，要改善一下陈亚先的生活条件大概也是应该的。昂首挺胸了以后的陈亚先，有时候不免也来几句牢骚，也有点为外面以优裕条件诱惑他去而动心，但是除在烦闷时当闲话说说，也就不怎么放在心上。小人一俟得志，得志便狂这种操行在陈亚先身上是一丁点也寻不着的。他还是以往那个样子。再不挺起胸来，实在愧对列祖列宗、乡亲父老。苦苦磨炼以汗血换取了荣誉而又并不看重荣誉更不以荣誉要挟社会和政府，不因荣誉而忘乎所以，为大气！

陈亚先从当知青起就迷恋文字，常写些快板、对口词、小戏什么的让农村宣传队去演了去上面会演换回来些奖状。那时候他所居住的岳阳县渭洞区的山民便尊称他"亚夫子"。夫子者，文人也。他现在的爱人——那时候志高气爽、才学品位不凡的长沙知青就毫不犹豫地拎只箱子来和他这落魄潦倒的穷光蛋结了秦晋。这边结了婚，那边岳母娘还没同意，女儿回长沙时便将其扣留不准再回狗不拉屎的穷地方。陈亚先当然送不起足以打动岳母心肠的礼物，甚至请说客的饭菜都筹措不起。就清清淡淡白纸黑字向岳母娘写了封信索老婆。穷汉只有穷办法。碰得巧，女好娘不弱，岳母娘有文化，知深浅，读毕亚先的信大为感动，料定这人终有出头之日，便当即高高兴兴携女揣钱寻到乡下来，为亚先补操了婚事。热不热闹，我不晓得，意义却是非凡的。

陈亚先从那时候起一直往下写。后来在县文化馆写戏时一边又写小说。小说也发了不少。小说没有在这个时候引起各方面的大的关注，冷不丁在戏剧界放了一重炮。《曹操与杨修》得奖后，他十分平静地向我说，他想写小说的"贼"心不死。还写几个戏后，亦想主攻一阵子小说，不甘心在小说方面默默无闻。他从不间断加强文学方面的修养，有好小说必读必研。任何一个门类的真正的艺术家，他的艺术修养都应该是极其丰富的。一个不听音乐不看戏的作家要想成为大手笔那是天方夜谭。反之一个写戏的品不出文学作品的味来也只能顶多是混口饭吃。陈亚先热恋文学；喜欢题诗作对，沿袭其母所好；书法亦很有功力，有言道：字怕上壁，他的字就常常上壁。亚先意识明白地在积累各艺术门类的精华，获得较大的成功后仍小心翼翼地在艺术之路上探索，是为大气！

第四章

有本关于手相学方面的书里写道：手指修长者一般是艺术型和感情型的人。我看了陈亚先的手相，他是十指修长者，后得知他的一些经历，便觉得那个通俗本子里的说法竟也有些道理。

陈亚先抽过滤嘴香烟和穿西服打领带，是近两年的事，家境清贫，一点工资和微薄稿酬要糊五张嘴，这是我辈持有独生子女证者不敢想象的。亚先家有一张四方小吃饭桌，据我看，至少用了十把年，式样之老疤痕之多与他那一级编剧的头衔实不般配。且他还常恋恋不舍地拿些钉子为其苟喘残延增寿。我是多次提出要他们更新的。直到最近有他的友人看了过意不去，从乡下弄了张小竹桌来才让其退休，那老朽是否抛弃，不得而知。那现在为人母为人妻了的长沙知青，贤惠和节俭自是不必说的。倘是缺钱少米而使陈亚先坐立不安，作品如何流出？据我所知陈亚先是从不下厨、不打湿手搓衣的"正宗"文人。这并非亚先之过错，反而是内助的过错。

陈亚先作为五口之家长，当然想赚些钱来把老婆的腰包撑肥实些。现在大家都讲赚钱，焉有文人无动于衷的道理？他有些朋友便竭力成全他，为其拉线出力。好几次真也有点眉目了，却总是阴差阳错。后来亚先就不再去闯那陌生门户。一个不会做饭洗衣、丢三忘四、连钞票都数不清、满脑子之乎也者、动辄感情用事、一丝毫也不晓得算计别个更不晓得为自己设防的一介文人，怎么做得生意赚得钱？何况戴着近视眼镜走南闯北赶夜路也极不方便。现在亚先回忆几年前的那些经历，感到好笑，于是也就不嫌弃那张暴发户绝对看不起的有些年纪的小桌子了。艺术型的人，还是干艺术好，他认定了这条路，于是一些新的佳构又频频推出。看来一个人要认识自己也是不容易的。

　　城里人看不起的这张小桌子，如今的渭洞乡下人，却是很器重它的。大作家还使这种桌子，这不简单。大作家还常邀请他们在这桌上吃饭，更不简单。陈亚先离开故土有多年了，但与乡党的密切联系，从没割断过。他的客厅里，常坐着带有故乡尘土的乡下客。乡下有什么新闻，他全知道。人们晓得他会写，什么都来请他写。写得最多的是状纸。亚先自嘲自己是"讼棍"。倒也为乡人打赢了不少官司。问题是乡党找上门来要他去批化肥和弄柴油他就束手无策了。那是要手中有权的哩，亚夫子手里只有笔。亚先只好请这些来弄化肥、柴油的乡党吃饭吃酒。生活不富裕，粗茶淡饭还是够吃的。长沙知青也不嫌岳阳乡下人，一律热情款待。在戏剧界在文艺界，陈亚先现在名声不小。而在渭洞乡下那些根本不搞文学的农人心中，声望一样极高。人们把他的位置排在近代史上该地方走出去的名人中的头把交椅上。农人器重他的才学，更器重他的人品。才学有多深？不明白，而才学高还一如既往看重百姓，就了不起。我以为就"名望"而论，陈亚先恐怕更看重那来自泥土的纯朴而不夹杂丝毫其他成分的爱戴和信任。

　　现在创作界不是高喊作家艺术家要贴近生活贴近人民么？陈亚先没有喊过，也没有写过这方面的文章，却这样做了。这样做对创作是有好处的。关于"英雄与人民"这样的主题的深沉思考，他便极高妙地投入《曹操与杨修》一剧的整体格调中去了，因而导致产生了主题的多义和多层次的充满智慧的升华。作家艺术家是感情型的，应该充满着人类共有的高尚情感。这个题目在一些人看来是可笑的。但当你感到你的艺术格调无法再高升一层时，你就会感觉到她的重要。人呢？就是极红的时候，也需记住：你依旧是吃五谷的。这样来看问题，大家就无话了，一心干各人的活。

第五章

陈亚先的家里没有书架。以为作家就一定藏书多，这是一个错误。一是他拿不出钱来买书。一个戏打响了，到处演，不知多少人于这戏中得了利又捞了职称，然亚先得益甚浅。他常乐观地对我说，按什么规定要进一笔什么钱，后来落实，都没进得来，阴差阳错，总是阴差阳错。从面相上看，他的财帛宫不丰满。难道命中注定了他只奉献而少银子？

家无藏书，并不影响陈亚先饱学。他看人家的书，看图书馆的书。几乎可以说他是过目不忘，他常将某戏里的好唱词一串串念出来。很多东西若干年后还能背诵。这份天生的记忆力，令我等望尘莫及——他的书库在脑子里。我等装模作样码一屋书，又有何用？

我还要公开透露的是：陈亚先列不进勤奋作家一类。睡眠极佳，身子打横即入梦。头晚睡去，不叫不喊第二天中午才醒得过来。人们谈起作家，便自觉不自觉地与失眠挂上钩来，这你又错了。陈亚先的睡眠雷打不醒。陈亚先还有聊天癖。和我楼上的剧作家吴傲君先生,坐下来可以聊一个通晚。太晚了,买不到香烟,俩人袋里的又抽完了,便去地板上寻丢掉的烟屁股继续点着抽。又抽完了,便闻海绵蒂过瘾,聊天却还是要继续的。亚先不但和文人聊天,还和形形色色的人聊天,"狐朋狗党",令正人君子不可想象的友人极多。聊天占去了他的很多时间。再就是打牌。有人邀,就去。说打通宵,就打通宵,热忱奉陪。真正用于写作的时间,我发现不多。我说他:要是你勤奋些,会了不得。他也想勤奋些,终是不能像人们要求他的那样勤奋起来。后来我又改变看法:陈亚先便是陈亚先。有人的作品是"勤奋"干出来的。亚先使的另外一种手段,说不定他在睡觉的时候聊天的时候打牌的时候就已经在酝酿作品。各师各教,猴子打拳,各有千秋。大千世界,无奇不有,陈亚先创作的轻松散淡,也算得一怪。

第六章

《曹操与杨修》剧组去俄国演出时,对方特地还请去了作者。在圣彼得堡高尔基剧院演出时,剧院的管理者因是酷爱此剧,郑重其事地请陈亚先和该剧导演在一处很神圣的版壁上签名留念。这是继巴尔扎克、布莱希特、奥斯特洛夫斯基之后的留名者。我从不以为外国人怎么说便怎样的了不起,但俄国文化根基之深厚扎实是中国学者不得不重视的,因而切切不可低估了人家的眼力。

1991 年

《金瓶梅》作者考

《金瓶梅》的作者兰陵笑笑生应为何方人氏，至今仍是史学界的一大谜团。大凡考证一个人，先是要有档案，这没有，兰陵笑笑生显然是个笔名。真名为何？生于何处？无确凿记载。次是有笑笑生之同代人或晚辈的回忆文字存真亦可算证词，我想也无，不然也就无争议了。再是可根据《金瓶梅》所描述的地方来考证，倘依此类推，笑笑生应是山东人氏。但古来南人写北国，北人描南疆之事比比皆是，周立波是湘人，既写湘味的《山乡巨变》，又著北韵的《暴风骤雨》，看来凭此推断笑笑生为山东人氏仍显证据不足。

我草读《金瓶梅》时，产生过一种与那数百年前的文学大师似有"熟悉"的感觉。后再读明万历丁巳刻本《金瓶梅词话》，那"熟悉"的程度竟更添一等。这种"熟悉"，好似是听一个故乡的老者以地道的乡音在叙述一个遥远的发生在山东地方的故事，也就是说，我在《金瓶梅》中读到了特殊的乡音。

平江是一个很典型的语音地域。这个地处湘、鄂、赣三省交界处的山区县，不受任何一种语系规范。这个县份内交流的语言，邻近的数县都难以听懂。凡此县出外谋生者（哪怕走出县境五十里），若不改变口音，便无法与外人交流，很多口语和方言，无典可查，要解释它们，除非是土生土长的学子莫属。有许多学者对平江独特的语言现象试图作些研究，终因深入不进去而无所建树。

平江县旧制中分作东、南、西、北四乡。东乡包括了县城，是全县的中心区域。四乡语言各有差异，南乡、西乡、北乡由于毗邻周围各县，发音多少要受到些外部影响。唯东乡语言，算是"县语"之正宗。

我出生于平江东乡，熟悉种种与外界文化有别的部分。我初读《金瓶梅》时，便为书中一些几乎只有平江东乡百姓口头使用的俗语俗词的屡屡出现而暗觉吃惊。这是我在读其他许多古典文学名著和现代佳构中从没有过的熟悉感。又读、再读，便坚定了这"熟悉"的感觉，便产生了要为作者兰陵笑笑生的出生处做一个注脚的想法——如果一个作家在他的作品中，注入了与生俱来的又是外人无法模仿和使用的地域文化中最生僻的甚至找不到解释依据的部分，我想这也就是对他的身份最确切的证明，也是最内在的证明，而其他一切皆为次。

至此，我于书中（明万历丁巳刻本）精选出一些只在平江东乡读来一目了然，而在外人看来半知半解或知其意不得其解或索性不懂的词语来，逐一对照解释。也许有些词语在其他地域同样使用，这不为怪，但能够如此集中地反映平江东乡的习俗却不能被任何一个其他地方所全部解释，这便具备了些"特殊"意义：

第一回（引用原文，下同）：

①"妇人慌忙起来，与他烧汤净面，武松梳洗裹帻，出门去县里画卯……"

"净面"，即洗脸。"画卯"，报到的意思。

平江的日常用语多是称"洗面"，倘家里来了贵宾，便要客气地请宾客"净面"，或曰"净手""净脚"。机关里上班、原农村生产队开会，不大想去又必须去应付，平江人这般说："唉，去画个卯来。""画"是签名的意思。"卯"是一个时辰。卯时正是旧时上班签到的时候。

②"那妇人连叫道叔叔：却怎生这般计较，自家骨肉，又不服事了别人……"

"服事"为护理、服务之意。

平江人病了、老了，便由子女或亲属来"服事"。"服事"得好要被乡党赞扬有孝心。

③"武松道：一发等哥来家，吃也不迟。"

"一发"，平江人把"一起""一道""一并"都一律叫作"一发"。

第二回：

①"那妇人做出许多乔张致来。"

"张致"，古怪、装模作样、酸溜溜的意思。

"张致"一词在书中频频出现，形容人之不合众、难通融，不洒脱，平江人称这种做派为"张致"。这个词，可说是书中最为生僻的，外地恐没有类似的说法。从"张致"字义上，无法与"古怪"的含义联系起来。我猜兰陵笑笑生是随便拈了两个同音字，合了乡人的发音而没有推敲依据和来源。

平江人爱种植生姜，姜的形状是不规范的，形似手指一般，凸头凹脑，兰陵笑笑生倘用"姜指"二字会比"张致"来形容怪异之人，可能更形象一些。

② "西门庆道：干娘，你既是撮合山，也与我做头媒，说道好亲事。"

"亲事"，婚姻，婚宴。

平江人称结婚、嫁女一律为"做亲事"。配偶双方家庭互称"亲家"。两家人有子女结合叫"开亲"。

③ "这婆子正开门，在茶局子里整理茶锅，张见西门庆，踅过几遍……"

"张见"，看见，看到。

平江人往往喜把看说成"张"。如盼望一个客人来，便吩咐小孩："到外面去张一下。"小孩子回家来报告："没张见。"有时把听也叫"张"，如没听清对方的话，便道："你再讲一遍，刚才我没有张见。"张，张开，放开，如网，张开了方可捕捉。

④ "那一日，卖了杯泡茶，直到如今不发市。"

"发市"，生意兴隆，开张大吉。

平江人用"发市""不发市"来形容生意之好坏。发即兴，市为市场。有时候，议论人也用此词："这个人，将来会发市的，不要小看他。"

第三回：

①"他若由我找上门，不焦唣时，这光景便有了九分。"

"焦唣"，烦闷，不高兴，气愤。

平江人爱把以上不愉快的情绪统称为"焦唣"。

②"王婆安排些酒食请他，又下了一斤面，与那妇人吃，再缝一歇，将次晚来，收拾了生活，自归家去。"

"一歇"，指时间，半个半日的样子，亦可为一阵子，一会儿。

平江乡下人把一日两昼的田土工夫分为四歇。半上午和半下午各休息一次，叫作"歇缓"。通常言"再干一歇"，就是再干半个半日或一阵子才休息的意思。

第六回：

①"阴阳也来了半日，老九如何这咱才来。"

"阴阳"，即风水先生。

平江习俗，很重视丧事，亦讲究看风水。称风水先生为"阴阳先生"。如要择地迁坟，便道："去请个阴阳来，看块地。"

②"何九道：便是有些小事，绊住了脚，来迟了一步。"

"绊"，拖累，缠，耽搁之意。

平江方言念"绊"为 Pàn。赴宴迟到了，要寻个理由，说被什么事情"绊"住了脚。妇女埋怨孩子拖累而少了自由，总是说被孩子"拖绊"了。形容人干事不干脆，谓之"拖拖绊绊"。

第八回：

"玳安慌了，便道六姨：你原来这等量窄，我故便不对你说……"

"量窄",指肚量小,亦指气量小,难容食物,难容人和事。

平江人指责心胸不开阔者为"此人量窄"。在酒席上,喝酒人言自己不胜酒力时道:"量窄量窄。"以自谦为挡箭牌。量,容量。窄,细小。平江人使用该词不分褒贬场合。

第十四回:

① "大娘请来陪你花二娘吃酒哩。"

此场合,"吃"应为"喝"。

平江口语中将需进口吞咽的东西几乎都叫作"吃"——吃酒、吃饭、吃茶、吃烟……"吃"的发音为 qià。

② "二娘,怎的冷清清坐着,用了些酒儿不曾。"

"用",也是吃喝之意。

乡邻及家人间对话言"吃",而家中来了宾客,以示客套,便要将"吃"改为"用"——请客人用酒、用茶、用饭……使"用"比言"吃",好像要文雅些。

③ "孟玉楼道,二娘好执古,俺众人就没有些分上儿。"

"执古",释为固执。

典型的平江乡中用语。执,执拗。古,古板,古气,没活力。他们这般评价人:"这个老家伙,太执古了。"

第十五回:

"桂姐上来,与两个圆社踢,一个抓头一个对仗,勾踢拐打之间,无不假喝彩奉承。就有些不到处,都快取过去了。"

"不到处",不理想,有漏洞,事情没有办好的意思。

平江人这样对话:

"事情办得圆满吗？"

"不到处。"

"戏唱得好看吗？"

"不到处。"

"这个人为人怎么样？"

"不到处。"

到处，是目的。不到处，即没有达到理想目的。

第二十回：

①"你改日安排一席酒儿，央及央及大姐姐，教他两个老公婆笑开了罢。"

"老公婆"，即一对老夫妻。

平江人称夫妻俩作"俩公婆"，燕尔新婚者也被称作"俩公婆"。年岁大些者，便叫"老公婆"了。

②"西门庆一连在李瓶儿房里歇了数夜，别人都罢了，只是潘金莲恼的要不的。"

"歇"，休息。在此应为住或睡之解。

平江人把休息和睡都统称为"歇"。

"太累了，歇一歇吧。"

"你昨晚在哪里歇？"。

"在旅社里歇。"

"要不的"，语气词，表强调。《金瓶梅》中，很多地方使用这个词，如："恼的要不的""喜的要不的""急的要不的""慌的要不的""气的要不的"……这亦是平江人惯常使用的词。除如前一般使用外，还用于指责和批评他人："你呀，这样做就要不的。""要"和"不",反义字,却捏在一起使用,无法解释,却又为乡人普遍使用。

第二十六回:

①"若教贼奴才淫妇,与西门庆做了第七个老婆,我不是喇嘴说,就把潘字吊过来哩。"

平江人赌咒发誓的一种方式。乡人把姓看得很重,若是说把姓"吊过来""跟你姓",那就是赌的很重的咒了。《金瓶梅》二十六回潘金莲说要把"潘"姓吊过来,即是以姓作赌注来肯定某件事情办不成。

②"那日小的听见玳安跟了爹马来家,在夹道内,嫂子问他,他走了口……"

"走了口",泄密,失言。

平江人除将失言称是"走了口"外,还言公物被个人侵占为"走了路";处男没结婚就有了性关系叫作"走了硝";腊肉放久了是"走了油",等等。

第二十八回:

"秋菊拿着鞋,就往外走,被妇人又叫了回来,分付取刀来等我把淫妇剁做几截子,掠到毛司里去……"

"掠",丢,抛,甩之意。平江人念"掠"为 liào。"这堆草挡了路,掠开些好不好?""你这个伢子,还哭,我把你掠到河里去喂鱼。"

"毛司",为厕所,茅坑。"毛司"一词是平江东乡惯常使用的词。笑笑生大概也是为合其乡音而随便凑了两个字。"毛司"

二字，从字义上，实在说不出来能与厕所挂上钩来。但一言"毛司"，平江人便知道指的什么。

第四十三回：

"夏提刑见了，致谢昨房下厚扰之意，西门庆道：日昨甚是简慢，恕罪恕罪。"

"简慢"，怠慢，对不起，招待不周。"恕罪"，请原谅。

平江人送客出门要谦卑地说："简慢了。"简，简单了，没吃好。慢，有所耽搁，怠慢了，欠热情周到。再言"恕罪恕罪"则更谦卑了。恕，饶恕，罪，则把招待不恭检讨为"罪"了。平江地方，封闭滞塞之地，却极是看重人情，好客之风古今有名，因而创造出来这等客套的用语来。

第四十九回：

"学生初临此地，尚未尽情，不当取扰。"

"取扰"，打搅、麻烦之意。

平江人出外做客，辞别主人时必这样说："取扰了，取扰了"。有朋友来请他去做客，要恭让一番："不敢取扰不敢取扰。"受人礼物时要做推辞状："不当取扰不当取扰。"

第五十三回：

"一总弹准四百八十两，走出来，对应伯爵道：银子只凑四百八十两。"

"一总"，一共，一起，总共。

平江人对加法的总和均称作"一总"。

第五十四回：

"西门庆道：里面可曾收拾？你进去话声，掌灯出来，照进去。玳安进到房里去，话了一声，就掌灯出来回报。"

"话声"，"话了一声"，告诉、通知、说一句之意。

平江人"说"字用"话"字来代替。"说话"叫作"话事"，"说法"便成了"话法"。"说长道短"的成语被改为"话长话短"。交代孩子："我要你给老师话的事，话了没有？"批评人："好要你话的，你不话，不要你话的，你就放肆话。"有点私事要耽误开会，这样委托同事请假："给我话一声，等一下就来。"向主子献忠诚时说："只要你老人家话一声，小的在死不惜。"

第六十三回：

"委付韩伙计管帐，贲四与来兴儿专管大小买办，兼管外厨房。"

"买办"，采购员。

平江人每办大规模的酒宴，要先组合一个办事的班子，"买办"则是主要成员之一。

第七十二回：

① "爹动意恼小的不打紧，同行中人，越发欺负小的。"

"越发"，更加、尤其。

若某人言病急，平江人这样说："看来他的病是越发厉害了。"若言姑娘美丽："穿上这块衣，越发好看了。"

越，超越，发，发展，这是个极妙的词。

② "西门庆道：你去干了事，晚间来坐坐，与你三娘胎上

寿，磕个头儿，也是你的孝顺。伯爵道：这个已定来，还教房下送人情来。"

"人情"，即礼物。

平江人称赠送礼品叫"送人情"。收了人家礼物，再去还礼叫作"还人情"，欠了礼没还一直耿耿于怀，便叫"欠了人情"。平江习俗中，很喜欢互送礼物，于是创造了这样的戏语："人情是把锯，你来他去。"

第七十七回：

"这些大官儿，常在他屋里坐的，打平和儿吃酒。"

"打平和"，大家凑份子买酒食吃。

"打平和"是平江民间喜爱的一项活动，自古至今盛行。有时男人们闲坐聊天，便号召"打平和"，各人凑点钱，统一买了酒肉果品，大家坐一起摩拳擦掌吃喝取乐。

第七十八回：

"金莲道：我是不惹他，他的银子，都有数儿，只教我买东西，没教我打发轿子钱。坐了一回，大眼看小眼，外边抬轿子的，催着要去，玉楼见不是事，向袖子拿出一钱银子，来打发抬轿的去了。"

"不是事"，不像话之意。

老人批评青年人："打打闹闹的，不是事。"劝夫妻打架的："伢子都那么大了，俩公婆还这样闹，不是事。"催人："开会的都到齐了，你还在磨磨蹭蹭，不是事。"

第八十六回：

"月娘便拦说：他不是材料，休要理他。"

"不是材料",指人没用、废物、草包、窝囊货。

平江人指责那浪荡子弟:"不是正经材料。"夸会读书的学子:"这孩子是个读书的材料。"材料,一般是指乡中做屋的砖、瓦、门、窗等建筑材料。材料要上乘,才可盖出好房来。乡党把人之优劣以物质材料来比拟。

…………

除此之外,《金瓶梅》中一些显著的民俗场景里,尽可见平江习俗中特有的相同处:

死了人,通常有向遗体告别的项目,平江习俗与《金瓶梅》中一样称作"吊孝"。

书中"烧神纸"一节,外人叫作烧纸钱,平江人叫作烧神纸。乡中习俗,人死到了阴府,需钱用,便要为其"烧神纸"。

书中有死者"满五七"一说,人去后五七三十五天即为"五七"。平江习俗中很讲究满"五七",亡者满了"五七",才算是真正离开了阳世。还有"绕灵拜忏"、请"礼生"(非和尚道士的乡中里手)、"喊礼"等场景,恐仅是平江祭事中才特有的。

尤是书中称棺材为"板",且又细分为"生板""熟板"。与平江人的说法一致。平江人丢了钱物,骂那做贼的:"拿了去买板。"这是很恶毒的咒骂了。

《金瓶梅》中出场的一些土特产,也明显看出作者对平江的熟悉:

第三回中写道:"便是一片橘皮吃,切莫忘了洞庭湖。"

流经平江县境的汨罗江,只百十里便流进了洞庭湖,兰陵笑笑生不经意就写了南国才有的"橘子"和他熟悉的"洞庭湖"，而疏忽了在山东那块背景下是不该出手这个比喻的。

在第二十七回中，出现了西门庆养的"红花紫草、蜜蜡香茶"的伙计。

这又是笑笑生的一个小小的失误。"红花紫草"是平江地方种田常用的肥田草，山里常有人去外面贩草子种进山来。蜂蜜和茶叶，是平江特产，山里地阔，好养蜂、好种茶。养蜂少不了蜜蜡，也出产蜜蜡，这促成了买和卖。盛产香茶，就更不必说了。但这些，都不是小说背景中"山东清河县"地方的特产。

第四回：笑笑生描写王婆在门首"绩苎苎线"为西门庆和潘金莲在屋内亲热望风。

这应又算是著者的一处"破绽"了。平江是产苎麻的地方。在不发达的农业社会里，平江人自产苎麻自绩线织蚊帐，织布做麻料的裤褂。直到20世纪60年代，阴雨天气，傍晚时分，乡中家家户户的妇女还都坐在门首或土院里绩麻线，一家穿戴尽在手指上。山东地方，不产苎麻，亦无此习俗的。

书中还可列举出许多独特用语和描述风情的"无意"处来。

尽管笑笑生是在努力把握山东地方的人情、风貌、习俗的准确以合该书的环境，但因自小深受故乡浓郁的文化熏染，往往无法摆脱自己的生活影子，一些习惯口语不知不觉便流了出来，故而露出些"破绽"和乡音来，也就不奇怪了。

因此我想依上述例子、依作家刻骨铭心的地域文化影响以至有意无意的流露，来证明兰陵笑笑生降生于平江东乡并生活过较长时期，应是具有说服力的。况平江山地，自古至今，特别看重耕读，文人墨客、著书立说者历代不断，随便翻开县志便可见此类英杰。又兼比较稳定的山地文化，是足以培养出兰陵笑笑生这样的人物来的。

1993 年

· 草读贝加尔 ·

· 陌地花丛 ·

· 日本国纪行 ·

· 马来西亚 ·

· 美国点滴 ·

· 澳洲一瞥 ·

· 仰望高原 ·   · 贡嘎的颜色 ·

· 藏獒 ·

· "大篷车"行记 ·

草读贝加尔

最初接触地理课,便知中国有两大著名湖泊:洞庭湖和鄱阳湖。自小就极是向往。后果有机会一睹其壮阔景观,十分的振奋,觉得天下湖泊的壮美,大致也不过如此了。

然而这个结论却为时过早。

1991年5月,北京—莫斯科的国际列车挟着融融春风,把我们拉到一处一边是茫无边际的白桦林和松树林、一边是碧清透明的绵延不断的水域的如画风景中,这用电不烧煤的跑得飞快的火车,竟一口气沿着这水域,整整跑了半天,才见尽头。这是多大的一个湖泊?我十分惊讶。而我居住的洞庭湖畔,列车打湖边经过,一眨眼工夫便被尽抛脑后。

这令人为之惊讶的湖泊叫贝加尔湖。就我的阅历而言,我没法不惊讶——这贝加尔湖竟有8个洞庭湖大呢！

　　在湖边一幢别致的建筑物内，陈列着贝加尔湖内的各种生物标本，用制作精巧的图表和雕塑详实地记载着贝加尔的地貌、生态原生和发展的历史。当地人用最精致和概括的手段让陌生人一下子便看清了贝加尔的基本面目，俨然一个人的一帧小照片——这是苏联科学院东西伯利亚贝加尔湖博物馆。站在典雅豪华的博物馆里，我突然想我们的洞庭湖要是也拥有一个博物馆，多好呵——尽管洞庭湖比贝加尔小，但仍有她不朽的伟大。

　　一个中年女讲解员用她那甜润而亲切的语调，充满感情地讲她的贝加尔。我感觉她是在讲她伟大母亲的故事、讲她宝贝儿子的故事。她讲贝加尔时把自己整个融进了贝加尔。她亦想听众被她的爱心打动而在看完博物馆后就深深地被贝加尔所吸引乃至终生爱慕不渝。

　　在贝加尔附近的伊尔库茨克州大学一个矿石博物馆里，珍藏着上千种贝加尔湖区的矿石，这仅仅是近百年来热恋贝加尔的科学家们取得的成果的一个方面。人们在欣赏贝加尔的美丽风光、引此天之宠物为自豪时，同时不放弃对于她的了解和利用。在这两个博物馆里，都有各个时期杰出学者的铜雕或汉白玉雕像矗立，供今日受贝加尔恩赐的后人景仰，激发后人对贝加尔的进一步探索、发现和热爱。任何一个人在这些雕像面前都会肃然起敬的。

　　伊尔库茨克州和贝加尔湖出口附近的城市旅馆里，不曾准备热水瓶，旅者口渴了，可以直接饮用水龙头里来自贝加尔的天然湖水。这是一个没有污染的纯净的湖泊，水的纯净度为95%以上，难以置信的是在40余米深处湖水仍十分清澈，游弋之鱼和湖底卵石清晰可辨。每年有5个月的冰冻期，这可以杀死不少细菌。重要的是在偌大一个湖泊周围，只居住着两万余人，且绝对禁止在湖泊周围修建工厂。这些便是保持湖泊终年碧清纯净的主要因素。

我们在寂静的湖边散步，呼吸着纯净的空气，不曾见岸边有任何空罐头瓶、饮料废包装以及纸屑、粪便等我们昔日常见的旅行"馈赠"。那里的人告诉我们：贝加尔还是个生物的自然清理场，一俟有不幸牺牲的鱼虾尸体漂浮上来，即刻有苍鹰和小鸟抢食，互相依存互相制约的生态环境得到良好保护。苍鹰，雄健的空中强者，我已是几十年不曾看见它在空中盘旋了。

贝加尔湖上，极少有运输船和捕鱼船。船的油气和噪音当然是有害贝加尔健康肌体的。该湖拥有 10 万只贝加尔海豹，一只海豹一日要吃 7 公斤鱼。若人也去湖里抢一份吃的，海豹就无法生存了。当我想起我们洞庭湖上的勇敢勤劳又足智多谋的弄鱼人将摇篮里的鱼花子都捕捞上来变成盘中美食，不由得不羡慕贝加尔水族的安宁。

辽阔而平静的蓝色水面上，5 月的冰块在缓慢移游，白色的和黑色的鸟在水面上空展翅。不见帆影，不闻渔歌。远处峰峦白雪皑皑，近外森林草地青翠葱郁。我们几位旅者孤单地在沙岸边阳光下，由陪同的友人指点着往水里扔铜质戈比，说是一种吉祥的征兆。戈比在透明的晶液中摇曳下沉，阳光洗着，闪着七彩光芒，温馨即刻灌注全身。这时不由得要联想起传说中的古人苏武老先生流放在此湖边牧羊的故事来，那刻他有我等的欢娱吗？据说那时贝加尔还是我国的版图。我想真要是现在还是，她会变成什么样子？

1991 年

陌地花丛

排队妇女与被尊重的滑稽

在俄罗斯的食品店和购物中心前,常可见列列长队,这种现象大概维持了很长一个时期。排队购物的,绝大多数是家庭主妇,少见男人。这些大多丰腴乃至肥胖的主妇们,并不因长长的队伍而焦急愤懑,大概这已成为她们日常生活中的无可逃避的现实内容。在俄国,妇女承担着很沉重的生活负担,她们除和男人一样求学、工作外,几乎要挑起所有家庭重担。我们所见的在街上行走的女人,无不是步履匆匆,人人像是去办什么紧急的事情或者是不慎掉了钱包要踅回去寻找,这与我们国度里悠闲的行者是绝不相同的。她们忙什么呢?其中有一个重要原因恐怕是除工作外还有一堆家务活在等着她们。我们所见到的俄国男人，在家务中基本上是笨手拙脚的，当我去俄国友人家中做客，而稍露一手中国男人普遍具备的厨下功夫时，俄国男人无不面露惊讶和钦佩之色。

另一方面，在公众场合，女人却普遍受到尊重。设若某辆车上有女性在，上或下，那是都要让女士先走一步的。停车即有一名男士先下车来，侧立车旁，殷勤地伸出一只手，牵接每一位下车的女士。

俄罗斯室内外的温差很大，室内几乎终年有暖气，因此进出门，人们都要脱穿风衣，门后都备有衣柜。凡女士脱穿风衣时，必将有男士上前为其接衣挂衣，出门则主动为其取衣。在办公室里，女秘书颤颤地要看长官的脸色行事，但这种时候，在无其他男人在场时，长官也要为女秘书服务。

女人承受生活的重荷，男人满足女人的虚荣，一切行进得很自然，约定俗成。于是便生出些许滑稽来。

甜蜜的吻里未曾不夹杂辛酸

初到圣彼得堡的这晚，我们都已熄灯就寝，突然有轻微而执着的敲门声响起。不得已又披衣起床开门。门外站着三个年轻俏丽的俄国女郎，浓妆艳抹，香味扑鼻，她们一边礼貌地说着"对不起"，一边不由分说地挤进屋来。这使我们有点慌乱，忙叫来翻译，方知她们是来找我们求购东西。

"中国"这个名字，此时对于爱美的俄国女郎来说，有着非同一般的吸引力。这些女郎刚探知这座旅馆里住下了中国客人，便打通旅馆关系，不顾斯文深夜来访。她们给我们列了一系列题目：有不有皮夹克、牛仔服、羽绒衣？有不有丝绸布料、旅游鞋、长丝袜？有不有化妆品、电子手表、电子计算器、口香糖？最好是中国香烟、中国烈酒、中国茶叶……她们对中国的可以携带出国的什么都感兴趣。她们随身带着大把卢布，做出不讲价钱慷慨求购的样子。我们问：你们是不是生意人？她们面露羞色说：是她们自己需要，她们这个豆蔻年华需要。于是我们把随身携带的用以送朋友的诸如清凉油、风油精、口香糖、变色口红、电子手表、丝绸小手帕什么的，赠送一些给这些纯真的美丽女郎，并且拒收她们的卢布。她们毫不推让地收下，并高兴地叫起来，不由分说令人防不胜防便在我们脸上分别吻了一下。我等于惊恐中迅速一歪头企图躲避，但已无法闪开，口红印子便分别盖在耳轮附近。

小小玩意竟换得芳香一吻，想来内中包含了不少俄国妙龄女郎的辛酸。同时想到我等在异国他乡被洋人看重，乃国之荣耀也。继而想想，我们所随便携带的诸如口香糖、变色口红、电子手表等，不也是近些年来才拥有的么？

浓妆淡抹总相宜

在俄罗斯的土地上，所见的老少妇女（除中小学生外），无一不是浓妆艳抹或者淡施粉黛。就是来自农庄和山区的妇女，出门便要化妆，无一例外。中、青年如此，八旬老妪也必如此。人人身上备有大小不等的挎包或是提袋，内面必装有小小粉盒或眉笔。俄罗斯的商店、剧院、公共场所乃至厕所，必备一面墙镜或很长一溜的镜子，那便是供爱美的妇女随时整妆的。任何时候，这些镜子面前都站满了检查容颜的女人。克里姆林宫大剧院一面墙的镜子，足有40米长，一次可供几百人整妆。我们见卸去风衣的女观众，头件事情便是站在镜子前整妆，然后进场。散戏后，又是不厌其烦地整妆，待一切满意后，再去取风衣，披挂出门。此时已是午夜了，我们实在不明白这时整妆给谁观赏。看来照镜描妆已是一种习惯，时刻保持好的容态已成自觉不自觉的行为，而不曾去考虑实际上的用途了。

古典的俄罗斯贵族遗风，一些美好的部分，已散落民间且广为流传。除人人化妆外，所有老少女人都很注重仪表，挺胸缩腹，衣着整洁，发型各具风韵，更是笑容常驻、精神抖擞，尽管我们所去的这个时候，是苏联濒临解体的前夜，许多物资供应紧张，卢布飞跌，但从这些肤色白皙、体态丰腴的俄罗斯妇女的精神状态上，看不出什么忧伤和压抑来，她们注重肯定和塑造自身的价值，真正的命运的主宰和对于世界前途的把握在于人民，因而便有了我们所见的一切。

当我驻足于繁华的深圳街头，回想起俄国女郎对一支变色口红和一块花布料子的向往以及在艰苦环境中还努力美化自己的妇女，突然感到精神和物质同样富有的深圳妇女似乎缺少了一点什么——那就是应加强美化自己的意识。尽管有些年轻姑娘已经这样做了，在她的小小手袋里备下了香艳的小玩意，但大多数妇女却没有这份觉悟。不要小看这份个人修饰啊，这对美化我们的生活、美化整个社会环境有着非同小可的意义。

艺术，生活里的平凡与永恒

伊尔库茨克州，我们出访的第一站。欢迎仪式上，由一个高大的老妇端着一个大蛋糕，请来自中国的客人，每人抓吃一块她们亲手制作的食物，然后便是别开生面的活动。所谓仪式，是观看一批全由退休老人绘制的画和木刻、雕塑作品。作者都在场，其中妇女占了百分之八十。老人们穿着艳丽的浅色裙子，精心化着淡妆和梳着竭力使自己年轻的发型，热情洋溢地争抢着翻译，向我们解释他们的创作意图。这些从事过教师、店员、铁路工人、运动员等行业的退休老人，退休后不是关在家里，而是走向社会，其中大部分人一头扎在艺术海洋里打发余生。有的画得很不错，可见作者有过业余基础。有的则明显可见初学者的手迹。不管技巧怎样，这行为本身足以令我们震惊了，据我们所知，这些退休老人，还组织了写作协会、演唱协会、摄影协会，完全是自发的兴趣组合，且成员起码都在65岁以上。其中绝大多数又是妇女，因男子还有钓鱼和狩猎的去处，女人多是选择艺术。艺术能使她们青春永驻。

我们在该州举办了一个小型中国画展。画展揭幕，竟又是一组令人感动的场面：一个由退休妇女组成的俄罗斯民间艺术团，为画展的开幕，跳起了疯狂热烈的民间舞蹈，一个六旬老妪居然可以在原地旋转十来个圈并蹬地蹲步踢腿数分钟，真令人难以想象。她们最后把我们都拉入舞圈，没转几圈，我们这些大男人们无不汗水淋漓，头晕目眩。

在布拉斯特市，一个业余室内合唱团用他们美妙的歌喉接待了我们。我们入座时，一些团员正匆匆从他们所工作的学校、医院、工厂、机关赶来。结构依然是女多男少，完全是业余的，政府不给任何补贴，由俱乐部组织。这支高水平的室内无伴奏合唱团，竟依靠自己非凡的演技被邀出访过近十个国度。这仅是一个相当我国县一级的业余表演团体。该市还有好几个歌舞团，分别隶属于各个部门和经济实体。其中森林工会所辖的一个民间歌舞团，曾应我们邀请来中国南方某城演出过数场，反响很强烈。其水平相当于我国一个中等省歌舞团。团长竟是个年轻的女孩子。有些十四五岁的女演员，正在中学念书，可她们已经自豪地闯荡过好几个发达国家了……

在这个国度里，艺术成为每个人生活的必需内容，大概不懂一点艺术，是要被人看不起的。

一个难忘的俄国姑娘——伊丽莎

在一家博物馆参观，受到一位馆长兼画家的女同行热情款待，兑着咖啡和点心闲聊时，同行中有位老作家说：膝下有一子，大学毕业，见俄罗斯姑娘美貌贤良，欲在异国觅妻。当下那馆长抚掌大笑，旋即引来一位苗条清丽高鼻蓝眼睛的金发女郎，推荐给我们这位老同行，说她愿当这个红娘。老作家眼睛一亮，大悦，当即掏出一件小玩意赠予那馆长的部下。姑娘落落大方收下，并说她喜欢中国人。当下大家愉快一场。返回居所时，老同志叹曰：玩笑而已，如此而已。

但那多情的俄罗斯女郎却当真，不日委人付信过来，说要请我们吃饭，且定好了日期。看来这事情有些麻烦了。但不管如何，饭是要去吃的。何况到百姓家里做客，探视俄国平民日常生活状况乃是我们企求的节目之一。

这位叫伊丽莎的姑娘，父亲是退役将军，母亲曾为教授，现双双在乡中买了块地，潜心经营小农场去了。伊丽莎独自一人在城里生活。她受过高等教育，有令人羡慕的专业和职业。她一个人独住三房一厅的寓所，收拾得井井有条。她学中国刺绣，制作很美的壁挂；自学缝纫，她说她的衣服基本上是自制的；烹饪技术更是拿手戏，为我们准备的整整一长条桌食品全系她一人操作。这顿饭吃得非常愉快，我们聊到很晚才回寓所。伊丽莎抱憾地说：本来她要请回父母双亲，来陪同中国客人的，可惜父亲太忙，只请回了母亲。在伊丽莎忙内忙外的时候，她母亲告诉我们：伊丽莎是个很要强的孩子，什么都自己动手，不要父母的帮助，更不接受资助。这房里的所有设备，都是她的工资积累添置和劳动所得。陪同的博物馆馆长悄悄地对我们说：她家是富翁哩。但伊丽莎仅仅是伊丽莎。

饭毕，伊丽莎提出来她和她的父母亲想访问中国，并希望我们这位老作家的儿子尽快过来看看，同时递给一帧她的玉照。她也希望得到中国男孩的照片。她说她很看重中国人，中国人诚实、勤劳、谦和、不酗酒、吃得苦。她认识几个在这个城市里定居的中国人。她说对于俄国女子来说，找中国人做丈夫是最佳选择……

一句玩笑，引来一段单相思。事已至此，我们只好就汤下面，做些认真牵线的表面文章。老作家激动之余，送了对于伊丽莎来说，很重的一份礼物———一套牛仔衣裤和一些化妆品。

以后的故事，便有些残忍了。一个中国男孩，如何去娶俄国女子呢？这个聪明、质朴、自强、勤劳、落落大方的美丽姑娘，只能是永远刻在大家心里。我们肯定伤害了她的，肯定。

余音袅袅，难以忘怀

——莫斯科和圣彼得堡一些著名的革命烈士纪念地，日复一日，终年有束束美丽的鲜花点缀。常见一些妇女领着孩子，来此献上一束鲜花。完全出于自愿。没有谁去组织。

——设若你有意想与你所见到的漂亮的俄罗斯姑娘留一张影以资留念的话，你会得到愉悦的回报。这位姑娘会大方地甚至含情脉脉地与你合作。因为那姑娘认为你看得起她、承认和欣赏她的美，这是她引以为自豪的，她得到了而不是失去了什么。

——到过中国的俄罗斯人，无不夸奖中国妇女起得早，闲不住，有时间就编毛线。而我们所见的俄国妇女，在候车处、在地铁和列车上、在公园内、在寓所前后树木葱茏的空地长凳上，人人手中必是一张报纸或是杂志书籍，用手推车推着婴儿早晚散步的少妇，手里也无一不是一册印刷品，却没有看到一个编织毛线衣的。在中国男士看来，这份书卷气亦是赏心悦目的。中国妇女和俄国妇女打发闲时的不同走向，会使我们联想起一些什么呢？

——美丽的涅瓦河畔一座建筑物内，居住着一位我们翻译的老朋友，她请我们吃饭时，兴高采烈神秘兮兮地取出一些她珍藏数年的中国筷子。再看她房中摆设，桌上柜上陈列着不少中国瓷器和小佛像，墙上挂着中国的竹编画。老人用许多时间来回忆中国。说话间不由得言语唏嘘，泪花纵横，可看出她对中国人的一片真情。

1991 年

日本国纪行

墨香的岛国

造访日本国，如果有人问我是否有什么堪称感动的事情，我的抢答将是：岛国浓浓的墨香。

以前听说过日本人喜欢中国书法，并且听说过20世纪70年代打开日中两国紧闭多年的大门的田中角荣首相，来中国访问时，曾向周恩来总理提出想观赏大书家林散之的作品。但我想这顶多算是个个案。或者便是一些汉学家和喜欢写点汉字的人的爱好罢了。但一经实地考察，结果却是竟生出了若干感动和钦慕来。

在日本的都市和乡村、市井和学府，到处可见用毛笔书写的墨迹。而越是抢眼的地方，越有集中的表演。日本恐怕是全世界最喜爱挂灯笼的国家，大小商铺、饭店、市井民居、神社、街头巷尾，无一不悬挂着形形色色、大大小小的灯笼。一个才三四米宽的门面，照面一般会挂上五六个或上十个，晚上点燃照明，白天让清风轻抚得不倦地舞动，逗人眼目，兼着装饰、喜气和迎客的义务。这些灯笼形态各异，很少有雷同，但有一点却是不变的，那便是在白纸或白布的主体上，必用毛笔施蘸浓墨，写上几个大字，或楷、或隶、或行、或草，各种书体皆可在这些灯笼上读到。其中大多是汉字，夹杂着日本字。其笔墨的流畅和生动，足可让爱书恋字者赏心悦目。有了这些灯笼的点缀，市井尘世的俗气顿时要被滤去许多，买卖和钱钞，也就干净了许多。

日本显然不是个产酒大国，摆在商店和餐馆里的品种非常单调。但更为单调的是几乎所有国产酒的商标设计都用书法来书写酒名。尤其是遍及日本全国的日本清酒，大小包装，无一不是书法的天地。这份单调，在我看来，不是枯燥，而是大美，是深爱着汉字的感动。我滴酒不沾，但每逢有清酒，我必要申请喝一杯——为了书法的不朽，为了商家和设计师对书法的尊重。

书法在日本的流行和被重视，显然是源自于国民的基础教育，据说他们小学就开了书法课程。我在东京丰岛区一个叫巢鸭的社区中心看到一所中学的书法展览，书写的内容全是中国古代诗词和大家名言哲语。我无法找到合适的话语来评价其水平，我想我们的一所本科大学如果动员起来搞一个书法展览，可以肯定地说是无法与这么一个普通中学的水准相比的。

书法是不是中国文化的精粹之一？我不知道。但是在日本那么一个玩现代派、玩新潮、玩高科技、玩电脑、玩流行音乐比我们早了许多年的国度，却能够如此执着地将中国流淌久远的精华注入他们国民的血液中，看来这并非是一个简单地归结于个人爱好和兴趣便可了得的事情。

黑和白，这最单纯、覆盖天地万物最广泛的色块；书和道，这远非笔墨可以概括而又要通过笔墨来表现的深不可测的境地，我除了景仰，一时还说不出更多的什么来。

大家的乐园

东京都议会高大漂亮的议事堂附近有个叫新宿的公园。公园不大，依那大树看，应是有些年纪了。每天清早和下午，必有一支乐队和一个穿戴整齐的唱诗班，于那年纪很大的林子里演唱两次。看那做派，当属基督教的举止。

一边歌唱着，一旁的地上就摆着若干食品和日用品。一些流浪汉排着队，斯文地在那里领取着各自需要的东西。然后就在公园的凳子上或草地上，就着和煦温暖的美声，吃着热咖啡、试穿着保暖鞋、调试小收音机……

公园的一些灌木丛中，藏着不少用塑料布包着的被褥——那是流浪汉们的家，晚上打开睡觉，白天收拾好尽量不损坏公园的形象。

不是所有的公园都可供流浪汉安家的，如天皇皇宫前面硕大的公园就不允许。据说公园里曾在冬天里冻死过流浪汉，那可不行，民众就要向政府抗议、施压了。于是流浪汉的生存便有了一个自然的分工——慈善机构提供吃的用的。政府保障不能冻死人。特别是不能在这个卫生没有保障的群体里发生传染病。于是政府要给流浪汉提供可在冰天雪地里睡觉不冷的鸭绒被，还有手炉等。

还要定期体检，定期拉到一个什么地方洗澡。

　　公园是流浪汉的乐土，他们不愁吃穿，且可终日享受着最好的空气。吃饱了喝足了，他们就在浓荫下聊天、唱歌、下棋、打麻将——他们打麻将很讲究文化品位，绝不使用工厂制作的塑料麻将，玩的还是中国古老的牛骨镶嵌在竹片上的麻将牌。麻将乃中国之"国玩"，可在我们这里已难觅此牌了。

　　据说凡来流浪的，大多并非是物质生活所迫，在这个全世界数一数二的发达国度里，不大可能发生社会福利保障方面的问题。为何要流浪？这不是我要研究的问题。

　　显然日本国的流浪汉不是叫花子，他们不会向游人伸手要什么，更不会在如画的林园中乱扔垃圾、乱排泄。

　　公园每天还有一个时段，为市民提供一个机会：可将各自家中多余的或是用旧了不想再使用的日用品拿来买卖、交换，价格当然很低，亦可快乐地砍价。日本是个崇尚节俭的国家，不轻易丢掉还能使用的东西。

　　身无分文的流浪汉领取的全是新东西，而在同一个地方，有钱的人却在交换旧货。大家都心安理得，喜笑颜开。这一场面，倒也与这公园的景致很融洽。

小沈

　　小沈是沈阳人，朝鲜族，原在南京念大学，后去日本留学，时已留洋三年。我没有问他是怎么东渡扶桑的。据说在国外是不可以随便打听人家的隐私的。

小沈现已毕业，在邀请我的这家出版社上班。他没开车来机场接我，因为他还买不起车，公司里也没有公车。他也不打算打的。他说陪我坐电车去东京。后来我才知道日本的成田机场离东京市内很远，打的要花很多钱。等车时他请我喝饮料，我要了标价最便宜的那种，但还是要600日元一杯，相当于人民币48元。这个价格不菲，我的心轻轻一悸，走时提醒他开发票，这钱该老板出，不知他开没开发票。

小沈的月薪是15万日元。与人合租一套两居室，住房要花6万。余者正好应付吃喝，没有节余。小沈来日本三年，没有去看过日本天皇皇宫，没有进过任何娱乐场所，更没有去其他城市玩过。还没有打过的，日本的士两公里起步价是600日元，一不小心便会打去小沈几天的伙食费，他可不敢打的。

周末的晚上小沈他们几个中国朋友一般是要聚一聚的。但有时玩得太晚就有些麻烦——电车没有了，的士不敢打。没有一个朋友家里有多余的铺盖。那么就只好在地铁站里的凳子上对付一晚，好在日本的地铁站昼夜灯火通明，冬暖夏凉好睡觉。待天亮了，"哼哧哼哧"的电车开过来，正好叫醒他们去上班。

时下小沈最渴望的事情是能吃上一顿热饭，吃得满头大汗的那种。但以凉食为主的日本很难让他们满足这个并不高的要求。

小沈很羡慕我身上的夹克衫。我说只花了三百块钱。他说他还是羡慕。

搞熟了之后，小沈告诉我，他几年没有回过家，很想家，一毕业的时候就想回祖国去，但是回不去。家里拿了那么多钱供他来留洋，怎么也不能空着一双手回去。他想还打一阵子工，指望加点薪，再加上尽量节约，看能不能多少有点积蓄，总不能空着一双手回去见惜别多年的父老乡亲吧，好歹也是留了洋吧，脸上总该有点颜色吧。

小沈今后的理想是指望在中国的日本公司里找一份工作，拿着日本的薪水，在国内花，那将是何等的惬意。

我问小沈是否打算找一个日本姑娘做妻子？他说不想。原因呢？他说日本姑娘太没个性，就只知道点头哈腰，唯命是从。这是怎样的择偶观？我猛地觉得我跟不上年轻的步伐了。我同时觉得：这个被大洋彼岸的海风磨砺过的脸上长满青春痘的小伙子今后会活得好。

国家·他人·自己

一

日本东京的居民住房一般是两种规格：五十多平方米的和七十多平方米的。老板、教授和相当职级的住七十多平方米，余者住五十多平方米。日本是富裕的发达国家，却是普遍住在全世界最窄小的房子里。他们不是缺少盖豪宅的钱，而是缺少盖房的地。日本是全世界人均占有国土最少的国家之一。如果大家都想住得宽敞舒适，这个岛国便只见房子不见泥土了，为了国家还有泥土，大家都节制一点、委屈一点，不要摆架子、耍派头、显威风了。日本朋友羡慕中国人住得宽大，但绝不埋怨自己住得窄小，他们为自己能为国家省一寸土地而自豪。一个频频往返于中日两国之间、熟知中国住宅情况的日本朋友请我去他家喝茶，在他那个视线最佳距离仅适宜使用十八寸电视机的小小客厅里,最喜爱说"对不起"的客套话的日本人,不曾对我说过一句房间太小不好意思之类的话。

二

东京的街道与北京的长安街相比,只能算是羊肠小道了。在这个买辆好车如同小菜一碟的国度里,大家却是竞相使用小型车。在这个道路狭窄、停车场紧缺的大都市里,大家都在尽力少占一点地方。一个车窄一寸、短一尺,几百万辆车将是个什么数字概念?日本生产的大轿车都卖给外国了,自己坐小车。车小还要省油,日本是个资源贫乏、依赖进口油的大国,这个危机,也成了国民使用小型车的自觉之一。

三

在城郊或者可跑快车的地段,常可见汽车或电车一下便钻进了两堵高墙之间,倏地将车窗外的好景致隔断。如此的高墙比比皆是,真是大煞风景。后来明白了:凡是路边有人居住的地方,必设有这种能吸音的高墙,显而易见,这是为了隔开车辆奔跑时发出的噪音,尽量为居民创造一份安静。

于是,再看那刻板单调的隔音墙,便要顿生若干温暖和感慨来。

四

日本市井的格局,多与我国南方城市的古建筑相似,有若干小巷如蛇似的扭着腰将都市的街道连接起来,到处可见小小的巷子。走进任何一条巷道,除了干净整洁,是不会看到一台侵占公共空间的空调主机的;不会有人把自家的拖把、扫帚、痰盂什么的摆到门外来;不会有人在自家屋檐下晾晒衣物;更不会在屋门口烧炉子做吃的、摆摊子兜售日用品。所有当街居住的人们,无不争相在各自家门口墙上，精心设置悬挂一点有趣味的饰物，以博得过路人一份高兴。去日本逛大街，倒也看不出有什么比我们国家好的地方来。而去那些街头巷尾走走，却是能收获许多温馨和祥和。在那些老巷人家的室内，到了傍晚或吃饭的时候，一般是座无虚席的，那是来日本的外国人最爱去的地方。

日本人有个传统，主妇清早起来，不是先打扫家里，而是要先打扫屋外的公共场所。当然绝不会有人朝窗外扔烟屁股和瓜子壳什么的。由此看来，那些低矮、窄小、陈旧的里弄仍能体现出一个民族雅致的精神品质也就不足为奇了。

看来先想想国家，先想想他人，再考虑自己，一切所谓文明、和谐、人性化之类的命题都无需再做深奥文章了。

向一个异国市长敬礼

文化人设若有机会去日本，去看看日本人建的郭沫若纪念馆，相信会生出一些别样的感慨来。其实了解郭氏，大可不必到日本国去，我是想人们将会通过这个载体，看到另外一层有意义的东西。

纪念馆在离东京市半小时车程的市川市。市川市的市长听说有中国作家要去参观郭沫若纪念馆，表示要亲自接待并共进午餐。我在这篇小文章里特别提到这个市长，并不是因为见到一个日本的市长有什么值得兴奋的地方，我想说这个市长是一个值得我敬佩的市长，因而必须郑重地记入我的文字里。

在市川市，这个市长已连任几届了，据说他之所以深受民众看好，是他始终坚持了他的文化立市的立场并付诸了卓有成效的实施。不过市川市倒也得天独厚，在这个古来便是东京富人的休闲之地，就曾有幸居住过中国名家郭沫若和日本大师东山魁巨夷等一大批文化名人。这个市长的聪明之处就是大打文化名人牌。昔日郭氏在此娶妻生子居住十年的房屋早已破败，如今我们去参观的纪念馆，是按当年的旧居毫厘不差重建的，那是地道的日本民居风格建筑，朴素典雅、通明透亮，房屋四周花繁叶茂，加上内面陈设的珍贵的文物，以及专业化的管理，是要让我们观之不得不动容而顿生感激之情的，一个中国文化名人能够在异国他乡得到如此的礼遇，我们没有理由不感谢人家，同时会感到此生能做一个作家实在荣幸。市川市诸如此类的文化馆舍不少，为了养好她们，这个市长促成立法，专门设立一项文化税，市川市是全日本各城市中唯一立有这项税种的城市。

　　市长因我等的满意而始终喜笑颜开。除了陪同半跪半坐着进餐外，额外加塞陪同我等去参观离纪念馆百米之遥的一个公园。市川市与郭沫若的故乡四川乐山市是友好城市，市长告诉我们：在不久将举办的两市定期访问的仪式上，这个公园经市民同意，将被赐名为"郭沫若公园"。这个没有官员陪同和秘书跟随的市长，和那些在公园里休息的婆婆姥姥频频打着招呼，大家都熟。

　　市长还如数家珍般告诉我们：离此不远的一条小巷子里有个理发店，曾是郭氏昔日理发的定点店。那是个手艺代代相传的老店，待传到给郭氏理发的这一代，已无男丁接任。给郭沫若理发的是一个女师傅，这个女理发师因要恪守家传，经营好祖传的手艺，便不能出嫁，又因招不到上门女婿，为了撑持门面，竟终身未嫁。郭先生独顾此店十年不挪地方，恐是被此女对职业的忠诚而感动了的。市长还指着一条小巷的拐角处，说那里有个不错的钢琴教师，曾是郭氏率儿子和女儿拜师学琴的地方。一个漂泊的中国文人几十年前的日常生活细节尚能被一个市长记得如此真切，描绘得如此动情，且能"拿来"作一个市的文化招贴，我只能说：向你敬礼。

文学的盛筵

有言道经济和文化是一个国家的两个翅膀，一个健康的社会，必定具备同样坚挺有力的翅膀。日本是经济强国，文化自然不会弱。就小说而言，日本已有好几个人得过诺贝尔文学奖。日本没有官方设置的作家协会，却有着健全的、遍及全国的、民间自发组织的文学方面的各类协会。

一个叫日本笔会的组织，在寸土寸金的东京闹市，拥有自己一栋独立的五层办公大楼。他们经常组团代表国家进行国与国之间的访问。日本笔会有了几十年的历史，在全国拥有两千多会员。其机构的运转，靠每个会员每年缴纳两万日元的会费，再就是接受一些社会赞助。但不接受政府资助，以保持其独立性。

日本笔会在国内每年要组织几次全国性的笔会，我们有幸赶上了他们的京都例会。笔会在一个叫洛翠的宾馆举行。宾馆内有一湾碧水，水中游荡着五彩的鱼，四周是油绿的草地和一批百年老树。来自京都附近几个城市的作家，在签到处交纳完一万日元的活动费后，很早就云集于此。按活动惯例，先听一个作家的主题演讲，然后便在如茵的草地上，就着饮料、自助餐、轻音乐和阳光，自由自在、兴致盎然地奢谈着文学，作家们将会在这里度过整整一天美好的时光。

洛翠宾馆的老总前前后后忙着招呼客人，不敢有丝毫闪失，从那一脸的恭谦中，分明可以看出他对作家的尊敬，当然，还会有优惠。宾馆还选派了几位漂亮的女服务员，特地穿上日本和服，盛装打扮为会议服务。

一个叫浅田次郎的作家是本次例会的主讲，他是日本笔会的理事。他近期醉心于写作以中国近代史为背景的小说，已经写了几万页。他演讲的题目是《文学与中国》，他从中国清朝的辫子和他的秃头讲起，对近代中国的文学发展走向有着很高层次的研究。通过翻译在一边小声的直译，我们不得不佩服他对中国文化的爱戴和深研。浅田旗帜鲜明地抨击日本没有把军国主义入侵中国的历史写进教科书。"二战"时浅田的父亲到过中国，但乃父从未对浅田讲过去中国干了些什么事，因此至今浅田对父亲心存成见。浅田多次来华访问、研究，他有一个很有见地的观点：他说他不大同意人们老提什么"中日友好"的话题，老这么强调，便意味着不怎么好似的。在他看来两国人民之间的关系是非常好的，自唐代以来就好。

60年代日本有个叫阿赖耶·顺宏的作家，在其时中日两国关系很紧张的时候，就来到中国湖南翻译周立波的长篇小说《山乡巨变》。几年前阿赖耶来长沙见周立波的儿子周健明先生，他读过我的日文版小说和同名电影，一定要见见我。这位已是白发苍苍的日本老人，一生来过中国无数次，以前是携夫人来，现在夫人已走不动了，他说他只要走得动，还会来中国。他请周先生约见我，其中有一个目的是他夫人希望得到我一本签名书。我为他们夫妇的真挚而感动。我感动，绝不是认为我的书好，是为日本朋友的这份天长地久的情谊。

我还要记住一个人，这是个叫作牧岛裕子的中年妇女。她在广告中得知我将在一个叫作巢鸭的社区讲学,她特地头一天启程,从山口县坐六个小时的新干线列车来东京听课。她几年前买过我一本书,此程来还有个目的是要我为此书签名。扪心自问:我会跑那么远去听一个外国作家谈文学吗?如今就是文学讲座开进大学校园,也没几个学中文的来捧场了。

文学,在日本仍是一场盛筵,好像从来没有萧条过。

向往清静

同为东方的土地上,日本人也如中国一样喜爱建造庙宇。昔日大唐高僧鉴真和尚东渡扶桑,如今给我们留下的、看得见摸得着的恐怕只是庙宇了,奈良的东大寺便是最典型的仿唐建筑,甚至是有过之而无不及,内中的佛像竟高达近五十米,耳朵有八米长,在我国幸存的庙宇中,都找不到这么高大的菩萨了。

但大多数庙宇(神社)都已本土化了,日本式的推拉门窗,凉席铺地;庙里不再塑像,无神可拜,作揖、跪拜之类的老做派也就免了;自然也就没有了烧香、点烛、放炮、抽签、做法事之类的热闹。

依我的想象:倘若真有神仙佛道的存在,他们应当生活在与世俗之人完全不一样的地方;如果没有,更是一个象征,一种意念。有与无,均在虚无缥缈中,在凡胎肉眼看不到的地方。有俗语警告做坏事的人:举头三尺有神明。可见神仙活动的空间绝不限于寺庙中,更不会局囿于一尊泥的或别的材料捏成的塑像里。如是这样,做神仙还不如做人自在呢。

按照善良的人们的想象:神仙也应该有一个安身之所,所以天下人便要修庙立寺供奉他们。这是很人性化的举动，安妥了可敬的神，有信仰的人也有了个朝拜的去处。老百姓也有言：扛个猪脑壳总要有个朝庙的地方。所以这天下的寺庙便世代相传了下来。又有哲人言道：存在的，便是合理的。于是我便应当赞同修庙了。

但我又想：这天下最安静、最圣洁的地方，应当非庙宇莫属。因为只有最终抛却了七情六欲的人，方可成仙得道。所有描写神仙的文本，无一不是将其置身于令人无比景仰的清静世界里。佛教道教教义有所不同，但一个"静"字，一个"空"字，沉浸其中，难分你我。可是我们所见的寺庙，却成了最热闹的地方，烟火缭绕，爆竹声声，污浊不堪；三牲祭品，各色供果，堆满菩萨案前；更有川流不息的人众跪拜求神明庇佑发财致富，升官晋爵，犯了事能躲过去不坐牢；更有指望寺庙香火来带动旅游开发的……这是神明愿意待的地方吗？这是菩萨乐于接受和做得到的吗？

日本的寺庙，清静至极，一尘不染，是神仙和洁人雅士都爱来的地方；简洁俭朴，要找个坐的凳子都难，让你能一下子联想到修道者面壁数十年的坚韧和艰苦；有颂经者深藏密室，幽幽的声音从瓦楞中、从树丛中、从寺里盘旋的鸟翼中游荡而出，出家人不露脸、不开堂表演，是真出家、真诵经。

或许日本的寺庙算不得寺庙，我毕竟不懂得怎样才算得正宗地道。但我想我和许多人却是渴望生活中多有一点清静的。清静如今已成为奢侈品，越来越成为只有神仙才能够尽情享受的境地。若是有商家能引进打造一些日本式的寺庙，多辟一些静地幽境，一定会有很好的回报。

2006 年

马来西亚

马来西亚可以称为"大马"或"马国"。这个地方,最令人羡慕的还是气候,没有春夏秋冬四季分明一说,将"四季如春"这个最美好的形容词融为一体。马国不是大国、富国,我们要去看看她,有很大的因素是要享受一下那无与伦比的气候。

公元 1997 年 11 月,中国作家代表团一行六人访马,李国文老师带团。在北京上飞机,穿着厚棉袄还发抖。下飞机,便脱得只剩下衬衣,暖暖的海风挟裹着鱼腥味迎面吹来,便觉得这是理想中的天堂气息了。几十年来,每每在家乡湘北的凄风苦雨中煎熬,便会立马回想到马国的暖风。上苍给予着马国每一天都是无比享受的好天气,令人羡慕不已。

中华泱泱大国，重人情，讲礼仪，其风尚世代相传，若是接待国际友人，更是讲究。马国的华人作家，谈及赴华访问，无不感慨万千。

我们此行叫做"互访"。他们来华，是我们接待，我们来马，是他们接待。但谈不上对等接待，我们是国家给的接待费用，他们是资本主义国家，没有这笔开支，每到一个城市，是由这个城市的作家私人凑钱请客。一方是国家财力，一方是个人腰包，不是对等的接待。

马国的用餐，令人难忘，如是九个人一桌的席位，就只上九只虾子；十个人一桌的席位，就只上十块牛排，一份不多，一份不少。饭毕，收走的全是光盘，没有半点浪费。如此光景，可以说是厉行节约，也可以说是私人凑的钱，浪费不起。但无论如何与"小气"无关，而是一种餐桌风度。

二十多年过去了，这一点，我们的餐桌，普遍还没有达到马国的讲究。

马国给游客留下最深印象和最多摄影记录的，可能是与皇宫站岗的警卫合影。无论你是什么国籍、怎样的身价，是一本正经还是嬉皮笑脸，警卫就如完成本职工作一样与你合影，俨如就是肩负着马国和国王的重任。为了完成这一使命，保持旺盛的精力和最好的表演状态，警卫是 15 分钟换一次岗。

我很乐意随了一把大流，同皇宫警卫照了一个相。我们同行的几位也都放下架子，排队与警卫合了影。

看上去这是一件很小的事情、好玩的事情，但也远远不止于小和好玩。我们的中华文明，几千年中，做了一件比岩石还坚硬的事情，就是在人中间划分了不可逾越的等级。有谁敢靠近皇上的侍卫？皇上能容忍他的侍卫亲近百姓？就是皇上不在乎这些，那个等级森严的阶层会赞同吗？

人还是活在人中间好，如果皇上也把自己活成了一个人，这就有了人的快活和轻松。一个人的尊严来自于他仍然活在人中，人的自由和民主也出于人人都把自己当人活。看来马国这个点子好，让所有人都去沾一点王族的气味，人们不会觉得国王少了高贵和尊严，恰恰是高贵与尊严的象征。

槟城的青蛇庙很有名，也是游人必去的地方。1997年的青蛇庙还很小，也没有什么建筑特色，估计后来去的人多了，会有扩张改造。所谓山不在高，有仙则名，人们慕名而去，是欣赏古马来人对蛇的神化。天下庙宇，供的都是精神层面的神像、佛像，以及被当地百姓崇仰的已故名人，供活着的动物的唯此一家。天下被供奉的神佛，千篇一律享用的贡物是蜡烛、草香、纸钱，以焚烧的方式，让其气味飘荡到遥远的天庭。青蛇庙供的是活生生的鸡蛋，是具体的物质，实打实的在养活着蛇神。

当蛇被奉成神之后，这里的毒蛇也就只吃蛋不咬人了。青蛇庙也就成了能够人与蛇和谐相处的世间典范。

我老家的山地，古来寺庙遍布乡里的各个角落，有如现在的行政层级，分为县、乡、村、组等不同级别和规模的大小寺庙，有外人评价说是寺庙比学校多，这一点都不假，至今比例没有改变。将动物神化的现象，也曾是我家乡的古老历史遗存。凡乡间寺庙周边，因历史久远，都是长着大树的，就是"大跃进"砍树"大炼钢铁"期间，老百姓依然不敢得罪神明，寺庙周边的树也不敢砍。树大了，就自然被叫做神树。树大了，往往会空心，冬暖夏凉，这就是蛇最理想的住宅。蛇长大了，也就像树一样，被授予了"神蛇"的尊称。也有信士送鸡和猪肉给神蛇吃的，但没听说过送鸡蛋的。与青蛇庙的神蛇不一样的是，我们这里的蛇不会公开上庙台——这可能与气候有关。

从马来西亚到我家乡的蛇都能奉为神的渊源，足可看出蛇是动物中最具灵性的动物。

怡保是个小城，但华裔作家很多，接待"娘家"来人的热情特别高。我初到这天，把酒言欢，用完晚餐，就快十点了。回房间，大堂服务员来电话，说是有人要见我，在大堂候。这人生地不熟的地方，会是谁呢？还让我去大堂见，这就不是一般的人了。我忙下楼，见到的是一位精致矮小的老太太。老太太自我介绍，她也是湖南人，也姓彭。她看到来访的中国作家代表团中有姓彭的家乡人，便找来看看。她说她也写作，但没有加入马来西亚华人作家协会，也就没有参加接待。她想请我去她家看看。用不着我同意，就领头带着我离开酒店。她说我们都姓彭，那你就叫我"老姑"（老姑就是姑妈的意思，也还是湖南地方的称呼）。

老姑是自己开车来接的我。我说怎么好意思让您开车来接我。她说你看我多大年纪了。我说我猜不出。她说你尽管猜。我说我还是猜不出。她说我来马国都有了六十年了。我说没有没有，您的头发都没有白。她说我的头发还真是没有染过。我十六岁来的马来西亚，今年七十六了，开车还行。我连连说看不出看不出。她在我的视觉判断经验中，就只五十多岁。

老姑开着车在两边都是别墅的街道上走了十几分钟，来到一道铁栏杆围墙旁，用遥控器打开铁门，进门再走五六十米，才到一栋三层别墅旁。她领着我进门，看看一层的客厅，通过转梯上二层，在她的书房里落座，她的书房有百多平方米大。她的客厅和书房里挂满了中国书画和西画，她有千言万语要对来自故乡的娘家侄辈讲，自一进门就滔滔不绝，我根本没有时间去欣赏墙上的画。依我也还谈得上比较专业的欣赏水准，抽暇斜眼一瞥，便觉那都是不凡的东西。

老姑自始至终谈的就是她的文学，让我视察她那摆满四面的上万册图书，还有她创作的几十本著作。一晃就是快十二点了。她送给我她最新的三本著作，都是散文随笔集，小三十二开的精致版本，印刷装帧讲究。她叮嘱我，不要扔在酒店里，要带回去啊。这恐是她的经验之谈，也是很多作家的遭遇，出访出差在外，常收到个人或单位赠送的没有价值的读物，丢下呢不好意思，带走呢没有意义，也拿不下。

老姑家是有佣人的，但她还是坚持要开车送我回酒店。上车时我看了看她家的后院，大约有一个足球场大，没有树木，是一个巨大的草坪，远处是依稀的路灯。

后来有马来西亚华人作家协会的作家告诉我，老姑的丈夫，很早就是马来西亚最大的锡矿老板。

我没有扔下老姑的著作。这么多年来搬了几次家，清理了好几次书架，但她的书还是庄重地保留着——为一位七十六岁还沉醉于文学的远方湘女。

2020 年

美国点滴

2001年5月1日至16日,我同另外三位作家去的美国,虽说只有四个人,但也叫做中国作家代表团。以中国作家协会名义赠送给美国文友的礼品,由我负责保管并赠送,这样我就当了才四个人的团长。

这事一晃就过去了二十年。

现在去美国容易,买得起飞机票的人就能去,而买得起机票的人也越来越多。二十年前去不容易,自掏腰包买得起机票的人很少很少。那时我去美国回来,作为写作者,是应该写点游记之类的文字的,毕竟那个时候的美国,国人了解得还不多。一般能将文字组合成句子的人,出了远门,去了好地方,都是要写点感慨文字的,记录那一段经历,发表或者不发表。能发表的,便叫做游记。不发表的，留着给自己和亲友日后欣赏，人生的岁月不长也不短，总是要有些记忆来滋润的。

我为什么没有写呢？因为在我赴美之前就拜读了不少写美国的文章和游记，有短的，也有长的，还有电影，关于美国方方面面，都有所涉及，大都写得好。而我去美国，不过是走马观花、浮光掠影，加上一句英语也不懂，团里也没配翻译，也没采访过什么人，无异于是哑巴看热闹。依我其时的所知，断然是写不出什么好文字来的，就不打算去凑这方面的热闹了，免得闹出笑话来。

翻晒记忆，是每一个健康人绕不开的习惯，而随着年岁渐长，怀旧则日盛，往往有眼前的事记不住，历历往昔却是日渐清晰。我就到了这个年纪，二十年前游走美国的记忆碎片，便不断地在脑海里浮游。

有同行言：作家写的就是记忆。如此说来，只要是成了记忆储存，就会多少有点价值，就有资格拿来做文章，就如是放进了仓库的粮食，就是放久了，霉变了，还可以做成饲料喂牲口，不至一无所用。因此说法是鼓舞，觉得一些保存了二十年的零散的美国记忆，毕竟是一次生命的远行，必有值得记载的地方。

一

旧金山市中心有一些街，还是保持着鹅卵石铺就的老面孔，两边都是两层左右的老房子，汽车在缝隙很大且高低不平的鹅卵石上行走，跳得厉害，"嘣嘣"响，顶多只能跑二十码。但在全世界拥有最早最长最好高速公路的美国，旧金山并没有挖掉这些鹅卵石——这是旧金山留在我脑子里最深刻的印象。

大家都知道，美国只有两百多年建国史。也许是因为他们的国体太年轻，越是没有资历，就越是珍惜现存的遗迹。

二

华人刘先生开着自己的车子，被美国华人作家协会机构安排接待我们。他来美国很多年了，办报纸，写文章。他邀请我们去了他家。那时候美国的中产阶级大都是有别墅的，别墅大都在乡村，栋与栋之间的距离都隔得远，晚上互相看不见灯光，看上去比我们的乡间还要乡。说是钱少的人住城里的高楼，有钱的人在乡下住平房，与我们的居住结构正相反，我们是有钱的人都进了城，钱少的人留在了乡下，钱多的住高楼，钱少的住平房。

刘先生的别墅与所有别墅的共同之处，是被可以称作森林的植被包裹着的，前面的院子有篮球场那么大，出门两三百米就上了高速公路……如此宽敞、优雅、静穆的居住环境，令人大开眼界。但进门去，却是令人大跌眼镜，刘先生家的地下室是水泥地面，一层是普通的木地板，室内不见一块瓷片，装修摆设简朴至极，还不如我那工人或小贩身份的左邻右舍家体面。

我想不起来刘先生家的摆设，能留下什么记忆，倒是有一样东西令我始终难忘：在2001年的美国富家别墅，竟还使用着在我们国家十多年前就绝迹了的拉线开关，塑料的开关装在每个门的上方，下面吊着一根绳子，一拉，"嘀嗒"一声响，灯亮了，再拉，"嘀嗒"一声响，灯灭了。自有电灯起，我们就使用这种开关，一直使用到20世纪80年代中期。在我们国内使用时间最长、最耐用、最普遍的"拉线开关"绝迹十多年后，美国的别墅还在使用。

三

耶鲁大学图书馆亚洲馆的图书主管是个亚裔小老太婆，已有76岁了，听说是家乡的作家来了，很是兴奋，便雀跃着带我们去亚洲馆的中国厅找我们的书。她很快让我们看到了自己已出版的书。我们没有捐赠，这书是哪来的？她说耶鲁大学有专门的经费和专门的渠道来购买全世界好的作家的作品。

我问她为什么七十多岁了还没有退休。她叹了口气说，校方不想她退。她又说她做了几十年的图书管理员，离不开这些书。

可以看出，她是不想放弃她的终身所爱。

我记住了这个小老太婆。从她身上，我看到一个人的青春，是系在他（她）真爱的职业上的。

四

沈先生林女士夫妇是20世纪80年代上海华东师范大学毕业的大学生，那个时代的名校毕业生可是了不得的。正因为了不得，才双双来美发展。

他们是那个时代的"文青"，深爱过文学，所以凡中国作家代表团来了，他们是要接待的，并领着我们去看耶鲁大学和马克·吐温故居。蒋子龙和扎西达娃等作家还在他们家住过。他们的别墅不是刘先生的简朴型的，是极洋的装饰路子，当然不会保留老派的拉线开关。环境比刘先生的还要好，有一条四季清澈的小溪拥抱着他们的宅子。

沈林夫妇在耶鲁大学旁边开了一个韩国料理店，他们说克林顿总统的女儿在耶鲁大学读书，经常和同学来吃饭，但他们从来就是AA制买单，没有人巴结总统的千金。这店小，老板厨师收银员采买员服务员都是他们俩一身兼。若是要接待中国作家，便关门歇业。我们同行的请惯了保姆的女作家很是同情他们的辛苦，问为什么不请服务员？他们说在美国开个小店，是请不起人的。

后来他们还对我们说，不但是请不起人，还生不起孩子。这时他们已有五十多岁了。

后来我想，80年代的上海华东师范大学的高材生若是留在中国，不但要养一两个孩子，还完全有能力请一两个保姆。

五

我们在纽约时，住在唐人街一个华人开的小店里，老板是安徽人，因语言的亲切，感觉很舒服，有宾至如归之感。

一日晚饭后去逛唐人街，绕来绕去，不记得回去了。那时候我们还没有用手机，四个人没有一个会讲几句英语的，加上到了晚上十点多，街上早就没有什么行人了，不知怎么办才好。

唯一的办法是找人问路。好不容易来了一个大胡子洋人，便迎了上去，朝他打了一通手势。显然他不懂汉语，不知道我们在说什么，只知道我们是在着急，他便停了下来，看来是想帮助我们，他一边等着行人，一边有些着急地看手表，像是要去办什么要事。一会来了位亚裔面孔的男子，我们忙上前搭讪，结果不是中国人。大胡子也上来搭讪，他们之间可以沟通，就是无法把他们说的转达给我们。第三位又是一位美国佬，大胡子迎了上去，拦住他说话，又要我们说几句话听听，大胡子是要碰碰运气，看这位路人是否懂我们的语言。结果是他们俩都做了个典型的西式动作，耸耸肩，表示遗憾。

好不容易，总算又等到了一张亚裔面孔，而且是个中国人，他说他就生活在唐人街，三两句就说清楚了路线。大胡子凑过来听，见我们找到了知音，他也就一脸轻松，双手很享受地捋着胡子。老乡问需不需要他送我们回去？我说不必了，不就是"左右左"拐三个弯吗？老乡说："不错不错，左右左。我去的方向不对，那我就不送你们了。晚安。"老乡走时，大胡子拦着他说话，并示意要他翻译给我们听。老乡说，这位先生怕你们还走错，他要送你们一程。他说他要办的事，反正也耽误了，也就不急了。我说那怎么好意思？他陪了我们好久了。老乡把这话翻给大胡子听。大胡子听罢哈哈大笑，搂着我的肩膀就走。他一直把我们送到客栈。

我们除了与这位热心人挥挥手告别外，再也没有别的表示。我连英文"谢谢"都不会说，出来时也忘了要学几句客套话。回客栈后，我赶紧去找店老板，紧急地在他那学会了"谢谢"二字的英语发音。

六

我的一位文友好手笔,在20世纪80年代那个很好的文学时代,以文立身。后又去沿海发达地区做了刊物主编。论文论编,都很成功。90年代忽然生出想再上一层楼的念头,不惑之年了,毅然独身去美国留学。后在此得妻,是华人,貌美才华双全,很年轻就在彼站稳脚跟了。

很快得一子。又得一子。再得一子。十年中连得三子,一个个英俊壮实。文友仍专文事,不缺活干,但以料理儿子为主业,好在美国的志愿者对哺育孩子兴趣高,都是无偿劳动,能帮他们不少忙,倒也轻轻松松就将儿子养到比自己高。

几年前文友回故乡探亲,席间谈到家事,说是已经离婚了。离异的理由是两个:夫人最大的兴趣与爱好是生孩子,生了三个还想生;其次是养成了美国人的消费习惯,手头有多少钱就花多少,怎么也改不了。

七

那时候我的不少老乡都羡慕米米,生了两个好儿子,听话,会读书,学习的事从来不要大人操心。大儿子随便就考了好大学。小的来势不弱兄长,高中未毕业就考取了美国的大学。眼见得米米会过上无限的好日子,却在一片艳羡中宣布离了婚。

小儿子五岁就上了小学,高中又少读了两年,这个年纪万里迢迢地去美国上学,家人都不放心。读书事大,育儿事大,面临如此重大的责任，离异之殇就是小事了。米米与前夫就义不容辞地分了工：米米前往美国陪读，前夫负责两人的所有费用，直至大学毕业。

米米无疑是优秀的陪读者，三个月学会了开车，一年工夫就能够用流利的口语与美国人对话，将儿子和自己的生活打理得井井有条，很快就融入了异国的生活。

儿子继续优秀，前程锦绣，米米心里欢喜，无忧无愁，日子就过得飞快，眨眼工夫，儿子就读完了大学本科，考了另外一个国家的研究生，不日就要去异国就读了。

在陪读的这个过程中，年近半百的米米经人牵线，和一个单身的美国人认识了。此公是军人，曾经参加过越南战争，负伤回国后，已失去正常人的一些功能，主要毛病在心脏和肺部，基本上要靠吸氧维持生命。我们这有句俗话叫"少年夫妻老来伴"，这位退伍军人，被战火洗礼过，九死一生，老来特别害怕孤独，一直渴望找个老伴陪伴余生。在一次牵线人的安排下的小小聚会上，军人一眼就看上了米米的眉清目秀、皮肤细嫩、丰满沉静，况她年轻时学的文科，做过记者，一脉文气，流动自如。那军人一见即动情，他也是喜欢东方女性的，回去后就委托牵线人去当说客。

米米想想自己也不再年轻，世间浪漫已与己无关，国内已无老的，无孝可尽。两个孩子，业已长大成人，无需她照顾，且又分别在不同的国家，她回不回国都一样。再说国内既无退休工资拿，也无居所。见这军人有别墅，开豪车，家有祖业，衣食无忧，性情敦厚，与其做个老伴，过些安然日子，未尝不是一种选择。与那牵线人接触两三次，也就同意了那军人的请求。

在美国上了年纪的人结婚，可能是要麻烦些，需要律师介入，米米还需签署一些文件，才去登记。她是一个不太注重细节的人，见那协议上写了，若军人先她而去，她是可以继承他的部分财产的。她的生活所求本就不多，她粗略算算，那份财产继承，足够养活她和她的两个儿子一辈子。

一年多后，米米想回国来参加一次高中同学聚会。她出国陪读六年没有回国，也想回来见见亲朋好友，还要办一些家事。她想找先生要路费，但她的要求遭到拒绝。军人说，他们俩是签过协议的，他负责她的日常生活开支，但她没有经济权，他也不会借钱给她。

也就是说，要等到军人过世后，米米手里才会有美金花。

2020 年

澳洲一瞥

悉尼歌剧院

谈到澳大利亚，率先跳出大家脑海的标志性符号，可能就是悉尼歌剧院了。就如是谈到中国，不能缺少长城和故宫的话题。没看悉尼歌剧院，就等于没到澳洲。关于悉尼歌剧院，网上都可读到，就不必赘述了。

我们出发要去澳洲时，朋友们问：会去看看悉尼歌剧院吧。到了澳洲，接待的朋友说，没有什么看头。回来朋友们要问：悉尼歌剧院好看吗。我回答说一般般。当然，这只是我的一孔之见，甚至不能代表同行者TT。TT是建筑设计师，他比我懂建筑。悉尼歌剧院被誉为"20世纪最具特色的建筑"之一，说观感一般般可能会扫大家的兴。要是天气好，每天有几千人去那游览拍照，怎么会一般般呢。

我是从照片上读到悉尼歌剧院的，而且读到过好几个角度的版本，感觉很好，很是佩服设计师的想象力，其大胆设计给予当代建筑设计极大的启示，尤其是放大后的一群白色贝壳的建筑符号被蔚蓝色的海天辉映簇拥着，灿烂夺目。但走近观看，很是失望，眼前不过是一堆粗糙的混凝土，其巨大高耸的体量，工匠显然是无法用手工去打磨加工的。我的感觉，照片上轮廓俊秀、端庄典雅的美女，突然变成了满脸麻子的村姑。这种视觉冲击很是令人不爽，好东西总是能远看也能近看，能粗看也能细看的，这是"好"的起码标准。我没有进去"贝壳"里参观，我不大相信那些如贝壳一般不规则且无法开窗的形体，能切割出适用、亮爽、舒畅的歌剧厅和其他厅堂来。说穿了，她的形态注定了她只可能是一个中看不中用的建筑，仅仅是一个充满浪漫的当代艺术品。

显然世间没有十全十美的东西，尤其是艺术，我无意贬低那些付出了十几年艰辛劳动才建成的设计师和建造者的艺术情怀。但在我看来，好的建筑，首要标准，除了适用还是适用，不谈适用的建筑物，不过是一个花架子。盖楼可不是绘画，是要用血汗和钱物来堆砌的，在这种耗费巨大的玩物面前，你一点也体会不到崇高和景仰。

当你仰望着巍峨奔放的万里长城和精美雄伟的故宫，其功用的杰出和工艺的精湛，你无法不心生崇仰。

国之建筑物标志，足以决定这个国家的厚重和博大。

不过，在那粗糙的"贝壳"下沿海的那一溜长廊上，吹吹海风，晒晒太阳，喝点什么，倒也很是享受。

老 F

朋友老 F 早年写小说，后来在澳洲墨尔本定居，他慷慨重情，请好友 TT 和我去他那走走。他经营什么、做到了多大场面，我不关心，也不该打听。有俗话说：女不问年龄，男不问钱财。这是个忌讳的话题。

我最看好的是老 F 的房子，他买的是一个昔日原住民酋长住的房子，一长溜，有几十间，都是前后通风的格局。类似泥巴糊的墙面，泥巴内面是什么材料就看不到了。屋顶盖的是"茅草"，茅草是什么质量？茅草下面铺的是什么？不得而知。室内门窗等都保留着原始风味，未加任何改造，房前屋后矗立着几十株杏仁桉树，要几个人联手才抱得下，皆是百年以上年纪。有知情友人说，这房子的文史价值，是所有新建豪宅都无法相比的。

我们在酋长的宅子里坐定了，饭都做好了，可老 F 隔了好久才赶回来，锅里要重新热菜。他是处理急事去了：他闺女拿了 10 万澳元（相当于 50 万元人民币）现金去银行存款。因为澳人的日常生活中，一般是赚多少花多少的，没有一次性拿这么多现金去存的举动，顿时惊动了银行高层，当即报了警，警方如临大敌般奔来扣住人了。说是澳洲街头是看不到警察的，只有出了事才可能看到警察。当然老 F 既然在澳洲能盘下酋长的房子，就不至于被几个警察吓倒，他这是去动用关系先将女儿保释回来，再去处理以后的麻烦事。

我们银行的情形不同，见有大钱入储，行长都要出来迎接，银行还将为大储户提供乘坐飞机和高铁的贵宾级别的服务，逢年过节还要送礼品问候，想尽办法要稳住大储户。

老F后来还是放弃了"酋长"生活,回国来做了上市公司的老总。我最关心还是那栋极具情趣的酋长房子,我想他是不会放弃的,因为他是个文化人,文化人一般都爱着这一口。

G

澳洲建筑设计师G与TT是朋友,来过长沙,是个胖子,睡醒了就一脸笑,不急不缓。他对中国的什么都感兴趣。好吃,辣的酸的他都能吃,对中国餐赞不绝口。我们去他那,他便关了公司的门,带着三个职员全程陪我们。

G的公司小,连他一共才四个人,有两位是华裔青年——一个讲长沙话,一个讲东北话。G在墨尔本是一位资深设计师,但他的公司几十年未曾扩大,就三四个人。他每年只接两至三栋别墅的活,有多也不做,保障几个同仁的温饱就行。工作原则是"包卖鸡包生蛋",从设计到施工最后交钥匙给客户,崇尚质量第一,诚信至上。

G一直陪着我们,给我们送行时,讲了点排场,花大价钱,请TT和我吃了顿中国餐,喝的是红酒,菜是一个一个上。第一道菜上的是糖醋排骨,G与TT讲英语,聊得热烈,酒是大玻璃杯,酒浅见底,抿一口,说一阵话,一小块猪排分几十口吃,本来是炖烂了的,却当作牛筋来嚼,为的是拖时间,要多说点分别前的话。我看了一下时间,到上第二道菜,已耗时半个多小时。第二道菜是干煎的海鱼,第三道菜是几样海菜混炒的。吃完三道菜,正好用去一个半小时。我实在受不了,又插不上嘴说话,便对TT说,我坐不住了，想去泡温泉澡。他们说什么反正我听不懂，便放了我一马。我在澡池里泡了很久，又上房间换好衣，见TT还没回房间，一看这饭吃了三个小时了，便去餐厅找他们。见桌上是几个光盆子，他们正打算起身。

我很渴望桌上能剩下一个面包，但没有。

本来我就没吃饱，又在泳池泡了个把小时，早把肚子给淘洗空了。街上店铺没断黑就都关了店门，别想找到吃的，这天晚上，我被饿醒了好几次，只好喝水。这时我特别敬仰我的勤劳的同胞们，此时国内的街巷超市同小店，无不灯火通明，想吃什么都有。

小 K

小 K 在国内，是电视台的员工，做过策划和广告，脑子快，能说会道，人脉也广，活在这个社会上，可谓是如鱼得水。不知哪一年离开了，也不知干什么去了，杳无音讯。我们到达澳洲后，没想到小 K 在迎接我们的队伍中，此后他天天陪同我们，当向导，办理各种事务，还是那么热情能干。

小 K 来澳洲是想做电视方面的事情，他认为凭他的本领，随便就可以在澳洲的影视界鹤立鸡群。他有很多精彩的想法，也深得当地人的认可，可一晃就是三四年，也没理出个头绪来。他和我讨论这个问题，我发表了我的看法，说一个国家有一个国家的情况，你在国内那一套，在这里恐怕就伸不开手脚……譬如赞助，你在国内拉得到，在这里就不一定能拉到。有些金点子，在国内可闪光，政府都会支持你，在这里就难说了……其实我这都是在讲废话。他客气地说：正是正是。

小 K 带我和 TT 去他一个华人朋友小 D 家里坐。小 D 比小 K 来澳洲早，老婆孩子都来了，房子不小，自己还动手做了茶室和凉亭什么的，很有点中国的乡村味。在澳洲的三四年间，周末小 K 就只有一个去处，便是来小 D 这里闲坐、聊天，在茶室里从早坐到晚。他没有能够沟通的澳洲朋友，且因为事业无成，也走不进华人圈。一晃，就在小 D 家的茶房里度过了几年的周末。要说的话，能说的话，也不知道说过多少遍了。

后来小 K 还是回国了，据说没有改行，仍旧在影视界发展。

2020 年

仰望高原

无名草恭录

雅鲁藏布江中游某段有七十多公里的水域,流经一个叫作桑日县的地方。八月是西藏的雨季,整个雨季雅鲁藏布江的江水浑浊不堪。在我历经的几百公里长的雅鲁藏布江流域,没有发现一处完整的植被,雨季的雅鲁藏布江浑浊不堪也就在所难免了。反过来说,壮美的雅鲁藏布江也没有滋润肥沃两岸的土地。依江傍水的桑日县并没有得到这条大河的多少好处。

雅鲁藏布江中游两岸的山峦洼地,一片荒凉的黄褐之色,遍山遍野的鹅卵石和风化的块石涂成这种可怕的颜色。在绵延起伏的坡地滩涂上,零散生长着尺余高像蘑菇般的一种植物,算是雅鲁藏布江两岸绿色生命的象征。

几乎没有人知道这种像草又像灌木的植物叫什么名字，我问过几个土生土长的藏族干部，亦说不出它们的名字来。这种植物长着紫红色的枝秆，枝秆浑身披刺，坚硬无比，手触即可被刺破，四周长着不算很绿的叶子。

雅鲁藏布江两岸的成群的牛羊就散落在这些草木中，用它们的坚硬的嘴巴摘下那些叶片赖以生存。可惜我没有细心观察牲口的嘴唇是否被刺破。为了塞饱饥肠，一些牛羊不得不翻越陡坡，爬上高高的山顶去占领属于它自己的那几株绿色。

生活在雅鲁藏布江两岸的牲口，大概是西藏最艰辛的种族了。它们没法和青海格尔木草原和西藏许多高山牧场的同类相比。它们均个头矮小，毛色秽浊，它们必须不停地行走，才能吃上几口树叶。也许它们吃下的还不够消耗的，这样如何能长肥长高？看守牲口的牧人自然也是最辛苦的牧民了，他们不能像草原上的同行那般躺在帐篷里悠闲地喝着青稞酒和酥油茶，他们的牛羊，光是脚下的草便够它们吃半天的，不必担心它们会跑到哪里去。而雅鲁藏布江两岸的牧民，设若不跟紧羊群，一眨眼就不知会跑到哪里去了。

八月是西藏最好的季节，充足的雨水和温暖的气候使得这种草木绿叶满枝。但很快严寒和风沙便会光临，那难敌寒霜的薄薄叶片，很快便会凋零。藏民说冬天的牲口实在找不到吃的，便只好用嘴巴去刨这种草木的根须，剥皮充饥。因为树枝满身是刺，聪明的牲畜便向根须进攻。

可怜这种草木，在茫茫戈壁滩和山岩缝隙中生存本来不易，却还要遭到牲口追根刨底的毁灭性的攻击。造物主本已估计出它成长的艰难，知道牛羊早晚会剥皮充饥因而设计出满身利刺，竟没有想到根基难保的厄运。

随着畜牧事业的发展，这艰难生长的草木毕竟繁殖不如牛羊的速度。广袤荒域中的绿色日渐减少。许多被啃去根须的草木当即死亡——在绿色草族中举目便见它枯萎的枝杈，黑乎乎直刺苍天。

但是据说雅鲁藏布江两岸艰难度日的牛羊肉，却是最好吃的，价格也卖得比肥羊壮牛好。看来道理十分简单：能够在此地生存下去的牲口，必是同类中的佼佼者了，因而便有了它不同一般的价值——尽管它们的外貌在我们这些外行看来远没有肥羊壮牛漂亮，然而这正是它们引以为自豪的地方。艰难的寻觅，不停的奔跑，磨炼出它们硬朗的体格——如果它们也有精神品质的话，也将是牲畜中第一流的。

我当然不能小看这些其貌不扬的牛羊驴马了。还应该感谢这种满身披刺的无名草木养育出了高原最强健的牲口——甚至不惜付出生命。

这种无名草木，还成为雅鲁藏布江两岸缺烧的藏民的火源。牛马粪显然不够人们烧的，便只好挖草当柴了。在藏人石头的矮墙上，无不堆着这种草木坚硬的躯壳。

可怜的草族，同时受到人畜的围剿。幸好地广人稀，不至种族灭绝。桑日县的面积有两千多平方公里，相当两个半香港大，人口却只有一万五千余，这个比例，可让人松一口气。

自然平衡的法则，总是有办法让人、畜、植物共同生存下去的。如此道来，我等便不必杞人忧天了。

我忘记了问，雅鲁藏布江这条天上之河，过去的八月是不是这么浑浊？

我颇感不满的是，这种人畜生活中不可缺少的甚至可说功劳显赫的草木，竟然没有一个美好的学名。也许有，但是问了好些人，怎么没有能够说出名来的？

扎囊一瞥

据说有一位权威人士到扎囊县视察扎塘寺后说道：布达拉宫可以毁掉重建，扎塘寺不可以。

就凭这样一句对比大胆、分量不轻的话，我们便要去看看扎囊县，看看扎塘寺。

位于扎囊县城内的扎塘寺，被一些平房包围着，外表并无任何奇异之处。

扎塘寺之所以让雄伟的布达拉宫有不可比的地方，便是她保存着全藏最古老的寺院壁画。

这些壁画藏于寺内回壁，高达数丈，始绘于公元七百年间。其色泽之艳丽，线条之精美，构图之大胆，绘制之讲究，确是布达拉宫的壁画不可比的。尤其整个壁画从各个角度全面地记载了当时西藏的宗教活动和人民的日常劳动生活，其价值（各个学科的）确是无可估量的……西藏寺院文化博大精深，我在此妄谈扎塘壁画，真是很可笑的事情，就此打住罢。

因此扎塘壁画是严禁拍照的。

外国人要拍摄更难，按一下快门需付两千元钱还要征得寺方同意。据说外国人最感兴趣的是一千多年以前的颜色为何能保持如此鲜艳和本真。有些损坏的地方，用现在的颜料补上去，不久便显出老态来，一眼便可识出痕迹，极是刺目。

扎塘寺壁画之所以有价值，主要还是因为一千多年来没有受到破坏。"文革"时，很多寺庙里的笔画面临毁坏，乡间藏人想出了一个好办法：将青稞及柴草堆进庙堂，变成了集体粮仓，久而灰垢厚盖，壁画得到了有效保护。

扎囊县出名，不仅有扎塘寺，更有桑耶寺。

坐落于雅鲁藏布江对岸的桑耶寺曾是西藏第一座寺院。建于公元762—766年，至今有了一千二百多年历史，是吐蕃时期最宏伟壮丽的建筑。当年藏王赤松德赞亲政，请印度佛教密宗大师莲花生来设计督造此寺。莲花生同时带来了很宽容的佛教思想，因而桑耶寺当时能够别开生面，纳"佛、法、僧"为一处。首批剃度的僧人亦诞生于此，所以桑耶寺的声名便要长久不衰了。

现在到西藏旅游的老外，是必要去桑耶寺朝拜的。自拉萨坐车到扎囊县后，再坐船过渡，方可达桑耶寺。

过渡是牛皮筏子。每天清早便有船夫以肩扛着可容几十人乘坐的牛皮筏子，摇摇晃晃走到渡口待客。

在雅鲁藏布江中游，除牛皮船外再无其他船舶。与水之隔，就一张牛皮的厚薄，其船体轻重，一人可扛，几十个人挤坐上去，看着不由得使人捏一把冷汗。八月雨季的雅鲁藏布江，几百米宽的水面，牛皮筏子行至江中，被激流搅得团团转，船夫须奋力划桨，方可抵挡过来。

然如此轻薄之物，两船相并，还可渡过一辆小汽车呢！令人不可思议。然而一切都在不可思议中进行着，有神佛保佑，相信不会出什么大事，但愿不。

桑耶寺是个规模不小的建筑群落，有僧众百余在内居住。常有一些老外和国内朝拜者在寺内留宿。后有人发现，竟有人吃内扒外，偷出寺里文物，非法卖给某些图谋不轨的老外。一座千年古寺，可说是处处皆文物，也不知有多少宝物如此这般流散于外。据此，近年来政府专在寺旁设立公安派出所。我在桑日县认识的一位半汉半藏血统的公安局副局长，此前他曾任桑耶寺首任派出所所长。他证实桑耶寺确曾发生过偷卖文物之事。他为此深表担忧。他认为强化喇嘛队伍的纯洁是一件至关紧要的事情，但做好这件事情谈何容易。为保卫寺中文物他做了很多工作，以至年纪轻轻便落下一些毛病，为此他得以提拔，不到三十岁就是一个县的公安局副局长了。

桑耶寺不远处有个叫青浦沟的地方。

青浦沟现在的知名度是不亚于桑耶寺和扎塘寺的。我们还在西宁就听到了关于青浦沟修行的故事，在拉萨就传得更神了，言者无不眉飞色舞。

青浦沟的修行者，大多是尼姑、女信徒，其中不乏高学历者、年轻貌美者，于是便引起了人们关注和考察的兴趣，一些或真或假的故事演化开来广为流传也是很必然的事情了。

青浦沟有108个天然的石洞，修行者各占一穴，面壁静修。也有孤老之辈，到这清静之处来等候升天的。也有借修行之名，干别的什么事的，譬如说有尼姑就备有假发，白天修行，晚上就戴着假发出去了。为什么要戴着假发出去？这曾引起有关部门的密切关注。桑耶寺的文物失窃与青浦沟的洞穴，有没有联系呢？有关部门对此表示沉默，大有保密的架势。

青浦沟还有108个天葬台和108口圣泉。与周围地域的荒凉相比，青浦沟是青山绿水，鸟语花香，老天特别宠爱的一个地方。

这一切,构成了青浦沟的无尽魅力。拜访青浦沟的游客也越来越多。

关于青浦沟,人们写得够多的了,我不想描述得更多,而且我知道的极少。

在通往桑耶寺和青浦沟的江边,援藏干部带去内地的先进观念,积极筹集资金,在此修了一个彩绘的牌坊,用水泥铺了个过渡的斜坡,收取过往朝圣和旅游者的过渡费,每年可获利几十万元,使扎囊县的财政收入从无到有。这样,在西藏民主改革庆典四十周年之际,扎囊县城也有了一栋"洋房子",给县委县政府办公,粉饰得跟内地的办公楼一模一样,但我一踏进这栋缺少酥油茶气味的楼宇,总觉得有点别扭。而且来上班的藏族干部,一个个西装领带皮鞋,看上去也有些别扭。

但是人们已经走到这一步了,还将继续这样走下去的,那是没有办法的事情。也许是件好事情。

2001 年

贡嘎的颜色

雅鲁藏布江中游，有一个狭长的河谷地带，地势平坦，视野开阔，是拉萨附近崇山峻岭间少有的好地貌。后来果然就修了一个机场，终于打开了拉萨与世界握手的天门。

许多欧美人想走进西藏。

这种想法，根深蒂固，延续于漫漫的好几个世纪之间。探险家们骑马或徒步，从印度，从尼泊尔，从云南、四川，不惜历尽千辛万苦，向藏匿于遥远的雪山之下的拉萨进发。这个世界东方最神秘的高地、万山之尊、万水之母以及源远流长的宗教文化和种种神秘，吸引着无数冒险的人们尤其是欧洲人试图破译。许多许多人，壮志未酬身先卒，倒毙荒野；一些人耗时数月甚至一两年九死一生走到拉萨附近，又被当时封闭的不愿示人的王朝政权遣送出境。只有极少数人有幸登上过布达拉宫青石的阶梯，留下一本本令今天的藏学专家都不得不叹服的著作。

受着那些著作的影响的欧洲人，现在无需再走前人的古道进藏，飞经拉萨的是至今世界上最好的飞机。穿梭在这条世界最可怕的航线上的成都机组是最出色的机组。

贡嘎机场，离拉萨100公里。

当年上苍造山，特意留下一条口子，预测到有朝一日要使用飞机。

贡嘎机场在贡嘎县境内。贡嘎县因有机场，一下子成为西藏的名县。贡嘎县因机场有了不少额外收益，很多并非农牧的工作，要请贡嘎的人来做。

从拉萨赴贡嘎机场，中途要经拉萨河，河畔有一座石山，山上残留着一些石头房子的遗址，颇为壮观。那是老贡嘎县城的所在。后来这个县城被战争夷为废丘，县城改址。

贡嘎，贡为上方、前面的意思，嘎是白色的意思。说是原宗（县）政府后面的山顶是白色，不是雪，是石头和泥土的颜色。我对这件事感兴趣，我希望得到人们的指点，去看一看那山是如何一个白法，以此"白"确立县名，当是应有些讲究的。但当地人并不以白山为然，断无领我们去观赏的意思。

贡嘎古迹有多吉扎寺、贡嘎曲德寺等，每和当地藏人谈及，响应者寡淡，贡嘎人亦无其他地方谈寺则兴奋的宗教热情。当今贡嘎人的兴奋点，已经不在一些我们看上去很新鲜的事情上。当巨大的飞机马达轰鸣声划破这块宁静了亿万年的土地时，一股股原始的激情被开启了闸门，许许多多崭新的生活等待着他们去参与，而那些曾经使他们引以为自豪的物事，已经逐渐变得疏淡。

夜宿贡嘎县的招待所。天降甘霖。铁皮的屋顶"啪啪"响。

一些藏人在院子里晃来晃去，一个个光着头挨雨淋，无一使用雨具遮掩。若在南方，妇人至少也要在头上盖一条毛巾，或者遮一件衣服。据说生雨淋在头发里，是会生虱子的。而藏人却无此讲究，不慌不忙晃着，大有欢迎被雨多淋一淋的架式。

这也难怪，下雨在西藏本是件稀罕的事情。据说近几年雨水才多一点，以往的年景，一年到头少有像样的雨光临。

我们住的房间里，床上地下已经放着三四只脸盆和提桶接漏。三张床只有一张勉强可以睡人。随同的县负责人忙把管理这个小小招待所的藏族妇女叫来，责问她漏成这个样子怎么不报告上级，也好安排资金维修一下屋顶。服务员感到县上领导提的问题有些奇怪：有漏接一下不就行了么？何况下雨的时候又不多。这位负责人哭笑不得。他是一位见过世面的汉族干部。他私下里对我说，假如盖一幢宾馆请她们来管理，会是个什么样子？在他们这里，缺少的倒不是勤劳俭朴的美德呵……

这个西藏富县领导人的忧思让我们联想到，因贡嘎机场的建立而带来的突而其来的变化和冲击，使这块古老的土地一时还无法适应。

雨还在"滴滴答答"下着，那位穿着民族服装的健硕的妇人，用拖把擦着地上的水，宽容地说：不着急不着急，雨很快便会停的。

在这个县城，再没有另外可以住宿的地方。我们只得坚信"雨就会住"的真理，以宽容的心态来接受老天的安排。

2000 年

藏獒

藏獒是冷酷的,它们不需要人的怜爱和亲抚。藏獒是顽强的,它们和其他牲口一样可以忍受千般苦难甚至不需要一个屋顶。

在西宁的时候,一位朋友绘声绘色向我郑重介绍西藏的一种家畜——藏獒。獒,狗也。藏獒属牧羊犬之列,生活在海拔三四千米以上的高寒地带,是犬类中最凶猛剽悍者,在家畜中,它是唯一能使凶狠残忍的狼都惧怕的动物。藏獒鸣吠时,其声音的穿透力极强,可远播数里之遥,足可让远在人之目力难极的望着肥羊牛犊流涎的狼群胆寒。如果用金钱来衡量藏獒的价值,朋友说一头成熟藏獒在德国的售价可逾万金。

在远离西藏还有数千里之遥的地方，我把拜会藏獒作为我到西藏之后的首选目标。

我与狗的交往为时极早。我的湘北山地的故乡，养狗遍及家家户户。在我的记忆里，我家的猎犬除了忠实地保卫家园之外，还常上山逮些獐、兔之类的小兽回来。清早家人开门，常可见一身湿漉漉的狗，在门外高昂着得意的头，使劲摇着尾巴，将猎物堆放在门坎上——向主人讨赏呢！人们当即将兽物开肠破肚，剥下皮子，将肠肚赐与狗，将肉略作熏烤后或炖或炒搬上餐桌。我那时想，它完全可以在山上独尝美味哩，而它却要将野物拖回来晋献给主人。不劳而获的人吃的是肉，而抓获猎物的狗仅得一副下水且以为是主子的赏赐，多不公平。足可见狗的忠诚和义道。所以，在我的童年和少年时代，家犬一直是我最友好的伙伴之一。

然而南方山地的狗，毕竟忠诚有余，勇武不足，山中便常有猎狗被狼群撕裂的。

而犬类中让狼惧怕者，惟藏獒也！古人造"獒"字，于"犬"字上加"敖"，足可见古人对犬类精华的敬慕之情。

抵达拉萨，满街张望，渴望见到有藏人手牵藏獒在市井招摇。立马又觉这种想法好笑，如此猛物，怎可在街上展示？何况藏獒绝不是哈巴狗之类的宠物，爱在人流中挤眉弄眼"的的哒哒"闲逛的。

一日傍晚，得拉萨一位朋友邀请，赴他家小聚。友人岳父系藏人，退休在家，于城郊盖有私房。刚进红漆彩绘的大门，便听得有如闷雷般沉郁的狗叫。只见一匹黑狗，在门旁小院的狗棚中狂吠乱扑不已。友人的岳父赶紧上前，双手抱定那狗的颈脖，口中喃喃劝慰，好歹才压住其狂躁，这样我等才得已在狗身旁蹑足掠过，进入屋中。

我即问朋友：这是藏獒？

友人说：正是。但这不过是一条未成年的藏獒。未成年，尚且如此勇烈，长大该如何？此时我坚信了西宁朋友的介绍并非夸张。再看那獒，毛黑眼亮，颈脖上毛发直立，系着条手指粗细的铁链，一头缚颈脖，另一端系在自来水管上。我问平日无客来，也要以链锁其颈脖吗？他说除晚上放开，白天是一定要锁定的，那可不敢疏忽，别说怕伤着外人，就是自家人也怕有失。此犬极难与人亲近，甚至可说六亲不认。家中只有当初领养的岳父一人可以近它，为其梳洗，其余成员近前，它无不龇牙吹须，令人恐畏。

拉萨城中看家的藏獒尚如此，那么在山中牧区劳作的藏獒，将是何等模样呢？

在一个叫贡德林的高山草原，我见到了真正意义上的藏獒——所谓"真正意义"，据说藏獒的最佳生存状态，是海拔4000米以上的地域，而拉萨海拔只有3700米。

贡德林，海拔五千多米的高山草原。在一户拥有几百头牲畜的牧民的房子后面坡上，拴着三条黑色的藏獒，高者如牛犊。它们均被拴牢在粗大的木柱子上，它们并不是因有陌生人光临而被主人锁住。三个大木柱周围丈余的地上寸草不生，藏獒粗大的脚爪将地上刨得泥土飞扬。无论是风霜雨雪，那无遮无拦的敞地便是它们的居所。它们的毛色远没有拉萨城中家养的同类那般乌黑光鲜，显得粗硬杂乱。见有陌生人来访，除发出几声更加沉闷的吼声外，便不再张扬，而以凶残阴冷的目光警惕围墙外的我们。这种更可怕的表情使我们不敢越过围墙，去拍一张它们的照片。

藏獒是冷酷的，它们不需要人的怜爱和亲抚。

藏獒是顽强的，它们和其他牲口一样可以忍受千般苦难甚至不需要一个屋顶……

我最后听到的一个关于藏獒的故事，说是牧人若是碰到大雪暴，牛羊因寒冷和缺草而尽殃，人也因缺粮而快撑不住时，一头哺乳期的同样缺吃少喝的藏獒，以它的乳汁，几乎可以提供三五人每天的吃喝。一个寒冬下来，半人高的藏獒，因其巨大的消耗，足足会矮下去尺余。但它仍能生存下去，且会迅速地得以恢复。这让我们联想到沙漠中的骆驼，在缺水之时，数日不喝，仍能于体囊内储存一定数量的水。藏獒，具备着骆驼的品格，或许还有其他，因无法和它相处，也就无法知道得更多。

我想藏獒仅有勇武，也就不是真正的高原壮士了。

2001 年

"大篷车"行记

在昆仑山口,我试图嗅出点与众不同的气息来,以便作永久的记忆——据科学家称,人最持久的记忆,并不在大脑,也不在眼睛,却是嗅觉。

从格尔木出发,沿青藏公路走进西藏,应该说是一次壮美的旅行。此行将翻过著名的昆仑山和唐古拉山,途经长江的发源地。这种经历,是许多许多人可想而终生不可达的。

我选择坐汽车进藏,而且选择坐普通客车。

我缺少徒步进藏的勇气和时间,但又想看得更多一些,普通客车走得慢,可能会满足我们这种愿望。

在荒无人烟的漫漫长途旅行中,谁也不知途中会发生什么事,坐普通客车，人多气旺胆壮，这也算得理由之一。

在格尔木的大小旅店、商店乃至车站，都有各种包装的氧气出售。乘坐长途汽车进藏的外地人，无不备有一份。感觉上我极不愿接受此等设备，但还是随大流买了一瓶——出发前许多亲朋好友提醒我：不怕一万，只怕万一。我们没有理由忽视人们的提醒。

双层卧铺汽车已经时兴好几年了。也许是浩浩荡荡的南下打工潮的兴起而让汽车制造者突发灵感，一种昼夜行驶的卧铺汽车便应运而生。

据热情拉客的汽车司机许诺，格尔木到拉萨，才一千多公里，顶多也就是跑二十几个小时，睡一觉就到了。此前我们得知，在若干条进藏路线中，青藏线算是修得最好的，想想我等走的是最好的路，还有个睡的地方，再苦也苦不到哪里去。

我第一次乘坐这种昼夜兼行的双层卧车。尽管供一个人睡的位置才尺余，无不肩挨着肩，总算能放下身子去。垫盖的被褥散发着浓烈的牛羊和酥油的气味，想想欲访西藏，连此番气味都接受不下来，何以成行？便以极大的热情和宽容，努力去习惯这种气味。对被褥上种种不洁的颜色，也努力装作视而不见。

我们乘坐的这辆车并非原装卧车，改装的痕迹十分明显，车子也明白显出老态，然而照样是宾客满坐。三十多位同行者中，竟有十多位外国游客。洋人尚不嫌车破，我等有什么好说的？洋人尚不嫌牛羊、酥油的气味，我等有什么不满意的？

在超出开车时间半小时之后，汽车终于不慌不忙慢慢启动了。

两位有着黑黝脸膛的藏族司机笑容可掬，不慌不忙，和他们的车子一样。

汽车刚刚走上宽畅的公路，又拐进另外一处院落。车顶上和车底下胡乱一阵响，院子里叽哩呱啦一阵藏语的谈笑，好不容易两位司机才不急不缓走上车来。

汽车刚要出城，已见四野的辽阔，又听"滋"的一声刹车响，停在一个水果摊前。两个司机出去，将一袋袋的水果搬上车顶。拉萨的水果当然比格尔木贵，能装自然要多带些去。

好不容易汽车才驶离闹市。

金的油菜花、绿的青稞苗、阔大的草场、高深的蓝天和挂在它身上的几束白云，如一条直线径指天际的黑色公路，一切，灿烂、明快、纯净、安详，赏心悦目。哪有半分高原之旅的艰险迹象？我看一车人顿时活跃，尤其是老外，一个个朝窗外搜寻不停。

汽车稳稳地行驶在也算得上宽敞的公路上。有几个可能走过青藏线的人已经开始睡觉，多见不怪，我们看到的风光对于他们来说已是一张旧船票。

大家心情好，要求司机放一放歌。磁带一律是藏语歌。此时此景听藏语歌，觉着藏天藏地，更能品出个中之味。在以后漫漫的旅途中，在所有的车辆上，除了听藏语歌别无选择。当然我们并不排斥在那片土地上欣赏高亢优美的藏语歌，就如在我的家乡湖南吃饭，假如没有辣椒就不叫吃饭一样，至此我们深深敬佩藏族司机对本民族文化刻骨铭心的热爱。

我们听着藏语歌，观着美景，刚要进入佳景，汽车又不适时宜地戛然而止。

举目看，有戴袖章的人将车拦住。旁边立有什么检查站的牌子。

我急问司机：这一路检查站多吗？他说有好几个。

天下道路多"关隘"，青藏线与内地有何区别？总有那么多检查站，总有那么多要检查的项目，总有那么多吃检查饭的人。

当然不是检查我等乘客是否偷带武器、毒品什么的。

非一般检查，看来一时三刻走不了。说是此车应该在西宁载客，而他们在格尔木载客是违章的。怎么办？得等有关部门从格尔木赶过来处理。那些官员会尽快来吗？不得而知，而此时已经到了机关下班的时候。

得耐烦等等，耐烦！

一位记者不无愤然地要采访检查站的同志，同志暴跳斥曰：你再说我摔烂你的机子。记者慌忙将机子拥于怀中，他还指望这架机器拍下美丽西藏的万千镜头呢，也不想因伸张一时正气而毁了此行前程。

再听车上播放的藏语歌，已索然无味，争请司机关掉。把好歌留在好心情时受用吧。

耐烦等着，耐烦。消解急躁的唯一办法，是不断地到检查站后面的墙脚下屙尿。

屙过好几次尿，远远驶来一辆吉普车。车上下来几个大盖帽。一阵交涉，倒是不再掯时。罚款。放车。

抬头看天，太阳已快隐入远处布尔汗布达山脉的某个山头。低头看表，六时半。自格尔木出发，两个半小时只走了不到二十公里。心中暗自叫苦，如此走法，二十几个小时，怎么走得完一千多公里？

簇拥司机上车。只听得车上鼾声此起彼落——那些老跑青藏线的，大概见惯了这种情形，不以为然，以逸待劳。

高原天黑得晚，已是八时，天空依然明净如洗，红霞满天。只是远近的峰峦已开始模糊，河流成为一条闪亮的带子，蜿蜒缠着硕大的山腰。凉风阵阵袭来，温度骤降许多，这才算是高原之夜即将来临的警示。

猛见空空荡荡的公路上大踏步行走着一个人，红帽黄衣，身背一个硕大的背包，包上飘扬着一面小国旗——那是一个徒步进藏的孤独的行者。汽车掠过他时，我不禁回头看了看这位勇者，但我只看见一张开了裂的嘴唇和一个坚挺有力的鼻子。我心怀敬意向他招了招手，但他没有看到，他专注于他的脚下。坐车旅行算什么？他不屑一顾。

车行甚远，我一直看到那个小红点消失，这时候我十分看不起自己。那才叫进藏呢！

再走一个小时，汽车停在一栋小平房前面，平房后面不远处停靠着一排军车，大概是个兵站。

这一个多小时的行程,我一直注意路旁是否有店,但难觅人迹。看来我操心那位行者的住宿问题是多余的。他背上的行囊便是他的铺盖，大地就是他的床铺。在茫茫青藏高原旅行，试图依赖旅店是可笑的。

小小路边店连个招牌都没有。屋子中央烧着炉子，上面煨着冒着热气的茶壶。下午上路尚着短袖，现在却需围炉取暖。

高寒缺氧，店家用喷枪烧油做饭，否则没法将饭菜弄进口，因此满屋油臭烟熏在所难免。

又冷又饿，腹中空空，国人嘴巴娇贵，一律点的炒菜。藏族司机伙同熟人开始大饮啤酒，一小阵就堆了一地空酒瓶，谁说酒后开不了车？在高原可没这个规矩。当然，司机吃喝是不必花钱的，因为他们带了车客来。这点是借鉴了内地的宝贵经验。

洋人一律吃的方便面。有钱也舍不得吃么？匆匆吃过，他们便涌到外面河滩上散步,远处山顶上的积雪竟还熠熠生辉,有好照相机还能拍下来。老外果然频频按着快门。他们的情感不在吃喝,在于争分夺秒享受美景——这算是中西文化的差异之一么?

半夜过昆仑山口。

司机打开车灯,将车停稳,向大家通报到昆仑山了。

关于昆仑山的文章和传说够多的了,不容我在此赘述。尽管此时伸手不见五指,无法目睹昆仑山的雄伟,但连一名普通的司机都知道这个伟大的时刻不告诉大家一声是不道德的。尽管天黑,只吃了碗方便面的老外争相下车来嗅嗅昆仑山的气息。然而我发现好些人已经将氧气管子插在鼻孔里,心有余而力不足,不敢下车。

我当然是要下车来的,尽管什么都看不到,只要感觉到我此时是站在不朽的昆仑山口,也是一种满足。凛冽的寒风直往脖颈里钻,我感觉到这是滴水成冰的气候,但我坚持到最后上车——也许我这一辈子是唯一也是最后一次站在巍峨的昆仑山口,我试图嗅出点与众不同的气息来,以便作永久的记忆——据科学家称,人最持久的记忆,并不在大脑,也不在眼睛,却是嗅觉。

汽车徐徐驶离昆仑山。我没有见到一草一木,但想象中的昆仑山比现实中可能更雄伟壮丽。无论怎样,我是走过昆仑了。

车过沱沱河。

黄褐色的戈壁洲上,划过浅浅的几泓浊水。下过雨,两岸的砂土渗入河中所至。平淡至极的河滩,从容娟秀的流水,没有任何迹象表示她将发育成万里长江。

或许大器正是出自平凡。

司机竟没有停下车让乘客在长江的初生处拍一张照片,也许他们觉得此地过于平淡。

我在长江中下游的一个城市里生活了整整十年。十年中不知多少次我默默地在江边静坐，思考着一些没有结果但是值得思考的问题，诉说着一些本就没有回应却又必须诉说的话语。每每告别，便觉心胸顿如江水般清朗饱满。我说不出滔滔大江究竟给予了我什么，但又分明感觉到给予了我很多很多。我对这条大河充满热情。能够有机会一睹她的发祥之地，是我的荣幸，我是试图寻找一点什么的。可惜汽车不曾停留。

走出很远我还在回头注目沱沱河。我努力寻找构成一条世界级长河的某种气象。但找不到。我想我的人格修养还未到火候，因此我无法从平凡中读出大千气象来。

好不容易开始攀登唐古拉山。

从格尔木出发我选择坐普通客车，其中有个好处是看中了它的慢，可以多看些东西。但它现在像蜗牛一样的爬行，时速已不足每小时二十公里，是骑单车的速度，这使得我不由得一遍又一遍窜到驾驶室去看时速表。

司机终于承认这台车在格尔木没有修好，油加不起来，跑不起速度。不过现在是在爬山，更慢一些。

身在山中不见山，看上去道路平缓，只有从汽车粗重的吼叫声中感觉到是在爬山。

整整花了四五个小时，总算登上了唐古拉山口。山口矗立着筑路烈士的纪念塔，是一道令人肃然起敬的风景，尤其有标示着海拔高度5231米的石碑。汽车毕恭毕敬地停留于此。旅人无不要在石碑前留个影，他（她）此时大可作英雄状了。能在此高度一笑作态，确是不容易的事情。车上旅者全都下来。好些人背着氧气袋，拔掉氧气照相，照完慌忙又插上管子。

上车后司机讲了一个真实的故事：

他的车子曾载过一位进藏探视边防战士的军嫂。军嫂还领着个一岁多的孩子——孩子他爹恐怕还没见过儿子呢，要带给他看看。

车过唐古拉，军嫂发现孩子已经没气了。

大家不知做了多少工作，才让军嫂放下死婴。大家七手八脚在戈壁滩上挖个坑将孩子掩埋了。

这便是过山不见山、不动声色、毫无险态的唐古拉，这是弱者的鬼门关。——不知有多少人闯不过这青藏线上最艰难的关隘，而终生无缘朝见圣地拉萨。

车过唐古拉山，大家有一小阵兴奋，司机再三招呼，众人才恋恋不舍地上车离去。但随之而来的是一车寂静，因兴奋和忙于照相上下奔波，高原反应马上袭来，弱者上车就需猛吸氧气，好汉也需静下来大口喘气以作养息。

疲劳和消耗令人马上想到昨天晚上吃饭的情景，不禁肚饥口渴。然而司机说这一带杳无人烟，需到一个叫安多县的地方，才可作给养补充。

一路无语，苦苦安慰饥肠，下午之时，好不容易才捱到安多。

说是个县城，不如江南一个小镇的规模，最高最大的建筑物是一栋三层楼的县政府办公楼，不及内地一个中等财力个体户的私宅。

我们从青海跨进了西藏的门户，安多算是门坎。

终于进藏了，值得庆贺，忙动手帮个体餐馆老板做饭。一溜简易平房全是餐饮业，有十来户，专为过往长途客车的乘客服务。都是四川成都附近农村过来的老板——说是老板，也不过是一把菜刀和一个锅铲的家当，冰箱也不必有，鱼肉放几天都不会变质。

有一人在这里做开了，便把三亲六戚老乡们都带过来了，有财大家发；乡里乡亲有个照应；早晚闲时说笑点什么也随便一些，亲近一些。

约定俗成的规矩：每户每家拿一份钱出来，交给为首的户主。司机的吃喝和上面的一些应酬，就在这些钱里开支。

他们从四川成都坐车至青海再走青藏线翻过唐古拉山抵达安多，路上需一个多星期。有人经受不起如此艰难的颠簸，终于没法挺过唐古拉山那一关便抱憾西归。不容易啊，出远门来也不过是开一家最简陋的餐馆，坐公共汽车进藏的有几个人舍得吃喝？塞饱肚子而已。可见他们的收入并不可观。老外有钱，但连炒菜都不要，一碗开水泡碗方便面而已，不要指望能赚到美金——与我们同行的这些老外真有本事，可以连吃数顿方便面。十几个小时不吃不喝依旧精神抖擞。

离乡背井的四川人都开的夫妻店，把小孩交给老人看管。如手头略有节余，两年回去探一次亲人。也有混得不好的，赚不到盘缠，四五年都回不去。两人一来一去路上的开销，精打细算吃白开水咽馒头也需两千多元钱，对于做小本生意的人来说这可是个吓人的数目，所以尽量少回去的好。

简易餐馆前临青藏公路，后面是一个土坡。锅灶、饭桌和铺盖就摆在一起。无厕所。厕所就在墙后面。旅客和店主的拉撒均在墙后。高原干燥、风大，排泄物风干快，后面墙脚遍地是大便和手纸，无插足之地，竟也不觉得很臭，亦无绿头苍蝇和屎蛆推波助澜——高原气温低、温差大，许多虫蚁亦难在此繁衍生息，这也许是藏人不重视公厕的原因之一。纵使是在县城的街巷中行走，也决不可顺墙根举步的，随时都有踩屎的危险。

入乡随俗，那些与我们一块长途旅行的老外，很快便学会了在无遮无拦的旷野中方便的技巧。车的一侧是男,另一侧是女,很自然地划分,一点也不难为情。

在安多进餐时,按出发前司机的承诺,我等此刻应是在拉萨的街头徜徉了。然而还有三分之一的路程在等待着我们。不知道要走多久?我们只能是听天由命,死老鼠由猫拖了。一车人不急,我急有什么用?

如果说第一个晚上有种种诱惑的支撑,尚能心安理得承受颠簸之苦,第二个晚上便有些烦躁不安了。这种只能睡而不能坐的改装车,真正让人体会到了让一个活生生的人睡几十个小时是怎样的痛苦,而罚一个活生生的人几十个小时不坐则更是痛苦。

过安多,经那曲、当雄、羊八井抵拉萨,藏北这一带便是如前所指的游移地貌了,七八月雨季对柏油路面的冲刷加上路基不断的游移,路况之差难以言表。汽车俨如拄着拐杖的盲人在抖抖索索摸着行进。

能保持正常行进算是不错的,据常走这条路的旅者说,此行不碰上塌方则是大家的幸事。在这个季节这截路段,因塌方一堵一天半日,是家常便饭。

如此一说,高原反应便袭上身来了,我的同行者便有了太阳穴奇痛和极其疲倦而又彻夜难以合眼的反应。我亦觉左腿关节胀痛不堪,一夜几乎不曾合眼,直至天明才觉正常。

刚刚合眼,汽车猛地驶进一深坑中,全车人被震得狂呼乱叫。无法入睡了,便站到驾驶室玻璃窗前看汽车是如何的像单车一样爬行。——后来问医师,腿关节突然胀痛,亦是高原反应的一种。

也算是体验了一次因缺氧而导致的关节痛是什么滋味。

不幸中之大幸,我们经过羊八井一处塌方时,得知这里半个小时前才被疏通。我们的汽车小心翼翼地从刚清理出来的一道车印上驶过，司机舒了一口长气，大家才有了一小阵欣喜。塌方一侧是深深的峡谷。想想那轰然塌下的山体要将一辆车推至深谷真如弹一块积木般的容易，不禁头皮发麻。

第三日下午一点，终于平安到达拉萨。在途四十五个小时。此时有些感谢这台车开不快，走不快才有了彻底的安全。下车后做的第一件事是深吸拉萨的新鲜空气，努力排出积了一肚子的汗臭、脚臭及种种难以言表的不良气味。第二件事是找个地方坐一坐——久违了，坐。又有十九个小时没吃东西了，但此时最渴望的事情不是去观看布达拉宫，而是要狠狠地洗一个澡。

进藏难，算是有了体验。而比那个徒步行者，这难算个什么？

但总算进来了，足可以透一口长气。打一个电话回去说进来了。这时想想：要是多出几个钱，租台小车送进来便不会吃这份苦了，但却又少了一份人生中也许重要的体验。最使我佩服的是藏人惊人的耐性，凡初次进藏者，因颠簸时间过长，都程度不同的有些躁了，而常来常往的藏人则是一如既往的平静，怎么慢也无动于衷。因佛在心中便可从容面对万千苦难么？

2000 年